T0274719

Contacto cero

KRISTA Y BECCA
RITCHIE

Traducción de Elena Macian

Montena

Título original: *Ricochet*

Primera edición: septiembre de 2023

Printed in Spain – Impreso en España

ISBN: 978-84-19650-40-5
Depósito legal: B-12.020-2023

Compuetso en Comptex & Ass., S. L.
Impreso en Black Print CPI Ibérica, S. L.
Sant Andreu de la Barca (Barcelona)

GT 5 0 4 0 5

Advertencia:
este libro incluye contenido que puede
herir la sensibilidad, abuso de sustancias
y contenido sexual explícito.

Capítulo 1

La he cagado.

Es lo único que se me ocurre al fijarme en todo lo que me rodea. La música que el DJ está pinchando suena a todo volumen por unos altavoces empotrados en las paredes mientras el público engulle bebidas de colores. Mi hermana pequeña, Daisy, bebe cerveza en un vaso de plástico mientras contempla a sus amigos modelos. Me da miedo que traiga a alguno de ellos e intente que nos liemos para que así yo deje de pensar en Loren Hale. Y hace cinco horas pensaba que una fiesta en una casa sería un plan seguro.

Me equivocaba.

Me equivocaba de pleno.

Tendría que estar castamente acurrucada debajo de mi edredón, en casa con Rose, y pasar la Nochevieja durmiendo en lugar de con esta gente. Hace solo unos días que Lo, mi mejor amigo, mi novio, el chico que es literalmente mi vida entera, ingresó en un centro de desintoxicación. Rose y yo pasamos ese lunes metiendo todas mis pertenencias en cajas, así que tuve que revisar todas nuestras fotos y nuestros objetos de valor, que me hacían romper a llorar cuando menos lo esperaba. Excepto la ropa y los productos de baño, lo que es mío es también de Lo. Me sentí como si me acabase de divorciar.

Y todavía me siento así.

Al cabo de una hora, Rose llamó a una empresa de mudanzas y les pagó para que terminaran de recoger las cosas de mi viejo apartamento y las llevaran a nuestro nuevo hogar. Ha comprado una villa de cuatro habitaciones cerca de Princeton con dos kilómetros cuadrados de terreno, campos frondosos y un porche blanco que recorre las cuatro fachadas, persianas negras y hortensias violetas. Me recuerda a las casas de estilo sureño que hay en Savannah. Cuando se lo comenté, puso los brazos en jarras mientras admiraba el edificio con esos impresionantes ojos entre verdes y amarillos. Luego sonrió de oreja a oreja y contestó: «Supongo que sí».

Estar aislada de los cuerpos masculinos no le impide a mi mente divagar hasta lugares no muy recomendables. Sobre todo, me preocupo por Lo. A no ser que me tome una buena dosis de pastillas para dormir, me paso las noches dando vueltas en la cama. Lo añoro tanto... Antes de que se marchara, jamás habría podido concebir un mundo sin él. Se me cerraba la garganta solo de imaginarlo; me daba vueltas la cabeza y se me caía el alma a los pies. Y ahora que ese momento ha llegado, he comprendido que se ha llevado con él un pedacito de mí. Cuando se lo confesé a Rose, me dio unas palmaditas en el hombro y me dijo que estaba siendo irracional, aunque para ella es fácil decirlo. Es una mujer inteligente, independiente y segura de sí misma. Todo lo que yo no soy.

Y no creo... no creo que mucha gente sea capaz de comprender lo que significa haberse comprometido tanto con alguien, compartir con él cada momento de tu vida para que luego lo arranquen de ella. Lo y yo tenemos una relación de codependencia que no es sana.

Lo sé perfectamente.

Por eso estoy intentando cambiar, crecer al margen de él, pero ¿por qué eso tiene que ser una condición innegociable?

Lo que yo quiero es crecer junto a él.

Quiero estar con él. Quiero amarlo sin que nadie me diga que nuestro amor es demasiado.

Y espero que un día podamos llegar a ese punto. Esperanza, eso es lo único con lo que cuento para seguir adelante. Es lo que me mueve. Es lo único que me tiene en pie.

Los primeros días, el síndrome de abstinencia fue una tortura, pero esconderme en mi habitación me ayudó. Me negué a enfrentarme al mundo real hasta que me sentí capaz de controlar mis ansias más fervorosas. Hasta ahora, he logrado contener mis impulsos sexuales refugiándome en el onanismo. He tirado a la basura la mitad de mi porno para apaciguar a Rose y convencerme de que estoy empezando a recuperarme, igual que Lo. Pero no estoy tan segura de que sea así, porque todavía se me encoge el estómago solo con pensar en sexo. Sin embargo, lo que más deseo es el sexo con él.

Pero me preocupa ese cincuenta por ciento de probabilidades de arrastrar a algún tío a un baño y fingir que se trata de Lo durante unos instantes para satisfacer mi avidez. No debería estar en esta fiesta. Hasta ahora, mantener las distancias con lo salvaje me ha ayudado. Esto ni se acerca a mis momentos más salvajes, pero es suficiente para llevarme por el mal camino.

Cuando Daisy me llamó y me invitó a una fiesta en una casa, me imaginé a cuatro gatos preparándose cubatas caseros mientras veían actuaciones musicales en la televisión. No me había imaginado esto: un apartamento del Upper East Side lleno de modelos…, de hombres modelos. No puedo moverme ni un centímetro sin que una parte de un cuerpo ajeno invada mi espacio personal. No quiero ni mirar qué clase de miembros se rozan contra mi piel.

Tendría que haberle dicho a mi hermana que no. Desde que

Lo se marchó, me asaltan toda clase de miedos, pero el peor de todos es fallarle. Quiero esperarle, y si no soy lo bastante fuerte para mantener mis compulsiones bajo control antes de que salga del centro de desintoxicación, nuestra relación habrá terminado de verdad. No habrá más Lily y Lo. No habrá un nosotros. Él estará sano y yo seguiré atrapada y sola en esta espiral de autodestrucción.

Así que he de intentarlo. Aunque haya algo en mi cerebro que me diga «adelante», me recuerdo constantemente lo que me espera a mí si yo no lo espero a él: el vacío y la soledad.

Perderé a mi mejor amigo.

Según Rose, que sabe mucho sobre la adicción al sexo porque ha estado investigando sobre el tema (igual que Connor, pero eso es otra historia), tendría que encontrar un buen terapeuta antes de ir a eventos sociales en los que haya tentaciones para mí. Daisy no tiene ni idea de mi adicción, de lo que me ponen los tíos buenos y el sexo. La única de mi familia que conoce mi problema es Rose, y así seguirá siendo si de mí depende.

Aun así, no me he negado a venir a esta fiesta. Mientras intentaba decirle que no, Daisy ha recurrido al mantra de «no nos vemos nunca» para que la culpa me hiciera ceder. Encima, me ha reprochado que no me hubiese enterado de que rompió con Josh el Día de Acción de Gracias (primer error: preguntarle qué tal estaba Josh cuando hemos hablado por teléfono esta mañana. Y yo que me creía muy astuta por haberme acordado de su nombre...). Ha sido un ejemplo de «lo poco que me intereso» por su vida. Así que no solo he tenido que hacerme a la idea de que está soltera, sino que me ha caído un buen chaparrón de remordimientos fraternales. Me he visto obligada a aceptar para compensárselo. Así es la Lily 2.0, la chica que intenta formar parte del mundo de su familia.

Y eso significa que he de pasar tiempo de calidad con Daisy. Y preocuparme por sus intenciones de volver a sus rutinas de ligoteo, sobre todo si estos modelos mayores le tiran la caña esperando a que pique.

Así que aquí estoy, aunque obviamente no esté preparada para esta clase de fiestas. Por mucho que me haya quitado el chándal y me haya puesto unos pantalones negros y una blusa de seda azul.

—¡Me alegro tanto de que estemos juntas! —exclama Daisy por tercera vez—. ¡No nos vemos nunca! —Me abraza rodeándome el cuello. Está achispada; por poco me como su pelo castaño dorado, casi rubio. Los mechones suaves como plumas caen por debajo de su pecho. Nos separamos y me aparto uno de ellos, que se me ha pegado al brillo de labios—. Perdona —se disculpa mientras intenta recogerse el pelo, aunque tiene las manos ocupadas: en una tiene la cerveza y en la otra sostiene un cigarrillo entre dos dedos—. Esta puta melena es demasiado larga. —Exhala un suspiro de frustración mientras sigue luchando contra los mechones. Al final, intenta echarse la melena atrás moviendo el cuello y el hombro como una espástica.

Me he fijado en que Daisy dice más palabrotas cuando está molesta. A mí no me importa, pero me temo que nuestra madre necesitaría tres horas extras de meditación para olvidarse de la boca sucia de su hija menor. Y esa es justo la razón por la que me da igual cuántas palabrotas diga. Por lo que a mí respecta, que haga lo que quiera. Daisy necesita ser Daisy, para variar. La verdad es que me emociona verla lejos de las garras neuróticas y maternales de mi madre.

Se para y apoya un codo en mi hombro. Sí, soy lo bastante bajita para servirle de reposabrazos.

—Lil... Ya sé que Lo no está aquí, pero te prometo que esta noche conseguiré que dejes de pensar en él. Nada de hablar de su desintoxicación, ni de cómics, ni de nada que te recuerde a él. *Rien de rien*, ¿vale? Hoy estamos tú, yo y un montón de amigos.

—Un montón de gente atractiva, querrás decir —la corrijo. Quiero usar la terminología adecuada. La gente de esta fiesta es tan guapa que si echaran a correr por la orilla, como en *Los vigilantes de la playa*, provocarían una oleada de erecciones. Y si recorrieran una pasarela, el público miraría más sus caras que su ropa.

Por lo menos, es lo que haría yo.

¿Significa eso que soy la persona más fea de la fiesta? Diría que soy la única que no es modelo. Está bien. No me importa. Estoy rodeada de dieces cuando probablemente no soy más que un seis. Pero no pasa nada.

Daisy exhala una bocanada de humo y sonríe.

—No todos son tan guapos. Mark parece un jerbo mal iluminado. Tiene los ojos demasiado juntos.

—¿Y aun así lo contratan?

Esboza una sonrisilla y asiente.

—A algunas marcas de moda les gustan los raritos. Ya sabes, cejas frondosas, dientes separados…

—Ya. —Intento dar con Mark para comprobar su «jerbitud», pero no lo encuentro por ningún lado.

—La verdad es que me gustaría tener un rasgo distintivo más guay.

¿Rasgos distintivos? Me suena a tener una pasada de *patronus* en el mundo mágico de Harry Potter, aunque estoy segura de que el mío también sería penoso. Una ardilla o algo así.

Intento deducir cuál es el rasgo distintivo de mi hermana. Observo sus mallas negras, la camiseta gris larga y la chaqueta verde de estilo militar. No lleva ni gota de maquillaje y luce una piel lisa, fresca y perfecta, como un melocotón.

—Tienes una piel estupenda —contesto, convencida de que he resuelto el acertijo. Qué perspicaz. Me daría una palmadita en la espalda a mí misma.

Pero Daisy enarca las cejas y me da un culazo con aire juguetón.

—Todas las modelos tienen una piel estupenda.

—Ah. —Es evidente que no me queda más remedio que preguntárselo—. Entonces ¿cuál es tu rasgo distintivo?

Se lleva el cigarrillo a los labios y luego coge un mechón de pelo y me lo sacude en la cara.

—Este pequeñín —masculla. Se suelta los mechones sobre el hombro y luego vuelve a coger el cigarrillo—. Una melena larga, larguísima, de princesa Disney. Al menos eso es lo que dicen en mi agencia. —Se encoge de hombros—. Ni siquiera es tan especial. Cualquiera puede tener un pelo como el mío recurriendo a pelucas y postizos, ya sabes.

Me gustaría decirle que se lo corte si quiere, pero eso solo serviría para restregarle por la cara que no puede hacer nada al respecto. No cuando su agencia controla su aspecto. No cuando nuestra madre sufriría una parada cardiorrespiratoria.

—La verdad es que tienes el pelo más bonito que yo —admito. El mío está casi siempre grasiento.

Supongo que debería lavármelo más a menudo.

—La que tiene el pelo más bonito es Rose —opina Daisy—. Tiene la medida perfecta y le brilla un montón.

—Ya, pero creo que se lo cepilla unas cien veces al día. Como la mala de *La princesita*.

Daisy sonríe.

—¿Acabas de comparar a nuestra hermana con una villana?

—Bueno, es una villana con un pelo estupendo —me defiendo—. A ella le gustaría la comparación. —O eso espero.

Daisy se termina el cigarrillo y lo apaga en un cenicero de cristal que hay sobre la repisa de la chimenea.

—Me alegro de que hayas venido.

—No haces más que repetírmelo.

—¡Porque es verdad! Siempre estás ocupada. Tengo la sensación de que casi no hemos hablado desde que te fuiste a la universidad.

Ahora me siento aún peor. Es mucho más joven que Poppy, Rose y yo, así que debe de haberse sentido muy sola y aislada. Y no creo que mi adicción y mi decisión de apartarme de mi familia haya ayudado.

—Yo también me alegro de estar aquí —le contesto con una sonrisa sincera. Aunque esta debe de ser la prueba más difícil a la que me he sometido desde que Lo se marchó, al menos sé que he hecho bien en venir. Pasar tiempo con Daisy es un avance, solo que de otro tipo.

De repente se le iluminan los ojos.

—¡Tengo una idea! —Me coge de la mano antes de que me dé tiempo a protestar. Salimos del apartamento y echa a correr por el pasillo y luego por las escaleras, arrastrándome con ella.

Todavía me estoy acostumbrando a esta nueva e impulsiva Daisy, que, según me ha informado Rose, ya hace un par de años que está por aquí. Cuando nos mudamos a nuestra nueva casa, le pedimos que nos ayudase a decorarla. Mientras le enseñábamos la villa de cuatro habitaciones, descubrió la piscina del patio. Le dio igual que fuese invierno. Se le dibujó una sonrisa malévola en la cara y luego trepó a la azotea desde la ventana del dormitorio de Rose y se preparó para saltar al agua desde una altura de tres plantas.

Yo pensaba que no se atrevería. «No te preocupes —le dije a Rose—. Seguro que lo hace para llamar la atención».

Pero entonces se quedó en ropa interior, cogió carrerilla y

se tiró. Cuando emergió del agua, lucía la sonrisa más grande, alegre y característica suya del mundo. Rose casi la mata y a mí se me quedó la mandíbula dislocada para toda la eternidad.

Luego se puso a hacer el muerto. Ni siquiera temblaba.

Rose dice que cuando nuestra madre no está cerca, Daisy se vuelve loca. Pero no una loca rebelde, en plan «voy a beberme mis penas y a hacerme unas rayas». Simplemente, hace cosas que a nuestra madre le parecerían mal y con las que cree que nosotras seremos más benévolas. Cuando Rose vio que había sobrevivido al salto sin hacerse ni un moratón, se contentó con llamarla estúpida y dejar el tema. Nuestra madre le habría soltado un sermón histérico de más de una hora por haber podido arruinar su carrera de modelo si se hubiera roto algo.

Yo creo que Daisy, más que nada, quiere ser libre.

Supongo que fui afortunada por escapar de la estricta vigilancia de mi madre, aunque, bueno, tampoco es que haya salido perfecta. Se podría decir incluso que estoy bien jodida.

Subimos a la planta de arriba y, cuando Daisy gira el pomo de la puerta, el frío me azota la piel. Estamos en la azotea. Me ha traído a la azotea.

—No estarás pensando en saltar, ¿no? —le pregunto de inmediato con los ojos muy abiertos—. Aquí no hay ninguna piscina en la que puedas aterrizar.

Ella resopla.

—Claro que no, tía. —Me suelta la mano y deja su cerveza en el suelo de gravilla—. Mira qué vistas.

Los rascacielos iluminan la ciudad. La gente celebra el Fin de Año lanzando fuegos artificiales desde otros edificios y los colores salpican el cielo, aunque las bocinas de los coches empañan un poco la atmósfera majestuosa de la noche.

Daisy alarga los brazos, inhala con fuerza y grita a pleno pulmón:

—¡¡¡Feliz Año Nuevo, Nueva York!!! —Solo son las diez y media, así que, técnicamente, todavía no hemos empezado el nuevo año. Se vuelve hacia mí y dice— : Grita, Lil.

Me froto el cuello, nerviosa. Quizá sea por la falta de sexo. O quizá el sexo sería lo único que me haría sentir mejor. Entonces... ¿el sexo es la causa o la solución? Ya ni siquiera lo sé.

—No soy muy de gritar. —Lo no estaría de acuerdo con eso... Me sonrojo al pensarlo.

Daisy me mira e insiste:

—Vamos, te hará sentir mejor.

Lo dudo mucho.

—Abre bien la boca —me chincha—. Venga, hermanita.

¿Soy la única a la que eso le ha sonado pervertido? Miro atrás. Ah, sí, estamos solas.

—¡Grita conmigo! —Salta sobre los dedos de los pies y se prepara para gritar, pero se detiene al ver que no comparto su entusiasmo—. Tienes que relajarte, Lily. Se supone que la estirada es Rose. —Me coge de la mano y me acerca a la cornisa de la azotea—. ¡Vamos!

Miro hacia abajo. Ay, Dios mío. Está muy alto.

—Me dan miedo las alturas —protesto retrocediendo.

—¿Desde cuándo?

—Desde que tenía siete años y Harry Cheesewater me empujó en el parque.

—Ah, sí... Te rompiste el brazo, ¿verdad? —Sonríe—. Pero ¿no se llamaba Chesswater?

—Es un mote. Se lo inventó Lo. —Eran buenos tiempos.

Chasquea los dedos al recordar cómo terminó la historia.

—¡Es verdad! Lo se vengó metiéndole un petardo en la mochila. —Se le borra la sonrisa—. Ojalá tuviera un amigo así. —Se encoge de hombros, como si eso ya no fuera posible para ella. Sin embargo, todavía es joven. Todavía puede hacerse íntima de alguien, pero, claro, si nuestra madre la sigue arrastrando de aquí allá, debe de tener menos tiempo que nosotras para entablar amistad con nadie—. Bueno, ya está bien de hablar de Lo. Se supone que esta noche está prohibido hablar de él, ¿te acuerdas?

—Me había olvidado —murmuro.

La mayoría de mis anécdotas de infancia tienen que ver con él. Puedo contar con los dedos de una mano aquellas en las que no está presente. En los viajes familiares, estaba. En las reuniones, estaba. En las cenas de los Calloway, estaba. Es como si mis padres lo hubieran adoptado. Madre mía, si hasta mi abuela le hornea su pastel especial de fruta confitada solo porque sí. De vez en cuando le envía uno. De algún modo, Lo se las arregló para que cayera rendida a sus encantos. Sigo pensando que le dio un masaje en los pies o alguna otra asquerosidad.

Me estremezco. Puaj.

—Juguemos a algo —propone con una sonrisa—. Nos hacemos preguntas; si yo fallo, tú das un paso hacia la cornisa, y si fallo yo, lo das tú.

—Eh... No suena muy divertido. —Mi destino dependerá de su habilidad para responder a una pregunta.

—¡Es un juego de confianza! —repone con una chispa en la mirada—. Además, quiero conocerte mejor. ¿Tan malo es?

Perfecto, ahora no puedo negarme. Creo que me está poniendo a prueba.

—Está bien. —Le haré preguntas fáciles para que sepa la respuesta y a mí no se me salga el corazón por la boca.

Se coloca y me coloca a más o menos un metro y medio de la cornisa. Mierda. No va a ser nada divertido.

—¿Cuándo es mi cumpleaños? —me pregunta.

De repente, me arden los brazos. Esta la sé. Seguro.

—Es en febrero... —«Piensa, Lily, piensa. Pon a funcionar esas neuronas—. El 20 de febrero.

Sonríe.

—¡Correcto! Te toca.

—¿Cuándo es mi cumpleaños?

—El 1 de agosto. —Ni siquiera espera a que le diga que ha acertado. Sabe que es así—. ¿Cuántos novios serios he tenido?

—Define «serio». —Esta no la sé. No tengo ni idea. Ni siquiera sabía que había empezado a salir con chicos hasta que no oí el nombre de Josh cuando fuimos a comprar los vestidos para la gala benéfica de Navidad.

—A los que les he presentado a mamá y papá.

—Uno —contesto con poca seguridad.

—He tenido dos. ¿No te acuerdas de Patrick?

Frunzo el ceño y me rasco el brazo.

—¿Qué Patrick?

—Pelirrojo, delgado... Un poco inmaduro. Le gustaba pellizcarme el culo, así que rompí con él. Tenía catorce años. —Da un paso hacia el borde de la azotea, porque es obvio que soy la peor hermana del mundo.

Suspiro con fuerza. Es mi turno.

—A ver... —Intento dar con una buena pregunta, pero todas las que se me ocurren tienen que ver con Lo. Al final pienso una que no está mal—. ¿Qué papel representé en la obra de teatro de *El mago de Oz*? —Solo tenía siete años. Como Lo se lo pidió, su padre tiró de algunos hilos y retiró a su hijo de la representación para que no tuviera que hacer del hombre de hojalata. Lo se alegró un montón de no tener que ensayar con el resto de la clase. Se quedaba dormido al fondo del aula con la boca abierta y, mientras él disfrutaba de su siesta, los demás intentábamos memorizar unos diálogos condensados y para todos los públicos.

Lo echo de menos.

—Hiciste de árbol —responde Daisy—. Rose me contó que le tiraste una manzana a Dorothy y le pusiste un ojo morado.

—Eso fue un accidente —protesto señalándola con el dedo—. No te creas las mentiras de Rose.

Esa anécdota forma parte de su arsenal para usar en mi contra. Lo juro. Daisy intenta sonreír, pero el gesto es débil. Sé que mi relación con Rose la entristece, así que dejo el tema.

—¿Qué quiero ser cuando sea mayor? —pregunta.

Debería saber la respuesta, ¿no? Pero no tengo ni idea.

—Astronauta —contesto.

—Buen intento. —Da un paso al frente—. No sé qué quiero ser.

Me quedo boquiabierta.

—¡Era una pregunta trampa! No es justo.

Se encoge de hombros.

—Te gustaría que se te hubiera ocurrido a ti, ¿no?

Compruebo la distancia que me separa de la cornisa y luego a qué distancia está ella. Llegará en cuanto dé dos pasos más.

—No, gracias. —Me encanta que esté respondiendo correctamente a mis preguntas, pero me siento un poco culpable. Yo lo estoy haciendo fatal. Y tengo la sensación de que ella ya sabía que yo lo haría fatal.

Quizá lo que quiere es perder, para que no pueda pedirle que se alejé de la cornisa. Si es parte del juego, se supone que no puedo hacerlo. Dios, espero que no sea así. Sin embargo, se me encoge el estómago en cuanto esa idea se me cruza por la cabeza. Tiene pinta de que es lo que pretende. Me decido por una pregunta fácil.

—¿Cuál es mi segundo nombre?

—Martha —contesta con una carcajada—. Lily Martha Calloway. ¿No es un asco llevar el nombre de la abuela?

—Mira quién habla, Petunia. —A la pobre le tocó otro nombre de flor.

—¿Sabes qué me preguntan los chicos?

—¿Qué?

—Si ya me han desflorado.

Esa me suena. Entonces me mira a los ojos y pregunta:

—¿Y bien?

Noto un escalofrío en la nuca.

—¿Es mi siguiente pregunta? —Ella asiente y yo respondo con vacilación—: No; eres virgen.

Lo es, ¿no? La última vez que hablamos de esto fue jugando a un juego en el yate de la familia, y tanto Rose como ella dijeron que seguían siendo vírgenes.

Da un paso adelante y las puntas de sus botas chocan con la cornisa.

¡¿Qué?!

—¡Eso es mentira! —respondo con unos ojos como platos. ¿Cuándo narices ha perdido la virginidad? ¡¿Con quién?! —Niega con la cabeza y la melena le ondea al viento. Se pone un mechón detrás de la oreja—. ¿Con Josh?

—No —contesta como si nada. Aunque para mí quizá tampoco fue nada. La verdad es que he intentado olvidar mi primera vez. Fue incómodo y me dolió un poco. Siempre que pienso en ello, me pongo como un tomate, así que he enterrado el recuerdo en las profundidades de mi mente.

—¿Con quién? ¿Cuándo? ¿Estás bien?

—Hace un par de meses. Y no sé… Las chicas de mi clase no hacían más que hablar de sexo, de que ya lo habían hecho y cosas así. Solo quería saber cómo era. Supongo que no estuvo mal. Pero no es ni por asomo tan divertido como esto. —Enarca una ceja con aire juguetón.

—Pero ¿con quién…? —Creo que se me van a salir los ojos

de las órbitas. Lo único que acierto a pensar es: «Por favor, no seas como yo».

—Con un modelo. Hicimos juntos una sesión de fotos y luego se volvió a Suecia, así que no te preocupes, que no te lo vas a encontrar aquí.

Estoy aprendiendo mucho sobre Daisy esta noche. Me cuesta asimilarlo. Me siento como si me acabase de dar un atracón de hamburguesa y patatas fritas y estuviese a punto de vomitar.

—¿Cuántos años tiene? —Por favor, que no haya sido ilegal. No sé si seré capaz de callarme un secreto como ese.

—Diecisiete.

Me relajo.

—¿Lo sabe Rose?

Ella niega con la cabeza.

—No, no se lo he contado a nadie. Tú eres la primera. No dirás nada, ¿verdad? Mamá me mataría.

—No, pero... Si empiezas a tener relaciones, tienes que tener cuidado.

—Ya lo sé. —Asiente muchas veces—. ¿Crees que...? ¿Me llevarías a la clínica? Me gustaría empezar a tomar la píldora.

—Sí, yo te llevo. —Un secreto más que tendré que esconder al resto de la familia, pero esta vez no me molesta en absoluto. Los embarazos no deseados se pueden evitar. Ninguna chica debería avergonzarse de tomar anticonceptivos—. Pero prométeme que no se te irá la olla y empezarás a acostarte con un montón de tíos. —Porque yo lo hice y mira cómo he terminado.

—¡Puaj! Jamás haría eso. —Arruga la nariz y se me encoge el estómago. Por esto no puedo admitir mi adicción ante mi familia. Rose tenía razón: no lo entenderían—. ¿Iré a la universidad? —pregunta, volviendo al juego. Ya ni me acuerdo de a quién le toca.

—No puedo adivinar el futuro.

—Vale, pues ¿quiero ir a la universidad?

—Es una muy buena pregunta... para la que no tengo respuesta. ¿Quieres?

Niega con la cabeza.

—No. Al menos, todavía no. Tengo ganas de cumplir los dieciocho y poder ir a las sesiones de fotos sin mamá. Podré ir a Francia sola y ver París sin que ella lo planifique todo. ¿Sabes que este año ni siquiera me dejó ir al Louvre?

—Vaya mierda.

—Sí, un asco. —Coloca una bota en la cornisa de cemento. Se me va a salir el corazón por la boca.

—Vale, ¡se acabó el juego! —exclamo levantando los brazos—. Volvamos dentro.

Daisy esboza una sonrisa de oreja a oreja y se pone de pie encima de la puta cornisa, a una altura de veinte plantas. Se pone recta, estira los brazos y grita:

—¡¡¡Soy una diosa de oro!!!

Ay, Dios. Esa frase de *Casi famosos* no alivia mi pánico.

Sigue gritando a pleno pulmón, hasta que sus gritos se transforman en una carcajada.

Esta manera de estrechar nuestro vínculo de hermanas ha llegado demasiado lejos.

—Vale, se acabó el juego. Has ganado. En serio. Me va a dar algo. —Como mínimo me va a salir un sarpullido. Empiezo a pasearme de un lado a otro; me da miedo acercarme a ella y obligarla a bajar. ¿Y si la toco y se cae como en la tele? Así es como se mata la gente.

Daisy empieza a caminar como si estuviera en la cuerda floja.

—No da tanto miedo, en serio. Es como si... —Se ríe—. Es como si tuvieras el mundo a tus pies, ¿sabes?

Niego con la cabeza con tanta vehemencia que me hago daño en el cuello.

—No. No tengo ni idea de qué quieres decir. ¿Es que te has dado un golpe en la cabeza?

Ahora mismo no me parece una idea descabellada.

Y entonces salta.

A la azotea.

Respiro hondo. Recoge su vaso de cerveza y me rodea los hombros con el brazo.

—Puede que alguna de nuestras niñeras me dejara caer. Eso explicaría por qué no soy tan lista como Rose.

—Nadie es tan lista como Rose. —Con la excepción, tal vez, de Connor Cobalt.

—Cierto —contesta, se ríe y se dirige a la puerta—. Vamos a ver si te encontramos algún tío bueno.

Ya. Esto no va a acabar bien.

Capítulo 2

Daisy intenta dejarme sola con un modelo rubio guapísimo. ¿Cómo puede existir una cara así sin Photoshop? Estructura ósea perfecta, los ojos azules más bonitos que he visto en mi vida... Dios, estoy metida en un buen lío.

—Voy a por un poco de ponche. Vosotros quedaos aquí y charlad un rato —dice Daisy. Intento cogerla del codo, pero se esfuma enseguida.

—¡Daisy! —La voy a matar.

Se da la vuelta, sonríe y me dice con un gesto que me mezcle entre la gente.

Miro atrás. El chico, que me saca una cabeza, bebe de un vaso de plástico. Se inclina para hablarme al oído y me pone una mano en la cintura. Pronto empieza a bajarla. Trago saliva.

—Eres como una joya escondida —me dice con una risita.

Evito esos ojos azules que empiezan a causar estragos en mi cuerpo, calentando ciertas partes que de ningún modo debería calentar nadie que no sea Loren Hale.

Me quito sus manos de encima tan rápido que parece que esté matando moscas. Luego mascullo algo ininteligible que suena a «he de ir a mear» o «mira allá». En cualquier caso, me libro de él y del montón de modelos que hay en la pista de baile y encuentro un lugar seguro en el sofá que hay junto a los ventanales, tras los que se ve la ciudad iluminada y despierta, llena de taxis y peatones.

Daisy está charlando con un chico que parece de su edad, aunque con esta gente es difícil saberlo. Tiene el pelo negro, rasgos europeos y es delgado; podría ser el líder de una banda de rock alternativo. Ella no se ha dado cuenta de que me he librado de su amigo el pulpo.

A mi lado hay un chico drogado y medio inconsciente con los ojos fijos en el techo. Sigo su mirada, pero no sé qué le parece tan interesante además del techo blanco.

De repente, echo un vistazo a la mesa de roble que hay junto a la pared, que está decorada con un arsenal de licor barato. La gente se va sirviendo y busco inconscientemente a Lo detrás de una morena de pelo rizado. Cuando se pone un par de cubitos de hielo en la bebida y se va a la cocina, lo veo apoyado contra la pared beis con un vaso caro lleno de un líquido de color ámbar.

Tiene los pómulos marcados y una expresión que oscila entre la irritación y la diversión. Da un traguito y me mira a los ojos: sabe que lo estoy mirando, como si compartiésemos un secreto que todos los presentes ignoran. Baja el vaso y apoya la cabeza en la pared, alzando un poco la barbilla. Me mira y yo lo miro a él, y es como si todo el pecho se me hinchase de helio.

Lo deseo.

Lo necesito.

Ansío que me abrace y rodearle el cuerpo con los brazos. Que me susurre al oído que todo irá bien, que seremos mejores el uno para el otro. ¿Será así? ¿Seguiremos amándonos si él es abstemio y yo sigo lidiando con lo que me atormenta? ¿Encajará en mi vida si yo continúo sufriendo mi adicción y él está sano, tras superar la suya?

Quiero tener un lugar en su vida. Solo espero que cuando vuelva, también él me quiera a mí.

Parpadeo. Se ha marchado. No sé dónde. Nadie quiere decirme en qué centro de desintoxicación está, así que lo único que me queda son estas perturbadoras fantasías y el deseo de que vuelva. Al menos conseguí sacarle a Ryke algunas respuestas. Me dijo que, durante el primer mes del programa, no puede comunicarse con el exterior. No sé si eso se refiere solo a mí, porque tengo la sensación de que Ryke y él sí que han estado en contacto desde que ingresó. Es posible que yo sea la única a la que han sacado de su vida, a la que han apartado como basura.

De todos modos, espero expectante a que llegue febrero, cuando se le permitirá comunicarse por correo electrónico. En marzo recuperará el teléfono. Si logro sobrevivir a enero, estaré bien. O, al menos, eso es lo que intento recordarme.

Me vibra el teléfono. Me lo saco del bolsillo y me seco los ojos con la muñeca mientras leo el mensaje.

RYKE

Me he dejado la cartera en tu casa. Ábreme la puerta.

Me quedo paralizada. Releo el mensaje cuatro veces. «Ábreme la puerta». La puerta de la casa en la que se supone que estoy ahora mismo, esa que Rose ha comprado en un pueblecito apartado. ¿Y si finjo que no lo he leído?

RYKE

Lily, sé que estás ahí.

¿Qué? ¿Cómo?

Ryke

No pienso follar contigo. Déjame entrar.
Ahora mismo debería estar en Times Square.

Dejo los dedos suspendidos sobre el teclado. Si no respondo, puedo fingir que no he leído los mensajes. Así de sencillo. Y mañana puedo mentir y decir que he perdido el móvil. Será mejor que lidiar con Ryke en estos momentos.

Ryke

Los dos tenemos iPhones. Sé que has leído mis mensajes, así que deja de pasar de mí y abre la puta puerta.

Ay...

El teléfono empieza a sonar y doy un brinco. El nombre de Ryke Meadows aparece en la pantalla.

Me he metido en un lío. No hemos desarrollado ese tipo de relación en la que se habla por teléfono; hasta el momento nos hemos limitado a los mensajes. Aunque sea el hermanastro de Lo, acaba de entrar en nuestras vidas, y aunque Lo haya perdonado sus faltas pasadas —como la de haber sabido dónde estaba su hermano pequeño durante siete años y no hacer nada al respecto, ni siquiera pasarse a saludar—, yo he mantenido las distancias con él. Y no tiene nada que ver con el sexo o su miembro viril, sino con lo molestas que me resultan algunas de sus costumbres, como la de meter las narices en los asuntos de los demás o comportarse como un macho alfa cuando la situación no lo requiere.

Mi dedo sigue flotando sobre el botón verde. Al final, tomo una decisión precipitada y salgo corriendo al patio para evitar la música y las voces. Aunque esté fuera, las calles abarrotadas de gente que celebra la Nochevieja compensan la ausencia del ruido de la fiesta. Mi teléfono sigue vibrando iracundo. Me lo llevo a la oreja y espero a que Ryke hable; yo no pienso ser la que inicie esta conversación.

—Abre la puta puerta.

—No puedo.

—¿Cómo que no puedes? Saca el culo de la cama y baja. —Lo oigo zarandear la puerta de hierro, como si quisiera abrirla a base de fuerza bruta.

—¿Estás intentando entrar a la fuerza?

—Empiezo a contemplar la posibilidad. —Suspira molesto—. Hace siete días que se fue, no cinco putos años. No seas patética.

Aprieto los labios. Por esto no me cae bien. Su honestidad brutal me resulta muy grosera. A veces se pasa intentando ayudar a la gente que quiere.

—Soy consciente. Y que sepas que me cambié de chándal el cuarto día y el quinto me lavé el pelo.

¡No soy patética! Estoy intentando vivir sin mi mejor amigo. Es muy duro. Me han arrebatado mi única razón para levantarme por la mañana y pintarme una sonrisa en la cara.

—Felicidades. Ahora ábreme la puerta.

Y entonces se me agota la suerte.

—¡¡¡Feliz Año Nuevo, hijos de puta!!! —grita un tipo cinco plantas más abajo. Estoy completamente segura de que Ryke lo ha oído.

—Antes de que me digas nada —me justifico a toda prisa tras percibir su furia implacable al otro lado del teléfono—, Daisy me ha suplicado que la acompañara a esta fiesta. Me ha mirado con ojitos de cordero degollado. Tú no te has tenido que enfrentar nunca a esos ojos, así que no puedes juzgarme. Y luego he pensado que no había para tanto, que tiene quince años, que sería una fiesta de pijamas en la ciudad, nada para llevarse las manos a la cabeza. —Me señalo el pecho como una idiota, olvidándome de que él no puede verme—. No es culpa mía que los amigos de mi hermana pequeña le doblen la edad. ¡Ni siquiera sabía que también bebía cuando no está con la familia! Así que no es culpa mía. ¿Te enteras? ¡No es culpa mía! —Termino mi discursito respirando hondo.

Tras una corta pausa, se limita a preguntar:

—¿Dónde coño estás?

—Seguramente volveré a casa después de la doce —evito responder, por si tiene intención de venir a buscarme.

—¿Confías en ti?

Me quedo en silencio y miro un modelo que está buenísimo apoyado en la barandilla para llamar la atención de una chica que hay en la calle.

Va sin camiseta.

Y está bueno. Pero supongo que eso es normal teniendo en cuenta a qué se dedica.

¿Que si confío en mí? Pues no del todo. Pero no puedo quedarme toda la vida encerrada, regodeándome en la miseria entre las sábanas como una hiena moribunda. He de ser valiente. He de intentar ser normal, aunque mi mente me grite que no lo haga.

Ryke se toma mi silencio como una respuesta.

—Si no puedes ni contestar que sí, no deberías estar en ninguna fiesta. Ve a buscar a Daisy y quédate con ella hasta que yo llegue.

¿Qué? No, no, no…

—No necesito que me hagas de niñera, Ryke.

Exhala con fuerza.

—Mira, le prometí a Lo que me aseguraría de que no te tiraras por un puto acantilado. Si ayudarte a ti le ayuda a él, haré lo que haga falta. Nos vemos. —Me cuelga y entonces reparo en que no le he dado la dirección del apartamento. Quizá sea un farol y solo esté tratando de meterme miedo para que no haga nada estúpido y precipitado, como enrollarme con un modelo. Como besarme con un tipo cualquiera. Me asusta esa vocecilla en mi mente que me dice que adelante, que desencadena que me olvide del amor de mi vida por un segundo tan fugaz como terrorífico. Luego, cuando ya lo haya hecho, me sentiré llena de asco y vergüenza, tanto que jamás podré salir de ese pozo.

Respiro hondo y sacudo las manos temblorosas. Entro en el apartamento y encuentro a Daisy al lado de la nevera, que tiene un montón de imanes en forma de letras. Alguien ha escrito «corre... té». Qué ingenioso.

Daisy sigue bebiendo de su vaso de plástico, que ahora está lleno de ponche, y charla con un modelo italiano altísimo con una gruesa melena color chocolate y una sonrisa increíblemente brillante. Cuando me acerco, se despide enseguida y le da vueltas al teléfono, que tiene en la palma de la mano, con una expresión dubitativa.

—¿Qué pasa? —le pregunto.

—Me acaba de pasar una cosa muy rara. No sé... —Da otro trago de ponche y se lame los labios—. Ryke me acaba de escribir. —Mierda—. Ni siquiera pensé que se hubiera fijado en mí...

Por lo que recuerdo, Ryke y Daisy solo se han visto una vez en la mansión familiar de Villanova, un barrio de lujo de las afueras de Filadelfia, y más que presentarse en serio se saludaron con la mano.

—¿Qué quería?

—Saber en qué fiesta estaba. Le he dado la dirección. —Se encoge de hombros—. ¿Crees que le gusto o algo así?

—No sé, Dais... Tiene veintidós años y no me parece la clase de tío que le tiraría la caña a una quinceañera. —Porque esos tíos son unos pervertidos.

Frunce los labios.

—Supongo que no... Pero, entonces, ¿para qué me ha preguntado dónde estoy? Aparento más años de los que tengo, Lily. Y gano mi propio dinero...

—Sigues teniendo quince años —la interrumpo—. Y él, veintidós.

Tengo que quitárselo de la cabeza antes de que Ryke aparezca por aquí. No puedo permitir que piense que tiene algo que hacer con él. No, ni hablar. Me rasco el cuello. Igual tengo la varicela.

Ella gime.

—¡Es superfrustrante, joder! La mitad del tiempo me siento mayor de lo que soy. Hay gente que me trata como si tuviera veinte años y luego tengo que volver a clase, donde me tratan como a una niña. A veces soy una adulta y a veces una cría. Una y otra vez. —Se termina la bebida.

—Perdona... —No sé qué decirle para que se sienta mejor—. Dentro de poco cumplirás los dieciséis y luego solo te quedarán un par de años más. —Muevo las manos como si llevara unos pompones de animadora.

Ella suelta una risita.

—Mira que eres cursi.

Me encojo de hombros.

—Al menos te he hecho reír.

—Sí.

—De todos modos, ¿de dónde ha sacado Ryke tu número?

—Yo no se lo he dado. Puede que se lo haya pedido a Rose. Entonces... ¿por qué crees que viene?

Inhalo con fuerza; estoy tensa.

—No estoy segura —miento.

—Bueno, ahora nos enteraremos. —Mira su vaso vacío—. Voy a servirme otra. ¿Y si vas a charlar con Bret? —Señala con la cabeza al rubio guapísimo del que he salido huyendo antes.

—¿Te quieres librar de mí? —bromeo—. ¿No te diviertes conmigo?

Ella sonríe.

—Es que no quiero dejarte sola. He sido yo quien te ha pedido que vinieras y puede que tarde un poco en llegar hasta el ponche. —Señala el balde enorme lleno de líquido rojo y piña cortada—. ¿Ves a Jack? Es ese que está ahí.

Miro al chico europeo con el pelo negro en el que me he fijado antes.

—Sí.

—Habla mucho. Nunca consigo librarme de él y cuando lo intento me siento culpable. Seguramente tardaré unos diez minutos.

—Puedo ir a salvarte —sugiero.

Ella niega con la cabeza y se pone un mechón de pelo detrás de la oreja.

—No, no. Sé cómo manejarlo. Diviértete, ¡mézclate un poco con la gente! —insiste, como si mezclarme entre los demás fuese la solución. No lo es.

Cuando desaparece, me asaltan los nervios y empiezan a sudarme las palmas de las manos. Lo que de verdad quiero es ir tras ella, pero me ha dicho expresamente que no vaya con ella. ¿No? Aguanto la ansiedad y miro a los ojos sin querer a un modelo de piel oscura. Ha puesto las manos sobre la mesa del alcohol y se le marcan los bíceps.

Me muerdo las uñas. Estoy perdiendo el control. Quizá debería intentar tranquilizarme, ir a lo mío. Ir a buscar a alguien... A Bret...

¡No!

Me palpita todo el cuerpo. Es el mono, lo que me he estado negando los últimos siete días. Lo único que saciará los nervios, el miedo y todo lo que me llena la mente hasta marearme es el sexo.

El sexo es la solución.

Pero en lugar de elegir a uno de los modelos y lanzarme a sus brazos, me concentro en el baño. «Métete ahí y te sentirás mejor», me digo. Me lo repito una y otra vez: no necesito ningún chico. Puedo yo sola.

Así que me dirijo al cuarto de baño que hay en el pequeño pasillo. Tras esperar en la cola, que es bastante larga, cierro con pestillo y me siento en el inodoro. Intento recordarme que he llevado a cabo este ritual en sitios mucho más asquerosos que este. Me bajo los pantalones cortos y las bragas hasta los tobillos, respiro hondo, me relajo y llevo los dedos a ese punto palpitante. Cierro los ojos y me pierdo en mis pensamientos, abandono esta fiesta y me dirijo a un lugar mucho más excitante.

Me imagino a Lo. Recreo un recuerdo cercano en el que estábamos juntos de verdad.

Las luces se habían atenuado, los tráileres de las películas se habían terminado y en la pantalla aparecían los créditos de inicio. En la negrura, yo intentaba no concentrarme en las pesadas respiraciones de Lo, en la forma en que su brazo y su pierna se presionaban con firmeza contra los míos. Tenía los ojos fijos en la pantalla para no mirarme, para mantenerse ajeno a la dolorosa tensión. Me acarició la pierna con la mano derecha, con maestría, para pedirme en silencio que me concentrara en la película. El cine estaba vacío y estar aislados en la última fila no ayudaba a calmar mis deseos.

Me acarició la rodilla desnuda; con cada minuto que pasaba se acercaba más al muslo. Los apreté con fuerza; la tensión se acrecentaba con insoportable lentitud. Yo inhalaba con fuerza, pero de forma superficial, esperando el momento inevitable en que sus dedos se hundieran en mí, deseando mucho más.

Siempre le gustó provocarme. Eso no ha cambiado.

Su mano subía y subía. Se coló debajo de mi falda, me acarició la tela suave de las bragas. Rozó con un dedo el punto palpitante, con suavidad, sin fuerza ni presión; con la boca abierta, yo me retorcía y resistía el impulso de pedirle más a gritos.

Silencio, oscuridad, el miedo a que nos pillaran... Esa era la atmósfera seductora con la que jugábamos. Tragué saliva sin despegar la vista de la pantalla, pero no prestaba atención a las imágenes. Estaba perdida en aquellas profundas sensaciones.

Se me aceleraba el pulso al pensar en la posibilidad de que alguien nos descubriera. A veces, la gente entraba a echar un vistazo y no quería que me echaran ni me arrestaran. Sin embargo, perdí la voluntad de negarme en cuanto me acarició la rodilla y empezó a subir.

Me hundí en mi asiento y me tapé los ojos con la mano. Eché la cabeza hacia atrás de forma instintiva mientras él acariciaba mi vulva húmeda y sensible.

—Lo... —gimoteé en voz baja y entrecortada.

Cuando noté el roce de sus labios entreabiertos en la oreja, estuve a punto de correrme. Y entonces susurró.

—Silencio. No gimas.

Necesitaba que me llenase. Y, como si me leyera la mente, me metió los dedos y empezó a acariciarme el clítoris en círculos con el pulgar. Me quedé sin respiración. «No gimas. Oh...».

El sonido de la comedia no bastaba para sofocar los futuros gemidos que sabía que vendrían. Sabía que no tendría forma de acallar los gritos. Ya se me había escapado uno, libre y agudo.

Él tampoco estaba ya concentrado en la película. Me acariciaba el cuello con los labios, aunque la oscuridad del cine ocultaba sus movimientos. Solo lo sentía; sentía sus gruesos labios, el roce de su brazo contra mi pecho, el bombeo rítmico y tóxico de sus dedos.

El clímax llegó poco a poco, como cuando subes la cuesta de una montaña rusa. «Fóllame», quise gritar, pero me contuve. Me tragué mis gemidos y me cogí al reposabrazos como si me fuera la vida en ello. Cuando acertó en el punto exacto, abrí la boca y sufrí un espasmo, enrosqué los dedos de los pies mientras me iba cubriendo una capa de sudor.

«Oh, no...».

Apreté los muslos con fuerza por impulso, obligando a su mano a adoptar una postura incómoda, cualquier cosa para acallar los gritos que estaban a punto de escapar de mis labios, que harían que nos descubrieran.

Me dio un beso en la sien y susurró:

—Necesito la mano, mi amor.

Yo tenía los ojos cerrados con fuerza, pero negué con la cabeza repetidas veces. «No, no, no». Si yo debía correrme sin gritar, él no podía hacerme eso. Necesitaba tiempo para recobrar la compostura. Mi parte más enloquecida pensó en sacarle la mano de golpe y subirme sobre él a horcajadas para colmar esa necesidad con algo más robusto.

Me acarició el cuello con la mano que tenía libre y luego sus labios hallaron los míos. Me dio un beso tan pasional y profundo que mi yo más insensata ganó la partida. Quería sentir su polla dentro de mí, la deseaba entera, y me importaba un cuerno dónde estuviéramos. Busqué a tientas su cremallera a toda prisa, ansiosa por desabrochársela.

Separó los labios de mí y me cogió de la muñeca para detenerme. Se inclinó una vez más a mi oído. Su aliento me hacía cosquillas en la piel.

—Antes quiero mi otra mano.

Dudé durante un segundo fugaz, pero relajé los muslos y le solté la mano. Volví a buscar su cremallera, pero entonces él empezó a meter y sacar los dedos de mí con rapidez.

Se me pusieron los ojos en blanco, se me arqueó la espalda y el grito que estaba evitando se me escapó, como si hubiera alcanzado la cúspide de todas las cúspides.

«Maldito tramposo...».

Pensé que eso era todo, pero dejó los dedos donde estaban y mi cuerpo empezó a escalar otra vez. Y otra vez. Las repentinas sacudidas me obligaron a echarme hacia delante; me agarré a su fuerte bíceps y a su camiseta de algodón. Él seguía con el brazo presionado contra mi pecho, deslizándose hacia abajo, desapareciendo entre mis piernas. Solo pensar en que estaba dentro de mí bastaba para abandonarme a esa espiral de placer.

Me tapó la boca con la otra mano para sofocar los gemidos que seguían saliendo de mí con insistencia. Mi cuerpo se sacudía una y otra vez; no tenía fin. No podía tenerlo, ya que él se movía ligeramente, tocando nuevos lugares que me impulsaban de nuevo al abandono.

El éxtasis que se había adueñado de mí había acabado con los miedos a ser descubierta; me aferraba a ese clímax desesperada, con una necesidad vital y palpable. Ya no anhelaba nada más: él era suficiente.

—¡Lily!

Sí...

—¡¡¡Lily!!!

Alguien aporrea la puerta furioso.

¡No!

Abro los ojos ante el presente. Estoy en la fiesta. En un baño, con la frente sudada, con los ojos casi en blanco, a punto de llegar al clímax gracias a ese recuerdo.

Todavía no he llegado al punto más dulce. Ardo de tensión, pero la voz de Ryke me ha asustado tanto que he dado un brinco en el inodoro, como si me hubiese dado una descarga eléctrica. Me visto a toda prisa.

—¡Sí, sí, sí...! —le contesto gimoteando, pero me estremezco al instante. ¿En serio? ¿No podría haber dicho simplemente «salgo»?

—Eres incorregible... —contesta él.

Está tan cerca que puedo imaginarlo apoyado en el marco de la puerta.

Me pongo como un tomate. Me lavo las manos con mucho jabón y me miro al espejo. Estoy presentable, salvo por las mejillas coloradas. Hasta ahora, solo he intentado eliminar el porno de mi vida, no las fantasías. No debería sentirme avergonzada, pero de todos modos tengo un nudo en la garganta.

Me encanta ese recuerdo, porque luego me enteré de que Lo le había pagado al encargado para que pudiéramos disfrutar de un visionado privado. Había comprado todas las entradas de la sala. Tenía pensado excitarme, saciar mis necesidades de una forma nueva. Quizá Rose diría que eso es alimentar mi adicción, pero es uno de los recuerdos más dulces del arsenal que guardo para excitarme.

En cuanto abro la puerta, una chica con el pelo negro como la noche masculla: «Zorra» y entra en el baño tras empujarme contra la pared. En fin, tampoco era necesario. Cierra de un portazo y, al levantar la vista, veo una larga fila de chicos y chicas indignados, con los brazos en jarras. Me fulminan con la mirada.

Se me llenan los brazos del sarpullido que me sale cuando me sonrojo. Espero que piensen que estaba vomitando ponche y no haciéndome un dedo.

Y entonces me vuelvo ligeramente y me encuentro a Ryke apoyado en la pared, tal y como me lo imaginaba. Tiene los brazos cruzados y me mira fijamente y de forma penetrante. Tiene el pelo castaño bastante bien peinado; ya quisieran todos esos modelos. Va sin afeitar, lo que le confiere un aspecto mayor y más duro. Me mira de arriba abajo, como si estuviera tratando de hallar la mancha del libertinaje.

Lo ignoro y me dirijo al salón. Sabía que me seguiría, así que no me sorprende sentir su presencia como una sombra molesta e indeseada. Cuando llego a la cocina, me coge del hombro y me obliga a darme la vuelta y enfrentarme a su mirada acusadora, como si ya la hubiera cagado.

Y quizá lo haya hecho. Ya no estoy segura de nada. Ojalá alguien pudiera darme una guía que me indicara qué se supone que debo hacer exactamente, pero nadie parece saberlo. Mi adicción no es normal. Ese es el puto problema.

—Vaya pinta tienes —empieza.

—Muchas gracias —contesto secamente—. Si te has cruzado la ciudad para decirme eso, misión cumplida. Ahora déjame en paz.

—¿Por qué haces eso? —me espeta.

—¿Qué? —Hago muchas cosas. Igual que él.

—Comportarte como si yo fuera una rata. Huir de mí.

Me encojo de hombros.

—No lo sé. Quizá porque me mentiste durante meses. —Podría haberme contado que era el hermano de Lo. Me siento tan engañada como mi novio; la diferencia es que yo no olvido con tanta facilidad. Ryke es como un sarpullido para el que no existe medicación.

Pone los ojos en blanco y contesta:

—Supéralo de una vez.

¡Lo odio!

—Vale. —Le dedico una sonrisa molesta—. Pues superado.

Intento dejarlo atrás para ir a buscar a mi hermana, pero él suspira exasperado y me coge del brazo para detenerme.

—Espera. Lo siento, ¿vale? No sabía qué relación tenías con Lo. No podía confiarte esa información. ¿Le habrías contado la verdad?

Vacilo. No estoy segura. Es posible. Lo miro con el ceño fruncido; comprendo sus reservas.

—Sigues sin caerme bien —le recuerdo.

—Tú tampoco eres santo de mi devoción. —Mira a su alrededor—. No he encontrado a Daisy y eso que me he pasado diez putos minutos buscándola. —Se pasa una mano por el pelo, nervioso.

Respiro hondo.

—Pero ¿te acuerdas de qué aspecto tiene?

—La he visto en fotos. Es alta. Alta de cojones. Tiene tus ojos verdes y el pelo castaño de las Calloway. Demasiado flaca, plana... ¿Me equivoco?

Lo fulmino con la mirada, aunque ha acertado en todo, excepto en lo del pelo. A petición de su agencia de modelos, la semana pasada se lo tiñó de un castaño claro casi rubio.

—Tiene quince años.

Se encoge de hombros.

—Pues igual aún está a tiempo de que le crezcan las tetas.

Lo miro con cara de póker mientras intento encontrar las palabras que reflejen mis emociones. Parpadeo.

No. No tengo palabras.

Así que me conformo con mi respuesta habitual.

—Eres un capullo.

Él nunca lo niega.

—Vamos a buscar a tu hermana y nos largamos. Ya celebraremos el Año Nuevo en tu casa. —No me restriega por la cara que le haya estropeado los planes. Quién sabe con qué clase de mujer tenía pensado quedar y follar. He evitado ver a Ryke en su hábitat natural. Es una parte de él que quiero mantener muy lejos de mí, porque eso significaría que somos amigos. Y no lo somos. Solo somos dos personas que deben coexistir y verse de vez en cuando. Eso es todo.

Echo un vistazo a mi alrededor y me abro paso en la cocina y la pista de baile abarrotada. Daisy no está por ninguna parte, ni siquiera cerca del ponche, que está rodeado de modelos de revista. Recorro sus bíceps con la mirada y observo cómo se les tensan los músculos bajo las camisas ajustadas. Dios. Esta fiesta no es para mí. Noto una capa de sudor en la frente y que aumenta mi ansiedad. «Que alguien me saque de aquí».

—No la veo —murmuro.

—¿Cómo la vas a ver? No haces más que follarte con la mirada a la mitad de estos tíos.

Lo miro boquiabierta. Ya me he cansado de sus comentarios malintencionados. Me vuelvo hacia él con los puños apretados y fuego en los ojos.

—Pero ¿yo qué te he hecho?

Aprieta los dientes; veo cómo se le tensan los músculos. Se está conteniendo. «Suéltalo, colega». Mi orden telepática funciona, porque pregunta:

—¿Miras a otros tíos cuando Lo está presente?

¿Eso es lo que le molesta? Se me cae el alma a los pies. Creo que un puñetazo en el estómago me habría resultado más agradable. Por supuesto que a Lo le importaría que mirara a otros tíos. A mí me importaría. La verdad es que no he fantaseado con ningún otro chico desde que se fue, pero eso no importa. Sé que estoy a un paso de imaginarme a un tipo sin cara y sin nombre que se mueve como debe y que dice lo que quiero oír.

Pero, una vez empiezo, ya no sé cómo parar. Y eso que estoy intentando echar el freno. Ahora mismo estoy desesperada y necesitada, todo lo que de verdad no quiero estar.

Creo que necesito ir a terapia. Necesito encontrar a alguien que sepa cómo ayudarme. Y me esforzaré más.

—Mirar no es ponerle los cuernos —me defiendo con un hilo de voz—. Y no está aquí, Ryke. Concédeme una tregua.

Respira hondo y se rasca la cabeza.

—Odio que esté saliendo con una adicta. No tienes ni idea… —Se frota los ojos—. Lo hace el doble de duro, ¿sabes?

—Sí. Sí que lo sé —susurro.

Exhala de nuevo y, por fin, relaja los músculos.

—Mira, sé que os queréis. Sé que intentaréis estar juntos, aunque eso acabe con vosotros. Puede que sea un capullo que te esté dando donde duele…

Uf… Me estremezco y me sonrojo. Vaya combinación de palabras.

—Joder, Lily, no quería decir eso. —Niega con la cabeza con una mueca de asco y me señala—. Tienes la mente más sucia que ninguno de los tíos que conozco. —No se lo negaré—. No sé cómo hacer esto de forma amable. Yo no soy así. Nunca lo he sido. Así que a veces seré un grano en el culo. —Me vuelve a señalar—. Y no pienses en ningún culo. —Demasiado tarde—. Siempre lo elegiré a él, pero eres una parte muy importante de su vida, y eso significa que también serás parte de la mía, te guste o no.

—Vale —murmuro. ¿Qué más puedo decir?

La fiesta se anima: en la televisión una famosa estrella del pop acaba de salir al escenario. Los demás invitados empiezan a imitar sus movimientos con torpeza, chocándose los unos contra los otros. Tampoco veo a Daisy entre los bailarines.

—¿Nos separamos para buscarla? Así vamos más rápido —pregunto mientras me muerdo las uñas.

—No. —Me coge la mano para que pare. Mira a un grupo de chicos que se están pasando un plato de cristal y haciéndose rayas de coca junto a la ventana—. ¿Te parece la clase de fiesta adecuada para una quinceañera?

Supongo que no.

—Son modelos.

Frunce el ceño, como diciendo: «¿Y a mí qué coño me importa?».

—¿Y?

Supongo que no es excusa, pero es dificilísimo hablar con él. Siento que todo es una pelea constante. Y se me da fatal pelear.

Me dirijo al ponche, donde vi a Daisy la última vez. Noto que me sigue, colándose en los caminos que voy abriendo.

Hay seis personas alrededor de una cachimba. Se la van pasando mientras el humo se acumula ante sus ojos vidriosos. Por suerte, Daisy no está en el grupo. Sigo buscando hasta que la veo abrazada al reposabrazos de un sofá. Está al lado de Jack, el chico parlanchín del pelo negro. Se va acercando a ella, que da un trago de su bebida y le sonríe con timidez. Supongo que no la he visto por culpa de toda la gente que está bailando delante.

Cuando me ve, le dice algo a Jack y se pone de pie. Se tambalea un poco.

—Menos mal. Pensaba que tendría que hablar con él el resto de la noche —me dice mientras me coge de la muñeca.

Ryke la inspecciona con su mirada feroz habitual. Sube la mirada de su vaso de plástico hasta su cara.

—¿No eres menor de edad? —Técnicamente, yo tampoco tengo edad para beber, pero me lo callo, sobre todo porque no he bebido, así que qué más da.

Daisy lo mira con los ojos entornados.

—¿Quién eres tú? ¿Mi padre? —pregunta ladeando la cabeza en un tono más cortante de lo habitual—. Diría que no.

—¿Para qué me preguntas a mí si piensas contestarte tú? —le espeta. No se arredra, por mucho que sea mi hermana y una adolescente. ¿Por qué tiene que ser tan beligerante? Lo habría pasado de ella. O eso creo.

—Era una pregunta retórica. ¿Sabes lo que significa eso? Es una pregunta que no espera respuesta, que solo pretende demostrar algo. Es una figura literaria.

Pongo unos ojos como platos. Qué hostil. Debe de tener algo que ver con la conversación que hemos tenido antes, sobre lo que le molesta que la traten como si fuera mayor y luego no. ¿Por qué otra cosa iba a reaccionar así?

—No lo sabía —contesta él, ladeando también la cabeza—. ¿Sabes lo que era eso? Sarcasmo. Se inclina un poco hacia ella. Medirá unos diez centímetros más.

Ella alza la barbilla y le aguanta la mirada.

—Me parto de risa contigo —dice con voz inexpresiva.

Él enarca las cejas.

—Mira, si resulta que sí sabes lo que es el sarcasmo. —Le quita el vaso y veo que se le relajan los músculos de los hombros—. De todos modos, ¿qué es esta mierda? —Huele la bebida y se estremece—. Huele fatal.

—Ponche de frutas. Está bastante fuerte. Solo me he bebido un vaso y medio. —Tiene los ojos medio cerrados, pero todavía no se la ve muy borracha. Quizá esté un poco achispada. Yo he decidido no beber porque el alcohol desinhibe y yo necesito estar inhibida del todo.

De repente, dos tipos empiezan a gritarse en mitad de la pista de baile. Sus novias intentan a contenerlos cogiéndolos de los brazos, pero no lo logran. Se abalanzan el uno sobre el otro.

—¿En serio? —Daisy contempla la escena y niega con la cabeza. Antes de que me dé tiempo a asimilar lo que está pasando, se dirige a la pista taconeando con las botas y se abre paso entre los demás para llegar hasta los dos tipos enfurecidos.

Está chiflada. Mi hermana pequeña está como una cabra. Por Dios.

Uno de los chicos, el tatuado, empuja al otro, que tiene la piel más morena.

—¿Qué coño hace tu hermana? —pregunta Ryke. Cuando vemos que se interpone entre los dos, Ryke maldice entre dientes y va tras ella. Yo lo sigo de cerca, agarrándome de su camiseta para no perderlo.

Daisy extiende las manos entre los dos tíos.

—¡Apártate, hostia! —le grita el tatuado.

—Vamos, Bryan, ¿qué vas a hacer? ¿Darle un puñetazo? —No tiene ni pizca de miedo por estar en medio de todo. «¿Y si eso es precisamente lo que quiere?», me pregunto. Qué desastre.

—¡No te metas, Daisy! —grita—. ¡Ese cabrón se ha acostado con Heidi! —Una pelirroja intenta tocarle el hombro, pero él la aparta de un manotazo. A su alrededor, el círculo se va abriendo a medida que llegan más mirones, como si los dos tipos fueran Danny Zuko y Sandy Olsen a punto de hacer un baile inolvidable.

Solo que, en este caso, los pasos de baile consistirán en puñetazos y patadas con un aderezo de sangre.

—¡Es una puta mentirosa! —grita el bronceado, al que se le marcan todas las venas del cuello.

Yo me quedo a una distancia segura. El chico bronceado me asusta: parece preparado para moler a Bryan a palos solo por sugerir que se ha follado a otra chica. Sin embargo, Daisy sigue separándolos con los brazos extendidos, aunque me da la sensación de que está un poco adormilada. ¿Está borracha? Pero no ha bebido tanto y parece estarle subiendo mucho de repente.

Ryke se mete en la «zona de pelea» y le pone una mano en el hombro.

—Vamos.

—No pueden liarse a puñetazos aquí —protesta ella—. Es una estupidez.

Le acerca los labios al oído y le oigo decir:

—No va contigo, Daisy. Déjalo estar de una puta vez.

Ella lo aparta débilmente. Se tambalea. Luego señala a Bryan y le dice con desdén:

—¿Te crees muy hombre? Le pegas ¿y luego qué? ¿Él te la devuelve y te sentirás mejor?

—¡Cierra la puta boca! —le grita Bryan.

Ryke le lanza una mirada asesina, tan poderosa que movería montañas. Luego vuelve a mirar a Daisy.

—Muévete.

Mi hermana sigue mirando a Bryan, desafiante.

—¿Quieres pegarle? Tendrás que pasar por encima de mí.

—¡Daisy! —grito. Sí, lo que busca es que le peguen, tal vez para sentir algo. No sé qué le pasa, pero me está asustando.

Y entonces es cuando el bronceado ataca desde atrás. Ryke aparta a mi hermana de un empujón y ella se cae de rodillas mientras él encaja un puñetazo en la mandíbula. Me muevo entre la gente, que vitorea y aplaude mientras Bryan le da un rodillazo a su contrincante y Ryke intenta salir de la pelea.

Daisy ya se ha incorporado y se está limpiando las manos en su chaqueta militar.

—¿Lily? —Se tropieza contra mi pecho. La saco de allí y la llevo a la cocina, donde por fin podemos respirar.

—¿Estás loca? —le grito—. ¡No puedes ir provocando a tipos como esos para que te peguen!

Me pone un brazo sobre los hombros.

—¿Crees que mamá se habría enfadado si me hubiera estropeado esta carita tan mona? —Se ríe, pero no tarda en callarse. Parpadea varias veces, como si estuviera viendo puntos negros o las estrellas—. ¿Lily?

—¿Qué te pasa? —le pregunto con voz aguda, zarandeándola.

—No lo sé... Algo no va bien.

—¿Estás borracha? —Qué pregunta más tonta.

Ryke se abre paso entre la multitud. Lleva una marca roja en el pómulo.

—Eso ha sido la estupidez más grande que he visto en mucho tiempo.

Ella se vuelve muy muy despacio.

—¿Quién es el estúpido? ¿Ellos o yo? —Sigue parpadeando.

Ryke se la queda mirando, fijándose en su extraña forma de moverse.

—¿Estás bien?

—Perfecta. ¿Y tú? —Su mirada se dirige lentamente al golpe.

—Perfecto —murmura él sin dejar de inspeccionarla—. Tienes un par de huevos, ¿lo sabías?

—Pues sí. —Esboza una sonrisa, pero se le siguen cerrando los ojos.

—¿Daisy? —La preocupación en la voz de Ryke es como una puñalada.

Le fallan las piernas, pero él la coge antes de que se caiga.

—¿Qué coño le pasa? —exclamo. El corazón me late desbocado.

La levanta, pero la cabeza le cae hacia un lado y tiene los brazos muertos.

—Daisy. —Ryke entorna los ojos y le da unas palmaditas en la cara—. Daisy, mírame.

Nada. Le pellizca las mejillas y la zarandea un poco. Está inconsciente. Le pongo dos dedos en el cuello para notarle el pulso, que es débil.

—No lo entiendo. Solo se ha tomado una cerveza y un vaso de ponche. —Bueno, uno y medio, pero dudo que eso pueda hacer que se encuentre así.

Ryke le apoya la oreja en el pecho para ver si respira.

—Respira, pero muy despacio.

Vale. Me muerdo las uñas e intento entender qué ha pasado. Esto no es una borrachera. Sé que aspecto tiene alguien que está borracho y… y no es este. Ryke se la coloca mejor en los brazos y luego le levanta un párpado.

—Tiene las pupilas dilatadas. —Aprieta los dientes en una expresión severa—. ¿Quién le ha servido el ponche?

Me quedo boquiabierta.

—¿Crees que la han drogado?

—No lo creo, joder, estoy seguro.

Jack. Echo un vistazo a mi alrededor hasta encontrar al chico del pelo negro. Está en la cocina, apoyado en la nevera, moviendo los imanes con un amigo para escribir «chúpame el nabo».

Ryke sigue mi mirada y aprieta los dientes.

—¿Ese tipo?

—Sí.

—Sostenla —me pide. Pone los pies flácidos de mi hermana en el suelo y la apoya en mi pecho. Yo la rodeo por la cintura para que no se caiga al suelo.

—¿Qué vas a hacer? —Le pregunto. ¿Irá a darle una paliza? ¿A tener una conversación civilizada? ¿A sacarle información? Son tantas las opciones...

—Quédate aquí.

Pues vaya respuesta.

Antes de que me dé tiempo a insistir, Ryke entra en la cocina con el ceño fruncido. Lo primero que hace es embestir a Jack y dejarlo contra la nevera, clavándole el bíceps en la garganta. Los imanes de colores se caen al suelo con un repiqueteo.

—¿Qué cojones haces? —maldice Jack con un ligero acento británico. Intenta sacarse a Ryke de encima, pero este lo embiste con más fuerza. Parece a punto de arrancarle la yugular.

—¿Qué le has puesto en la bebida?

—¡No sé de qué me hablas! —contesta mirando a su amigo. Este intenta intervenir poniéndole a Ryke una mano en el hombro, pero él lo fulmina con la mirada.

—Si me tocas le rompo el cuello.

Pongo unos ojos como platos. La verdad es que, en parte, me creo la amenaza. El tipo levanta las manos y retrocede.

Ryke se vuelve hacia Jack.

—Han drogado a Daisy, la hermana de mi amiga. Tú le has servido la bebida, así que quiero saber qué coño le has echado.

Veo en su rostro que empieza a comprender.

—Mierda, tío. ¿Se ha desmayado? —Intenta mirar tras Ryke para ver a Daisy, pero este le da una bofetada—. ¡Joder! Vale, vale, no hace falta que me pegues. Te lo digo. —Hace una mueca, un gesto culpable—. Hemos puesto GHB en el ponche, pero solo lo bastante para colocarse... Nada más. La verdad es que no se me había ocurrido que alguien se fuera a desmayar por eso...

—¿Ah, no? —replica Ryke con desdén—. No todo el mundo reacciona igual a las drogas. ¿Cuánto pesa? ¿Veinte kilos? ¿No se te ha ocurrido que podría afectarle más que a ti? ¡Usa el puto cerebro!

—Vale, vale. —Traga saliva—. Vale, tío, tienes razón. La próxima vez lo haré. Cerebro encendido.

Ryke lo suelta.

—Y diles a las demás chicas de la fiesta lo que hay en el ponche, sobre todo si la droga que has echado sirve para violarlas.

—Ya lo he pillado. —Asiente con rigidez.

Ryke pone los ojos en blanco. Todavía está cabreado. Vuelve adonde estamos y coge a Daisy en brazos, lo que no parece costarle ningún esfuerzo. Luego le coloca las manos en el pecho para que no parezca un cadáver. Yo sigo en estado de shock. Los acontecimientos de esta noche me han dejado de piedra. Estoy muda. Perpleja.

Ryke se detiene en la puerta de la cocina y grita:

—¡Para quien no lo sepa, han drogado el puto ponche! ¡Feliz Año Nuevo!

Cierro de un portazo al salir, para que nuestra marcha sea aún más dramática. Espero que la proclama de Ryke haya ayudado a alguien. Tal vez no sea así, pero no hay mucho más que podamos hacer sin ser unos aguafiestas y estropearle la diversión a todo el mundo.

Bajamos en el ascensor y salimos del edificio.

—¿Dónde está tu coche? —pregunto mientras caminamos. Las calles están abarrotadas de taxis y otros vehículos. Algunas almas valientes caminan entre ellos vestidas de fiesta, intentando llegar a algún sitio sin conseguirlo.

—No muy lejos. Lo he dejado en un aparcamiento de pago —explica mientras acelera.

Yo intento seguirle el ritmo.

—¿Cómo está?

La mira y vuelve a levantar la vista.

—¿Me haces un favor?

—Sí, claro.

—Busca «síntomas de GHB» en Google.

El miedo me eriza la piel. Obedezco de inmediato.

—Hum... Pérdida de conciencia... —Qué sorpresa—. Respiración lenta, pulso débil... —Pongo unos ojos como platos al leer el resto de los síntomas: «bajada de la temperatura corporal, vómitos, náuseas, convulsiones, coma, muerte». Muerte—. ¡Tenemos que llevarla al hospital! —Marco el número de emergencias desesperada, pero me equivoco. ¡Maldita sea!

—No, espera un momento. Deja el teléfono y dime los demás síntomas.

—Hum... Convulsiones, coma, muerte... —Creo que voy a vomitar.

—Bueno, convulsiones no tiene. No está en coma y te aseguro que muerta tampoco. Así que tranquila. —Se recoloca a Daisy en los brazos—. Está muy fría, joder.

Chasqueo los dedos y doy un saltito.

—¡Ese es uno de los síntomas! Que baje la temperatura corporal es uno de los síntomas.

Se le ensombrece la mirada.

—¿Hay alguna otra cosa que me estés ocultando?

«Piensa, Lily».

—Esto... Vómitos y náuseas. Ya está.

Él asiente.

—Iremos al hospital. No le va a pasar nada. Tú intenta no tener un ataque al corazón en plena calle. ¿Te ves capaz?

Lo fulmino con la mirada.

—Sí.

Por suerte, no tardamos en llegar al aparcamiento mal iluminado donde tiene el coche. El Infinity está aparcado entre un Mini Cooper y un BMW.

—Tengo las llaves en el bolsillo —me dice.

Miro el bolsillo de sus pantalones... que está al lado de su entrepierna. Él pone los ojos en blanco.

—No es momento de ser una pervertida, Calloway.

—Ya. —Alargo la mano, aunque me he puesto como un tomate. Él tampoco parece muy feliz de que tenga que toquetearle por los alrededores del pene. Saco las llaves y aprieto el botón para abrir el coche, que cobra vida con un bocinazo y el parpadeo de las luces.

—Siéntate en el asiento del copiloto y te pongo a Daisy en el regazo.

Obedezco y él coloca a mi hermana inconsciente en el asiento conmigo. Le pongo las piernas a un lado y la mano en la cabeza, que está fría y sudada. Luego le apoyo la mejilla en mi pecho. En este momento, me siento responsable de ella.

—Al hospital —le recuerdo.

—Ya lo sé.

Arranca y sale a la calle. Al cabo de cinco minutos, estamos en un atasco terrible. Hay mucha gente paseando por la ciudad, gente que se choca con el coche de Ryke y nos tira confeti en el parabrisas. Yo no despego los dedos de la muñeca de Daisy para controlarle el pulso.

Mientras tanto, observo a las chicas que pasean por las calles tambaleándose sobre sus tacones. Sus chicos las sujetan por el brazo para que no acaben dándose de bruces contra el cemento. Las parejas me hacen pensar en Lo; en nuestro caso, habría sido yo quien lo sostuviera a él, y no al revés.

El año pasado me puse un vestido plateado y brillante y decidí ir toda la noche sin bragas. Pensé que así sería más fácil echar un polvo en el baño con el señor Cualquiera. Ahora que lo pienso, comprendo que fue muy mala idea. Me pasé la noche bailando en una discoteca elegante, demasiado borracha para darme cuenta de que lo enseñaba todo con cada salto que daba. Lo terminó bailando a mi lado y poniéndome una mano en el hombro para que mis saltos de canguro fueran más discretos. Incluso tiró hacia abajo el dobladillo del vestido. Cuando quedaba poco para medianoche, hasta se ofreció a prestarme su ropa interior, a lo que me negué enseguida. Me encanta ese recuerdo, aunque sea una muestra de lo mal de la cabeza que estamos. Lo único que me gustaría olvidar es el final de la noche: él cogió una habitación en el Ritz para dormir la mona y yo me metí en una habitación en la planta anterior para follarme a un tipo.

—¿Crees que cuando vuelva todavía querrá estar conmigo? —le pregunto a Ryke en voz baja. No estoy segura de si él me esperará, como yo a él.

Ryke se agarra con fuerza del volante.

—No lo sé.

—¿Qué sabes entonces? —pregunto mientras le aparto a Daisy el pelo sudado de la cara.

—Que te masturbas demasiado —contesta fulminándome con la mirada. Pongo unos ojos como platos y miro a mi hermana de forma instintiva. Está en otra dimensión, así que no creo que lo haya oído. O eso espero—. No creo que se acuerde de mucho.

Eso no hace que la vergüenza no me arda en la cara. Por supuesto, no ha podido evitar hacerme un comentario sobre lo que estaba haciendo en el baño cuando ha llegado.

Pero Daisy gime antes de que aúne el coraje para responder. Mueve los párpados y veo el blanco de sus ojos antes de que aparezcan sus pupilas.

—Dais... —La zarandeo con suavidad.

Ella gira un poco el cuello; está torpe y débil. Mira a Ryke a los ojos, y él, sin soltar el volante, la mira a ella. Tras un largo momento en el que los dos simplemente se miran, le pregunta:

—¿Vas a vomitar?

Ella parpadea y contesta:

—No.

Ryke se quita el cinturón, para el coche y abre la puerta.

—¿Qué haces? —pregunto perpleja.

—Estaba siendo sarcástica —contesta él.

Frunzo el ceño. A mí no me lo ha parecido. Rodea el coche, abre la puerta de mi lado y le inclina el cuerpo hacia fuera, dejándole los pies en el borde del coche. Ella se agarra de la puerta respirando con dificultad. Tiene mal color.

Le froto la espalda mientras ella empieza a bajar la cabeza. Está a punto de caerse a la calle, pero la sujeto por los hombros. Ryke se arrodilla frente a ella y le levanta la barbilla con dos dedos.

—Mírame, Daisy. —Chasquea los dedos a la altura de su mirada, pero no sé si ella lo mira o no.

—De... de puta madre la fiesta, ¿eh? —Le tiembla todo el cuerpo.

—Sí —afirma Ryke mirándole los brazos y las piernas temblorosas—. De puta madre.

—Era... una figura retórica. —Se inclina hacia delante cuando le sobreviene una arcada. Ryke se aparta y ella vomita en la calle. Mientras él hace una mueca, la multitud empieza a corear:

—Diez... Nueve...

Estamos demasiado lejos de la celebración, pero la gente grita al unísono, llenando el mundo con un coro de felicidad.

Debe de haber sido una de las Nocheviejas más terroríficas que recuerdo. Justo detrás de aquella vez que me desafiaron a besar a una rana, aunque aquello fue más asqueroso que terrorífico.

—Siete...

Y esta será la primera vez que no me besan después de las campanadas.

—Cinco...

Cuando éramos niños, Lo me ponía las manos en las mejillas y me daba un beso rápido. Luego nos reíamos a carcajadas. Después me seguía a las fiestas elegantes a las que nos llevaban nuestros padres e intentaba robarme otro beso.

Y yo siempre dejaba que me atrapase.

—Dos... ¡Uno!

—¡Feliz Año Nuevo!

Enero

Daisy se incorpora mientras la multitud grita emocionada y la gente se aferra a sus seres queridos para darles el primer beso del nuevo año.

Ryke la observa.

—¿Estás bien?

—Estupendamente. —Se limpia la boca con el dorso de la mano—. ¿Puedes llevarme a casa?

Él niega con la cabeza.

—Vamos al hospital.

Ella cierra los ojos unos instantes y, cuando los abre, lo fulmina con la mirada.

—No.

—Sí —insiste él—. No es una puta democracia. Mi coche, mis normas.

—Mi cuerpo, mis decisiones —replica ella—. Mira... En serio, solo tengo náuseas. —Un escalofrío le recorre todo el cuerpo. Él le pone una mano en la frente y ella se la aparta de un manotazo—. No me toques.

Ryke está furioso.

—Eres un cubito de hielo. Te han drogado, Daisy. Si te vas a dormir y te quedas en coma será culpa nuestra.

—Tiene razón —intervengo. Uf, qué asco me ha dado pronunciar esas palabras—. Vamos a ir al hospital. Rose ya te habría llevado en helicóptero, así que tienes suerte de que podamos ir en coche y no montar el numerito.

Daisy inhala poco a poco. Mete los brazos y las piernas en el coche y se acomoda contra mi pecho. Ryke cierra la puerta y se dirige al lado del conductor.

—Lo siento... Se suponía que iba a ser una noche divertida —susurra temblorosa—. Que te ayudaría a dejar de pensar en Lo...

Sonrío y le doy un golpecito en la cadera.

—Pues lo has conseguido. Y ¿sabes qué? Pese a lo que ha ocurrido al final, me lo he pasado muy bien. —No es mentira. Creo que hoy he aprendido más cosas sobre mi hermana que en los últimos siete años.

—¿De verdad? —Cierra los ojos, se encoge y se queda traspuesta. Sigo comprobándole el pulso, solo para quedarme tranquila.

—De verdad.

Ryke sube al coche y cierra la puerta. Se queda un lago rato mirando por el parabrisas.

—Tengo que hacerte una pregunta, Lily. —Me mira—. ¿Es que todas las Calloway estáis igual de locas?

Contengo una carcajada. Estoy a punto de negarlo, pero la verdad es que no puedo.

—Poppy es bastante normal.

Asiente despacio mientras asimila la información. El tráfico empieza a dispersarse y por fin conseguimos movernos. Respiro hondo, feliz de ir por el buen camino.

Capítulo 3

Lo del hospital fue un fiasco. Ya ha pasado una semana, pero todavía me estremezco cuando recuerdo las mentiras que Daisy le contó a la enfermera. Cuando le preguntó su nombre, le soltó que se llamaba Lily Calloway.

No la corregí porque comprendía sus motivos. No quería que llamaran a nuestra madre y que, en consecuencia, se enterara de todo. Así pues, le di a la enfermera mi carné de identidad, que podría pasar por el de Daisy porque en la foto tenía dieciséis años y está un poco oscura. Hasta a mí me sorprendió que no me obligaran a hacerme otra. El pelo casi me tapa toda la cara y tengo la cabeza inclinada hacia abajo porque estaba intentando pasar el mal trago lo más rápido posible. Lo se rio de mí al verla, aunque la suya no era mucho mejor. Salía sonriendo con sarcasmo, como el gran idiota de dieciséis años que era.

Esta noche, pensar en él no me ayuda. Doy vueltas en la cama, me agarro de las sábanas y aprieto la cara contra el cojín. Algunas noches son peores que otras. Esta ha sido atroz.

Tengo el cuerpo caliente y cubierto de una capa pegajosa de sudor. Lo deseo tanto… Cierro los ojos con fuerza y me imagino sus manos recorriendo la desnudez de mi espalda, desde las caderas a los hombros…

Necesito que alguien me estreche entre sus brazos, que frote las palmas de las manos sobre las partes que más lo ansíen, que me acaricie el pecho y me lama el cuello hasta que toda esta tensión estalle en forma de clímax. Lo ansío tanto que termino mordiéndome las uñas hasta las cutículas, dando vueltas y más vueltas y mirando a la pared, sin dejar de preguntarme si debería ir a buscar a alguien que me alivie, que me ayude a alcanzar la dicha de la liberación.

¡No!

Me lamo los labios y me estremezco; me tiembla todo el cuerpo, consecuencia de posponer, de negarme lo que tanto deseo. O tal vez sea solo mi cerebro, que me está jugando una mala pasada. Quizá esté todo en mi cabeza.

Inhalo profundamente y me apoyo en el cabezal de roble. Cojo el mando a distancia de la mesita de noche y enciendo la televisión de pantalla plana que hay encima de la cómoda. Se come toda la pared y, comparada con las cortinas blancas que envuelve la cama de matrimonio con dosel y la butaca de terciopelo rojo, le confiere al cuarto un toque futurista. Rose decoró mi habitación y he de admitir que hizo un buen trabajo. Hay cuadros de estilo *pop art* y cojines de cuadros blancos y negros. Aunque podría pasar sin el dosel. Una noche me enredé con las cortinas y acabé aporreándolas como una idiota.

Miro los canales de contenido a la carta y echo un vistazo a los programas especiales nocturnos. Encuentro una película porno en la que un profesor seduce a su estudiante. Es todo un cliché, pero no me cabe duda de que me subirá la temperatura. Solo espero que me ayude a encontrar el alivio que busco.

Adelanto el principio, en el que, en general, la chica se limita a chupársela. Las mamadas de las pelis porno no suelen excitarme, a no ser que el chico tenga algún gesto dulce, como apartarle el pelo a ella o decirle que está muy guapa mientras se la hace. En la mayoría de las escenas, el tipo se limita a metérsela hasta la garganta, y a mí eso de atragantarse con una polla no me pone nada.

Llego a la mitad de la película, cuando el profesor tumba a la chica en su escritorio. Lleva unas gafas de montura *vintage* y una camisa blanca. Ya se ha quitado los pantalones, así que la embiste sin más contemplaciones. Ella suelta un grito desaforado, pero enseguida empieza a gemir: «Mmm..., sí. Así... Sí...». Se manosea los pechos, que son enormes, mientras él se la mete con fuerza. Es evidente que está fingiendo, y tal vez a un tipo que esté cachondo le dé igual, pero a mí no. Sus gemidos son cada vez más estridentes y entonces me doy cuenta de que sus orgasmos me provocan rechazo. No todo el porno es igual.

La paro para elegir otra película. Me gusta sorprenderme, así que no leo la descripción y apenas le echo un vistazo al título. La adelanto otra vez y no tardo en ver de qué clase de película se trata.

La chica está tirada en un banco, en un vestuario, mientras el chico le azota las nalgas desnudas. Es una película de sumisión, de *bondage* o de ambas cosas. Me hundo en la cama con la esperanza de que esta chica no chille como una hiena. Suelta un gritito cuando el chico la penetra. La embiste con dureza y brusquedad mientras ella se agarra a las taquillas para no caerse. Él la agarra del cuerpo y suelta unos gruñidos carnales. Tras un par de minutos, ella le ruega: «Por favor, haga que me corra, señor. Por favor». Esto suele ponerme, pero hoy no siento nada. Ni siquiera se me pasa el calentón. Simplemente..., me siento vacía.

Le quito el sonido a la tele y considero si comprar otra película o no, pero no sé ni si una con mis estrellas del porno preferidas me serviría. Me parece una tontería; lo único que deseo es a Loren Hale. Los estímulos visuales no me alivian el mono de mi novio.

De repente, la triste experiencia de esta noche desencadena un recuerdo reciente con Lo, cuando estuvo sobrio durante un breve período de tiempo. Pauso la película y me seco los ojos.

Lo se dejó caer en mi cama, en nuestro piso de Filadelfia, mientras yo ponía un vídeo porno. Le había preguntado si quería ver uno conmigo, pensando que tal vez sería distinto cuando estaba sobrio. Él me miró con las cejas enarcadas y una sonrisa torcida antes de encogerse de hombros y seguirme a mi cuarto.

En la pantalla aparecía una rubia no especialmente despampanante en una celda en la que de repente entraba un policía joven y sexy que le recorría el cuerpo con una mirada lujuriosa.

—¿Por qué está en el calabozo? —preguntó Lo rodeándome los hombros con un brazo. Yo apoyé la cabeza en su pecho. El corazón me latía con fuerza al pensar en lo que pasaría entre nosotros a continuación. Quería que me lo hiciera igual que el policía se lo haría a la chica.

—Creo que la han detenido por error, por prostitución o algo así, y que este policía la va a interrogar. Pero en realidad lo que va a pasar es que ella va a follárselo para que la suelte.

—Entiendo —contestó Lo arqueando una ceja.

Yo tragué saliva con fuerza mientras me preguntaba si estaría analizando lo que yo deseaba. A veces veía porno conmigo. Para mí, ponerme un vídeo porno era casi siempre algo privado, pero con Lo presente la excitación alcanzaba nuevos niveles, me tensaba las entrañas, me ponía los nervios a flor de piel.

La rubia se movía nerviosa mientras el policía la cacheaba, para luego deslizar las manos hasta la cintura de sus pantalones cortos.

—¿No debería haber hecho eso antes de meterla en el calabozo? —preguntó Lo con una sonrisa en la cara.

—Es porno. No ha de tener sentido.

La chica arqueó la espalda cuando él le hundió los dedos en las bragas, de donde ya no los sacó.

«¿Estás escondiendo algo de lo que deba estar informado?».

Ella negó con la cabeza.

«No... Señor».

De repente, se quedó sin aliento y soltó un largo gemido de placer, casi convulsionándose bajo su tacto. Y a mí se me aceleró la respiración... hasta que le eché un vistazo a Lo: me estaba mirando con el ceño fruncido, como si estuviese intentando comprenderme a través del porno. Me incorporé y me separé de él.

—No ha sido buena idea —dije y me dispuse a apagar la tele. Empecé a buscar el mando a distancia, pero él me cogió de la muñeca con suavidad.

—No, espera, estoy viendo la peli.

Siguió mirando la pantalla fascinado. El policía le desabrochó los pantalones a la chica, se los bajó hasta los tobillos y luego se los quitó.

«Has sido una chica muy mala, pero, si colaboras, te resultará muy fácil salir de aquí. Solo tienes que coger esto... —Se señaló la polla y ella se la agarró con los ojos muy abiertos y una expresión inocente—. Metértelo en la boca y follártelo. ¿Puedes hacer eso por mí?».

La chica se apresuró a asentir y se inclinó hacia delante mientras él se bajaba los pantalones azules. No llevaba ropa interior. Ella le cogió la polla con las dos manos y se la metió entera en la boca.

«Sí, joder... —gimió él con fuerza apartándole el pelo de la cara—. Toma tu castigo, nena».

En realidad, esa escena me calentó bastante, claro que supongo que tuvo algo que ver que Lo estuviera a mi lado. La chica lamió la polla como si fuese un helado y luego se la sacó de la boca de golpe con un gemido. Sin embargo, entonces Lo soltó una carcajada, estropeando el momento de golpe. Noté que me ardía la vergüenza, que no era el tipo de calor que deseaba.

—¿Qué te hace tanta gracia? —le pregunté.

—Calla —contestó con una sonrisa traviesa. Intenté volver a hablar, pero me tapó la boca con la mano y siguió mirando la película, tan divertido como fascinado.

«Te gusta, ¿eh?», preguntó el policía, a lo que la chica respondió con un gemido profundo y gutural sin dejar de mover la cabeza de arriba abajo. Entonces se sacó la polla de la boca otra vez y se azotó en la mejilla con ella. «Uuufff —gimió él—. ¡Joder!». La puso de pie de un tirón, le bajó la camiseta y empezó a estrujarle los pechos. «Muy bonitas».

Lo se rio aún con más ganas y me miró sin quitarme la mano de la boca.

—¿De verdad te pone esto?

Al fin, me soltó para que pudiese contestar.

—Suelo saltarme el principio —confesé—. A no ser que...

—No, no se lo pensaba contar.

Se le iluminaron los ojos.

—¿A no ser que...?

—A no ser que el chico le aparte el pelo de la cara a la chica —contesté sonrojándome.

Lo me dedicó una sonrisa de oreja a oreja.

—Qué adorable. —Cogió el mando a distancia y adelantó la película al momento en el que están teniendo relaciones de verdad, en el que la pareja habla menos y se limita a gemir y gruñir.

—¿Y ver esto te gusta más que acostarte con alguien? —preguntó mientras miraba la pantalla con los ojos entornados.

—No... Puede que a veces... —tartamudeé—. Es práctico.

Me miró de nuevo, esta vez con las cejas enarcadas.

—¿Más que conmigo?

—Ni de coña —contesté negando con la cabeza.

—Entonces ¿has echado polvos que hayan sido peores que ver una porno? ¿A quién coño te estabas follando?

Me encogí de hombros, ya que no tenía forma de responder a esa pregunta. Poco a poco, mis ojos abandonaron los suyos para concentrarse en la película, en la que el policía tenía a la chica despatarrada en el suelo. Costaba apartar la vista, sobre todo porque preveía que la cosa se iba a poner muy picante.

—Eh —me dijo Lo en voz baja mientras me acariciaba la barbilla con los dedos. Me inclinó la cabeza hacia él con suavidad. Tenía los labios entreabiertos y parecía a punto de besarme. Esperé a que recorriera la distancia que nos separaba, pero en lugar de estrecharme entre sus brazos e imitar lo que sucedía en la película, dijo—: En una competición entre esto y yo... Ganaré yo. Siempre.

Se lamió los labios y bajó la vista hacia mis pechos, mi barriga y ese lugar entre mis piernas que palpitaba, que ansiaba la fricción. Estaba a punto de demostrarme que él era mejor que el porno, aunque ya se lo hubiese asegurado yo. Subió un poco el volumen justo cuando el policía cambiaba a la chica de postura. Intenté no mirar a la pantalla, pero lo cierto es que el actor la tenía grande. La chica se subió encima de él con maestría y arqueó la espalda para que sus enormes pechos se convirtieran en el foco de atención del poli.

Lo se incorporó, me cogió de las piernas y tiró de mí con tanta fuerza que me quedé sin aire y caí de espaldas sobre el colchón. Eso sí que me distrajo... Se inclinó sobre mí y me atrapó la oreja con los labios, deslizando la lengua en el oído. Me temblaban los brazos y las piernas.

Se apartó y me susurró con voz ronca:

—¿Una película hace esto? —Me cogió de las muñecas y me puso los brazos por encima de la cabeza, como hacía a menudo. Me dejó inmovilizada con una mano y, con la otra, me levantó la camiseta y el sujetador. Con los labios, me lamió desde el pecho a la cintura de los pantalones, tentándome y provocándome sensaciones intolerables. Quería que se metiera dentro de mí, correrme con cada embestida, y sabía que me lo daría. Cuando se trataba de sexo, me lo daba todo.

Una película no podía tocarme como lo hacía Lo.

Habría dado casi cualquier cosa por oírlo llegar al clímax con un «te quiero», como hacía siempre.

Sin embargo, ahora tengo la mirada fija en la televisión en pausa y solo deseo que Lo esté aquí para colmar mis necesidades, en lugar de esta película porno que no me dice nada. Ni siquiera puedo intentar llegar al orgasmo. Solo soy capaz de pensar en Lo, en que me dijo, tan pícaro como siempre, que debería dejar de ver porno y que mi única droga debía ser él.

Ahora, la película me parece cutre, cursi y estúpida en comparación con él, así que apago el televisor.

Me levanto, reúno todos mis vídeos y los meto en la papelera que hay debajo del escritorio. No caben todos, así que cojo el recipiente de aluminio y abro la puerta, dispuesta a encontrar un contenedor más grande en el que sí quepan todos mis sucios secretos.

Siento que es lo correcto.

Pero deshacerme del porno no aliviará la tensión que se ha adueñado de mí.

Al menos, no por ahora.

Mientras bajo las escaleras en dirección a la cocina, oigo unas voces. Es casi medianoche, pero no me sorprende. Connor Cobalt y Rose planifican su tiempo juntos como si fuese una reunión de negocios. Mi hermana ya me había avisado de que en enero era posible que apareciera por casa tarde, ya que este mes solo pueden verse por las noches.

—¿Por qué estás leyendo eso? —le pregunta Rose.

Me acerco con sigilo al salón y me asomo por el arco de la entrada. Están de espaldas a mí, sentados en el sofá de color crema y envueltos en una manta violeta. Me llega el aroma de las flores recién cortadas que hay en el jarrón de la mesa de café. Cuando se marchitan, Connor trae un ramo fresco. Esta vez, ha elegido unas margaritas amarillas y rosas que me recuerdan a mi hermana pequeña.

Están muy cerca el uno del otro, brazo contra brazo, cada uno con su portátil. Ninguno de los dos lleva ropa normal para estar en casa. Connor viste un traje de color carbón —que debe de costar miles de dólares, estoy segura—, y ella, una prenda de Calloway Couture: un minivestido negro con una falda ancha transparente encima. Tan elegante como siempre.

Connor no levanta la vista de su ordenador.

—Porque es útil.

—Freud no es útil. Es exasperante y sexista, y se equivoca la mitad del tiempo. —Intenta cerrarle el ordenador, pero él le coge la mano y se lleva los nudillos a sus labios.

Le da un suave beso y le dice:

—Que no te gusten sus teorías no quiere decir que se equivoque. Tiene muchas cosas buenas.

—¿Cómo qué? ¿La envidia del pene? —le espeta ella.

Frunzo el ceño. ¿Qué narices es la envidia del pene? Es más, ¿de verdad están hablando otra vez sobre mis necesidades sexuales? El otro día pillé a Rose con un montón de libros sobre la adicción al sexo que no solo estaban subrayados y señalados con separadores, sino que estaban llenos de notitas adhesivas. Y la letra de esas notitas, y esto lo digo muy en serio, no era la de Rose. Como Connor Cobalt fue mi profesor particular, reconozco perfectamente su caligrafía perfecta.

Puedo aguantar que mi hermana se meta en mis asuntos, pero ese novio suyo que cree tener siempre la razón... Es más difícil de aceptar.

Estoy intentando acostumbrarme, aunque sea increíblemente raro. Durante años, Lo fue el único que conocía mis secretos, y ahora hay tres personas más ocultando la verdad. No es fácil de gestionar.

Y aún es menos fácil de asimilar.

—Exacto. La envidia del pene y el desarrollo psicosexual.

—No tienes ni idea. Mi hermana no tiene envidia del pene, porque eso implicaría que también puede tener complejo de Electra.

Me estremezco. Eso sí sé lo que es. Pues no, no siento ningún deseo de enrollarme con mi padre. Gracias, pero no.

—Yo no he dicho que lo tenga —contesta él como si tal cosa, y no a la defensiva, como hacen la mayoría de los hombres con Rose, una mujer que ataca con todas sus fuerzas, con la mirada dura y gélida, preparada para luchar con uñas y dientes. Y la amo por ello. Siempre que discuten, hago ondear banderas del equipo de Rose para mis adentros, deseosa de que la hermana con la que tengo más relación salga victoriosa—. Pero tu hermana es adicta al sexo. ¿Qué teorías tendríamos que estudiar? ¿Las de Aristóteles? ¿Ronald McDonald? ¿Erik Erikson? Lily tiene una cierta filia por los nombres.

Rose lo fulmina con la mirada.

—¿Ronald McDonald? ¿En serio?

—Freud es el pionero del psicoanálisis. Si lo desacreditas, no me queda más remedio que empezar con las referencias a McDonald...

Ella le cierra el portátil de golpe y él apoya un brazo en el respaldo del sofá y se vuelve ligeramente hacia ella. Retrocedo un poco para ocultarme mejor tras la pared.

Connor tiene los labios rosados, el pelo castaño y ondulado y una sonrisa que vale tantos millones de dólares como hay en su cuenta corriente.

—¿Sí? —la provoca él, mirándole los labios apretados.

Rose, que lleva el pelo recogido en una cola de caballo, lo atraviesa con esos ojos de gato entre verdes y amarillos.

—La teoría psicosexual tiende a considerar a las mujeres juguetes rotos e ineficientes que hay que reparar.

—Lo sé. Hay mucha misoginia en ella, pero es interesante, ¿no te parece?

—No, me saca de quicio.

Él sonríe.

—¿Como yo?

Ella pone los ojos en blanco, pero no se aparta. Es como si se negara a perder del todo el contacto con él. Es evidente que quiere que la bese, puede que casi tanto como él quiere besarla a ella. Pero entonces ella le gira la cara, cortando el momento de raíz. Es muy propio de Rose. A veces pienso que le tiene miedo a la pérdida de poder que implica mantener una relación, como si estuviese convencida de que va a perder algún tipo de ventaja si se muestra más vulnerable con Connor.

Pero él no parece sentirse derrotado, es más, en sus ojos veo justo lo contrario: determinación. Un desafío.

Se le suelta un mechón de pelo de la coleta y se apresura a ponérselo detrás de la oreja.

—Creo que he encontrado algo importante. Este psicólogo sugiere que la adicción al sexo puede estar muy relacionada con el trastorno obsesivo compulsivo. Si investigo un poco sobre el TOC, puede que comprenda mejor lo que le está pasando a Lily.

—Si investigamos.

Ella frunce el ceño.

—¿Qué?

—Has dicho «si investigo el TOC». Ya te dije que quería ayudarte, y eso es lo que voy a hacer. Lily también es amiga mía. —Se mueve un poco para acercarse más hasta que el portátil de Rose queda apoyado sobre una pierna de él y una de ella. Parece un momento íntimo, así que decido marcharme en silencio y dirigirme a la cocina, pero, cuando me doy la vuelta, uno de los DVD que hay cerca del borde de la papelera se resbala y se cae al suelo causando un gran estruendo.

Los dos se vuelven de inmediato y yo me quedo muy quieta y con unos ojos como platos. Soy como un cervatillo paralizado ante los faros de un coche. «Por favor, no digáis nada. Dejad que me vaya poco a poco y finjamos que no nos hemos visto».

Pero no tengo esa suerte.

Rose cierra su portátil para que yo no vea la pantalla, se levanta del sofá y se alisa el vestido.

—¿Qué haces levantada? Pensaba que te habías tomado una pastilla para dormir. —En ese momento, se fija en la papelera llena de DVD.

—Todavía no me la he tomado —contesto, ignorando a Connor. Su presencia ha aumentado el peso de mi vergüenza, aunque los dos se comporten de forma completamente inocente, como si lo que está ocurriendo fuera lo más normal. ¿Por qué siempre soy yo la que se pone como un tomate?

—¿Qué es eso?

Rose se acerca al arco que separa la cocina de granito del salón, donde estoy yo, convertida en una estatua. Connor se levanta y se mete las manos en los bolsillos del pantalón de traje como si tal cosa. Como si ver a la hermana de tu novia con una papelera rebosante de porno fuese lo más normal del mundo.

—Iba a tirar esto —admito mientras le echa un vistazo a los DVD.

—¿Qué te ha llevado a hacerlo? —pregunta con un brillo de esperanza en los ojos. Se da cuenta de que me estoy esforzando. Se me hincha el pecho; su reacción me hace sentir un poco mejor.

—Nada, simplemente he pensado que ya era hora de tirarlos.

—¿Eso es lo que queda? —pregunta Connor mientras se pone junto a Rose. Se me hace un nudo en el estómago. Es unos diez centímetros más alto que ella, así que a mí me saca todavía más altura. Su complexión fuerte y musculosa me recuerda lo que me estoy perdiendo.

Doy un paso atrás, incómoda, y evito sus miradas.

—Voy a tirarlos y luego volveré a mi habitación.

Pero Rose me conoce muy bien, porque aparta a Connor con un brazo y le dice:

—Tienes que irte.

—Rose, está bien. No puede pasarse la vida temiendo a los hombres. Y, de todos modos, fue a una fiesta llena de modelos. ¿En qué me diferencio yo de ellos? —Lo descubro deslumbrándola con su impecable sonrisa.

—No es posible que acabes de compararte con un modelo de alta costura.

—Sí lo es.

Rose echa la vista al cielo como diciendo: «Dios mío».

—¿Quieres saber cuántas veces al día me pregunto por qué estoy contigo?

—Cinco.

—Un centenar.

—Si me hubieras avisado de que ibas a exagerar, habría contestado eso, cariño, pero pensaba que estábamos siendo realistas.

Resoplo.

—Buena respuesta.

Connor me señala.

—¿Lo ves? Está bien.

Rose pone los brazos en jarras y me mira para anunciar el veredicto. Si dijera que no, echaría a Connor sin pensárselo dos veces. Y la verdad es que tiene razón, por mucho que odie admitirlo. No debería tener miedo de estar cerca del sexo opuesto, aunque desde la fiesta de fin de año he estado un poco susceptible.

—Puede quedarse —le digo.

Me mira entornando los ojos, como si hubiera elegido mal.

«¿Qué?», replico solo moviendo los labios.

Señala a Connor con la cabeza. ¿Es que ya no lo quiere aquí? Pero entonces lo miro a él y veo que luce —y no miento— una sonrisa de oreja a oreja, como si acabase de ganar el Torneo Académico contra Princeton, la universidad de Rose (y ahora también la mía).

Ya veo. Rose ha perdido la batalla.

—Deja que te ayude con el porno —se ofrece Connor. Entra en la cocina a buscar una bolsa de basura mientras yo intento borrarme esa frase de la memoria. Dejo la papelera en el suelo y espero a que mi hermana estalle. Arruga la cara como si estuviese a punto de dar a luz.

Empieza a desahogarse en cuanto Connor entra en la despensa.

—¡No lo soporto! Te lo digo en serio, Lily, me vuelve loca.

Intento con todas mis fuerzas no echarme a reír. En diciembre, Rose y Connor rompieron cinco veces y sospecho que en enero lo harán el doble. Tienen la costumbre de cortar y reconciliarse al cabo de un par de días. Es tan gracioso como agotador.

—Creo que tú también lo vuelves loco a él —contesto—. Y lo digo con el mismo sentido que Britney Spears en su canción. —Empiezo a tararearla y luego canto el estribillo. A ella se le ensombrece el rostro: no le hace ninguna gracia. Suelto una carcajada sin poder evitarlo. Así es Rose.

Coge los DVD y se le relajan los hombros.

—¿Estás segura?

—Sí —contesto enseguida.

Es un gran paso, pero no quiero darle muchas vueltas. Ahora mismo, prefiero correr hacia la línea de meta a arrastrarme, y por eso no hago más que tamborilear con el pie, nerviosa, mientras espero a que Connor vuelva con la bolsa de basura que sellará mi destino. Espero lograr contener el impulso de comprar más películas o de meterme en páginas guarras de internet. Creo que seré capaz. O eso espero. Es lo único a lo que puedo aferrarme.

—Entonces... —digo mientras me retuerzo los dedos nerviosa—. ¿Crees que tengo un trastorno obsesivo compulsivo? —La verdad es que tendría sentido. Es cierto que relaciono mis necesidades sexuales con las compulsiones: necesito obtener ese subidón natural, más o menos como un obsesivo compulsivo necesita seguir sus rutinas sistemáticas. Simplemente, nunca se me había ocurrido relacionar las dos cosas.

—Algunos psicólogos creen que las adicciones tienen que ver con el trastorno obsesivo-compulsivo, pero yo no puedo diagnosticarte —responde Rose con sinceridad—. Tienes que ir a una terapeuta y...

—Ya lo sé —la interrumpo—. Ya lo sé, lo que pasa es que todavía no me he decidido por una. —¿Quién me iba a decir que en esta zona había tantos terapeutas especializados en la adicción al sexo? Y eso que ya había buscado un grupo de adictos al sexo anónimos y no había encontrado nada. Como la mayoría están formados con hombres que intentan contener sus ansias de sexo, tienen una política muy estricta contra dejar entrar a mujeres. Tiene sentido, pero también ha hecho que encontrar un grupo para mí sea imposible. De momento, he dejado de buscar y he decidido hacer terapia individual.

También hay centros para tratar la adicción al sexo en régimen interno, como el sitio en el que está Lo. Sin embargo, Rose descartó esa opción enseguida. No quiso darme una respuesta directa, pero después de insistir un poco le saqué que cree que tengo ansiedad social y que no debería intentar arreglar mi problema con un grupo grande. Ayer le dije que no tenía ansiedad social, pero mientras tanto me estaba paseando nerviosa de un lado a otro de la habitación.

Ella me miró con las cejas enarcadas y la cabeza ladeada.

—¿Cuándo fue la última vez que estuviste en un grupo?

—Muchas veces —contesté—. Voy a discotecas, Rose. ¡Allí hay gente por todas partes!

—Ya, pero ¿tienes que hablar con esa gente? Aparte de hablar con Lo, ¿hablas con alguien? Piénsalo, Lily. ¿Tienes siquiera alguna conversación con tus rollos de una noche o simplemente les echas una miradita y te vas a follar?

Tenía razón. Puede que tenga ansiedad social. Y, según Rose, debería concentrarme en una sola cosa. Además, creo que prefiere cuidar de mí a mandarme a algún sitio. Se volvería loca sin saber el programa exacto que seguiría o qué harían conmigo. Así que, por ahora, la mejor solución es la terapia.

—De eso me estoy ocupando yo —me asegura—. Mañana me reúno con dos terapeutas. —Ha estado concertando visitas solo para entrevistar a los terapeutas. La quiero más de lo que se imagina—. El último tipo era un idiota. Le pregunté acerca de la terapia cognitivo-conductual y me miró con cara de póker. No te miento.

Connor llega con la bolsa de basura.

—No, no te miente —interviene—. Yo también estaba.

Me sonrojo, pero no creo que se den cuenta. O tal vez les dé igual. Sí, eso debe ser. Antes de que me dé tiempo a meter los DVD en la bolsa, Connor coge la papelera del suelo y la vacía dentro. Que esté en contacto con mi colección de porno me ha puesto el estómago en un puño, hace que me sienta a punto de calcinarme.

—Ese tipo era un imbécil.

Ella vacila; no quiere estar de acuerdo con Connor, pero me doy cuenta de que lo está.

—¿Qué hizo?

Connor cierra la bolsa con un nudo y la pone junto a la pared. Le echa a Rose una mirada furtiva, llena de secretos, como las que yo compartía con Lo. Se me encoge el corazón, pero aparto el pensamiento a toda velocidad.

—Bueno... Llegamos a la consulta y Rose se presentó y le habló de sus problemas sexuales...

—Un momento... —Levanto las manos. Se me han puesto unos ojos como platos. Lo miro a él y luego a ella, pero no reaccionan. ¡Actúan como si toda esta puta historia fuera normal! Parpadeo y le pregunto a Rose—: No te harías pasar por mí, ¿no?

Ella niega con la cabeza.

—Por supuesto que no, Lily. —Exhalo un suspiro. Menos mal. Me habría dado mucha vergüenza—. Le dije que era adicta al sexo, pero le di mis datos, no los tuyos.

Dios mío.

—¿Por qué hiciste eso?

Se encoge de hombros.

—Si no lo hubiera hecho, no habría accedido a visitarme. Tenía que ser su paciente.

Me estremezco. No quiero mirar a Connor. Me siento más avergonzada por ella de lo que debería, y tengo la sensación de que pronto esto que estoy experimentando se verá multiplicado por diez.

—¿Y qué pasó después?

Rose estudia mi reacción y, de inmediato, se acerca a mí y me pone una mano en el hombro.

—No necesitas saberlo. No todos los terapeutas son como ese, y te lo prometo, Lily, solo te llevaré a uno que me parezca la perfección en persona.

De acuerdo, pero, de todos modos, siento una punzada de miedo.

—Quiero saberlo igualmente.

Connor se lleva dos dedos a los labios. Me mira de la misma forma que mi hermana: se está preguntando si puedo soportar la verdad.

—Por favor —insisto.

Mi insistencia debe de ganar la partida, al menos a Rose, ya que es la primera en claudicar.

—Me preguntó por mis preferencias sexuales y le dije que me inclino por el porno y los rollos de una noche, pero que nada demasiado fuera de lo común.

El fin de semana que Lo se marchó al centro de desintoxicación, le confesé a Rose la mayoría de mis secretos. Le expliqué que tenía la costumbre de largarme de los eventos familiares (e incluso le especifiqué cuáles) para echar un polvo en el baño o enrollarme con alguien en una discoteca. Nada más escandaloso: busco el clímax y me voy. Así es como me gusta con todo el mundo, excepto con Loren Hale.

—¿Y qué pasó? —Estoy a punto de morderme las uñas, pero decido cruzarme de brazos y enterrar las palmas de las manos bajo ellos.

—Enumeró una lista de cosas y me preguntó si me excitaban —responde sin inmutarse.

Connor tampoco parece afectado. Por Dios, emanan seguridad en sí mismos.

—Masturbación, vibradores, mamadas, anal, perrito... —interviene él.

—Ya lo ha pillado —lo corta Rose.

Él sonríe y juraría que están compartiendo otro momento íntimo de los suyos. Ella parece a punto de arrancarle la yugular, y Connor, de querer besarla por ello. Mira que son raros.

Me froto el cuello, que me arde.

—¿Vosotros sabéis lo que es sentirse avergonzado? —Si este es el superpoder de la gente lista, lo quiero para mí.

Connor mira al techo con ademán pensativo.

—Hubo una vez que... No, en realidad no. —Niega con la cabeza—. No, no era yo. —Sus ojos azules se encuentran con los míos—. No conozco la vergüenza.

—Yo tampoco —añade Rose.

La miro con los ojos entornados.

—¿Ah, no? —Tiene que haber alguna vez... Ah, ¡sí!—. ¿Y lo que te pasó en la excursión a Washington cuando ibas a sexto?

Yo no iba con ella, pero sus compañeros de clase me contaron la historia con tantos detalles que tendría que haber sido un robot para no entender cómo se sintió. Mi madre dijo que se pasó el trayecto de vuelta a casa llorando de rabia y de vergüenza.

Rose abre mucho los ojos, alarmada.

—¿Quieres saber lo que dijo el terapeuta o no?

—¿Te has puesto roja? —le pregunta Connor con una carcajada. Connor 2 - Rose 0. Mi hermana me va a matar.

—Volvamos al tema que nos ocupa —intervengo para intentar salvarla, pero el daño ya está hecho.

Connor le da un codazo en la cadera.

—¿Qué te pasó? ¿Te caíste en el estanque reflectante?

—No —contesta con el rostro inexpresivo y la mirada fija en la pared.

—¿Te equivocaste al citar el discurso de Abraham Lincoln?

—Eso es imposible, pero en caso de que me ocurriera, no me avergonzaría lo más mínimo.

—Pues yo sí —responde él con las cejas enarcadas.

—¿Sí? Bueno, tú eres como un gallo verde. Si tu especie existe, tú eres el único.

Él sonríe.

—Repite eso.

—Preferiría destripar a tu gata.

Me río.

—¡Vaya corte! —Que meta a Sadie en las discusiones siempre les da un poco de color. Rose ha amenazado con mutilar a su mascota de al menos veinte maneras distintas. Es su principal arma contra su novio, y cada forma de tortura que se le ocurre es más graciosa que la anterior. Al parecer, mi hermana todavía no ha puesto un pie en el piso de Connor por culpa de su gata naranja, que odia a las mujeres. Como además es hembra, para mi hermana esa criatura es lo más cercano a un demonio que puede ser un animal.

Connor intenta no sonreír aún más ni mostrar su derrota. Ladea la cabeza y dice:

—¿Algún idiota te tiró de las bragas? Dime cómo se llamaba; quiero hablar con él.

—Fue en sexto —contesta ella con el ceño fruncido—. No tienes que repasar mi historial y atacar a todos aquellos que me hayan agravado.

—Es cierto, porque ya se ha encargado ella de castrar a la mayoría —intervengo.

Connor suelta una carcajada. Juraría que está a punto de hincar una rodilla y proponerle matrimonio. Se lame los labios para esconder el placer que siente, que no hace más que aumentar.

—¿He acertado entonces? ¿Alguien te tiró de las bragas?

—¿Qué? ¡No! —Rose retrocede ofendida—. Eso ni siquiera me da vergüenza. Solo sería molesto, y precisamente por eso creo que deberíamos dejar el tema.

—No quiero dejar el tema, cariño. Cuéntamelo. Respira hondo y suéltalo. —Inhala con fuerza y suelta el aire por la boca para chincharla. Ella lo fulmina con sus ojos de gata.

—Está bien, Richard. —Ay, incluso lo ha llamado por su nombre de pila. La cosa se está poniendo seria. No puedo negarlo: sus discusiones hacen que piense menos en lo mucho que echo de menos a Lo y mis viejas costumbres. A veces, creo que estar cerca de Rose y Connor me relaja. Otras siento que se interponen entre mis deseos y yo—. Estaba paseando por uno de los museos Smithsonianos y me detuve delante de una maqueta del sistema solar. Mientras leía los carteles, unos chicos de mi clase formaron un grupito detrás de mí, se rieron y dijeron: «Se le ve Urano».

Connor no se ríe.

—Pues no es muy ingenioso.

«Eso no es todo», pienso.

Rose trata de sonreír, pero no lo consigue. Veo una chispa de ira en sus ojos.

—Pasé de ellos, pero entonces dijeron: «Oye, que te sangra el ano». —Connor frunce el ceño—. Ese fue el día que me vino la regla.

Me estremezco al recordarlo. Ese tipo de cosas no se te olvidan nunca. Aunque parezcan insignificantes, anécdotas de infancia como la de Rose se quedan en tu recuerdo toda la vida.

—Dime cómo se llamaban. —Connor la señala con el dedo mientras saca el teléfono y abre la app de notas.

Rose esboza una débil sonrisa.

—Les grité —continúa—. Ese día me di la vuelta, les dije que se callaran y luego me fui corriendo al baño y llamé a mi madre. —Se pone seria—. No quiero tener hijos jamás.

Se me encoge el estómago al oír la bomba que acaba de soltar. Yo ya lo sabía, pero hablar de tener hijos delante de un nuevo novio es una buena manera de que salga huyendo despavorido.

Es evidente que esta es una de las clásicas pruebas de Rose Calloway.

Connor respira hondo, como si estuviese asimilando la repentina proclamación. Sin embargo, mantiene una expresión neutra, aceptando así el desafío que le ha planteado mi hermana, que prácticamente le ha pedido que salga corriendo.

—Después de algo así, yo tampoco querría. Los niños deberían ser más respetuosos con el sistema reproductor femenino. Es lo que ha traído al mundo a los muy cabronzuelos.

Rose se echa a reír a carcajadas y yo no puedo evitar sonreír.

—¿Cabronzuelos? —repite.

Se encoge de hombros.

—Es mejor que «capullos».

—A mí me parece que «capullos» es más adecuado.

Entorno los ojos.

—¿De verdad estáis discutiendo sobre insultos?

—Sí —responden al unísono mientras se vuelven hacia mí.

Rose retoma el tema del terapeuta.

—En cualquier caso, enumeró toda una lista, me preguntó

qué prefería y le contesté. Luego me preguntó por la frecuencia con la que mantenía relaciones y luego me preguntó si había intentado parar, pero lo hizo de una forma muy poco profesional.

Connor me lo aclara:

—Le dijo que la mayoría de las mujeres que van a su consulta buscan atención, sobre todo porque él es guapo y está en forma y que, para comprobar que tenía un problema, tendría que, y cito textualmente, chupar pollas hasta que le sangrara la boca.

Se me cae la mandíbula al suelo.

—¿Qué? —digo con un hilo de voz.

Rose le da un puñetazo en el costado a Connor y él finge estremecerse, lo que la enfurece todavía más.

—Estaba intentando ser más sucinta. ¡No hacía falta contárselo palabra por palabra!

—Odio parafrasear. Como decías tú antes, es algo que me resulta molesto.

Rose levanta una mano hacia su cara, diciéndole así que pasa de él y que se calle con un único movimiento. Me mira a los ojos con ternura.

—Más tarde me enteré de que entre sus pacientes adictos al sexo no había ninguna mujer. Estoy tratando de encontrar a una mujer que comprenda tu condición. Y te prometo que no solo será respetuosa, sino que también será inteligente y que sabrá más que Connor y yo juntos.

—Eso es imposible —dice él—. Somos las personas más inteligentes del mundo entero. Si nos juntas, te sale un superhumano.

Rose pone los ojos en blanco de forma teatral, pero sonríe.

—Eres un idiota. —Me hace un gesto con la cabeza—. ¿Estás bien?

Creo a mi hermana. Confío en ella más que en nadie en este mundo, quizá incluso más que en Lo. Se ofendería muchísimo si me oyera decir algo así, pero creo que en este momento es la verdad. Él no está aquí, pero la tengo a ella.

Y es más que reconfortante.

—Gracias, Rose.

La abrazo y espero que, por horrible que sea, por mucho que me queje y por muchos pasos atrás que dé, me perdone.

Hace dos años...

Llevo las sandalias de cuña en la mano y mis pies descalzos están en contacto con la acera sucia. Estoy corriendo, bueno, más bien persiguiendo a Lo. Mientras intento alcanzarlo, veo una de las residencias de los de primero en la distancia rodeada de coches de policía. Los chicos que beben antes de tener la edad para ello estarán esposados o recibiendo una desagradable citación.

Lo se da la vuelta. Aminora la marcha y retrocede a la vez. Se le da muy bien salir huyendo. A mis dieciocho años, todavía me cuesta seguirle el ritmo.

—Acelera, Lil —me apremia, pero sonríe, como si esto pudiera ser una nueva aventura: escapar de la policía durante nuestra primera semana de universidad. Que yo corra tras él.

—Estamos... subiendo... por una colina —contesto resoplando, entre corriendo y caminando. Algo se me pega en la planta del pie. Frunzo el ceño y me estremezco. Espero que solo sea un chicle.

—Me voy a ir sin ti —me amenaza, pero no me lo creo, sobre todo porque está a punto de echarse a reír. Luego acelera, cogiendo velocidad con la esperanza de que yo encuentre las fuerzas para alcanzarlo por fin.

Nunca lo logro, pero es bonito que lo piense.

Me empiezan a fallar las piernas, así que uso mi última gota de energía para correr tras él por la escarpada colina. A nuestra izquierda, los coches vuelven de los bares y las discotecas. La fiesta en esa residencia ni siquiera ha sido tan divertida. Según Lo, la cerveza daba asco. No había sitio para moverse y los pasillos estaban tan abarrotados que hasta olía raro, a una mezcla de marihuana y sudor. Repugnante.

Pero no me arrepiento. Porque Lo estaba ahí, y así tendremos algo de lo que reírnos luego.

La camiseta negra se le empieza a pegar a la espalda, el pecho y los brazos firmes, destacando la forma de sus músculos. Puedo hacerme una idea de lo que hay debajo. Está guapísimo cuando corre. Es como si nadie pudiera tocarlo, como si dejara atrás un mundo en llamas y fuese camino de otro lleno de paz. La determinación le afila los pómulos y le aguza la mirada. Pero, por supuesto, eso no puedo verlo.

Solo tengo una buena vista de su culo, lo que tampoco está tan mal.

Y entonces me caigo. El dolor del tobillo es tan atroz que se me escapa un grito. Mierda, mierda, mierda... Me siento y echo un vistazo al hueso. No sobresale de la piel, pero tengo el músculo tirante y dolorido.

—¿Lil? —Lo vuelve corriendo hacia mí casi patinando colina abajo, con el rostro colmado de preocupación. Se inclina para inspeccionarme el tobillo y echa un vistazo al hueso igual que he hecho yo. Me lo toca con cuidado.

—¿Te duele mucho?

—Sí. —Hago una mueca.

—¿Tanto como cuando te rompiste el brazo? —pregunta, recordándome al abusón de la guardería a la que íbamos de pequeños. Harry Cheesewater.

Niego con la cabeza y él me coge de debajo de las axilas y

me levanta como si fuera una muñeca. Intento apoyar el pie, pero el dolor se intensifica como si me clavaran un millar de agujas afiladas. Se me llenan los ojos de lágrimas, así que me los seco con un gesto furioso. Me cabrea haberme caído, sobre todo porque se oyen las sirenas de policía en la distancia.

Lo último que necesita Lo es acabar la noche entre rejas. La última vez que lo metieron en el calabozo, su padre lo amenazó con mandarlo a una academia militar. Lo único que le hizo cambiar de idea fue que yo le prometí ayudarle a «arreglar» a su hijo, una intención que demostramos con nuestra relación falsa. Pero, aunque quisiera ayudarlo, no puedo. Esta noche me ha fulminado con la mirada solo por haberle sugerido que se pasara a la cerveza. Todavía me pregunto si me habría dejado tirada en la fiesta si le hubiese pedido que dejara de beber del todo. Lo único que está en mi mano es intentar convencerlo para que no se beba una botella más. Ese poder sí que lo tengo, así que recurro a él a menudo. Pero solo conseguirá mejorar cuando él de verdad quiera hacerlo.

Y es evidente que no ha llegado a ese punto ni de lejos. Ni siquiera sé cuánto más tendrá que hundirse antes. Esta noche ha bebido tanto que tiene los ojos vidriosos. Sigue estando presente, pero sus ganas de continuar bebiendo saltan a la vista, es evidente que está deseando tumbarse y quedarse dormido con la facilidad y la tranquilidad que le ofrece el alcohol.

—Te debes de haber hecho un esguince —dice sin dejar de mirarme el pie.

—Puedo ir cojeando —le aseguro.

Deberíamos llamar a Nola para que nos recoja. Odiamos los taxis lo bastante como para arriesgarnos a que nos descubra algún policía, pero contamos con la chófer de mi familia. Y el de la de Lo, aunque Anderson sería el último recurso. Pero a ninguno de los dos se nos ocurre mencionar a los chóferes. Es tarde y la verdad es que no quiero despertar a Nola para que venga a salvarnos.

—Me parece una idea estúpida —responde.

Miro atrás. Las luces azules y rojas parpadean en la distancia.

—Vete sin mí y ya llegaré.

Entonces aprieta la mandíbula y se le marcan los pómulos, como le pasa siempre.

—Esa idea es aún peor.

—Yo no he bebido nada de alcohol. Si la policía me pilla, no me pasará nada. Si te pillan a ti, te meterás en un lío con tu padre.

—Gracias por recordármelo. —Exhala un largo suspiro y luego se vuelve hacia mí para mirarme. Justo cuando pienso que va a echar a correr, y que por fin va a hacer caso a mi sugerencia, hace algo muy distinto: se inclina, me levanta las piernas y se me echa a la espalda.

—Cógete fuerte, mi amor.

Le rodeo el cuello con los brazos y empieza a correr. El viento me azota la melena castaña. Mientras me lleva lejos del caos, hacia la ciudad en la que vivimos, escucho su respiración acompasada. No es la primera vez que me lleva a caballito; ya lo hacía cuando éramos pequeños. Cuando no lograba subir por las Grandes Dunas de Arena de Colorado, cuando me olvidé de llevar zapatos cerrados a la selva de Costa Rica o cuando por lo que sea necesitaba que me llevaran en brazos... Él siempre ha estado ahí.

Pasan unos minutos que luego se convierten en horas. Ahora va más despacio, casi paseando. Las calles de Filadelfia están llenas de vida y resplandecen en mitad de la noche. Vamos camino del Drake, al nuevo apartamento que compartimos.

Lo me ha dado la vuelta y ahora me lleva entre sus brazos. Yo tengo la cabeza apoyada entre su cuello y su hombro y los ojos cerrados.

Esta noche ya he saciado mis deseos. La única persona que ocupa mis pensamientos es el hombre que carga conmigo.

—Creo que, si fueses uno de los X-Men, serías Quicksilver —opino con un pequeño bostezo. Tiene una capacidad sobrehumana: es capaz de correr a la velocidad de la luz. Además, es hijo de Magneto, que a veces espera demasiado de él. Su relación de padre e hijo es una de las más complicadas entre los mutantes.

Él reflexiona un poco y luego susurra:

—Preferiría ser Hellion.

Ya lo sé. A mí me gustaría ser casi siempre Velo para poder escapar de mis momentos más vergonzosos desapareciendo, pero la verdad es que seguramente ni siquiera merezca compararme con una X-Men. Al menos Lo sí que se parece a uno de ellos. Al menos puede identificarse con Hellion.

Estoy empezando a quedarme dormida.

—¿Cómo tienes el tobillo?

—Estupendo —susurro—, pero porque no lo tengo apoyado.

—Creo que tenemos hielo en el congelador.

Termino de cerrar los ojos.

—Hum... Suena bien.

Me da un beso en la frente y murmura:

—Te quiero, Lil.

Nos lo decimos todo el tiempo, pero las palabras no han perdido su poder. Significan para mí más de lo que él nunca sabrá, porque, al final, este tipo de amor es diferente al de un encuentro con un hombre en un bar, el del chico que te gustaba en el colegio o un romance nuevo y emocionante. Nuestros «te quieros» llevan consigo años de dolor, de risas, de sufrimiento, de corazones rotos.

Y cada vez que nos decimos esas palabras, nuestra niñez pasa por mi recuerdo como una ráfaga de viento. No logro imaginar cómo sería perder eso.

Como me he dejado el hielo puesto toda la noche, al despertarme tengo tanto frío que ansío el calor. A las diez, me preparo un baño caliente lleno de espuma y me sumerjo en el agua enjabonada para aliviar mi lesión en las aguas tranquilizadoras. Siento más dicha de la que podría expresar con palabras. Hasta que... Lo abre la puerta y entra arrastrando los pies. Me hundo más en el agua y recoloco la espuma para esconder mi desnudez.

—¿Es que tú no tienes cuarto de baño? —le recuerdo mientras moja el cepillo de dientes que ha traído, que es azul y de Spiderman.

Se vuelve apoyándose en la encimera. Lleva unos pantalones que se ajustan con un cordón y que no dejan absolutamente nada a la imaginación, pero me obligo a mirarlo a los ojos.

—Quería ver cómo tenías el tobillo —contesta antes de llevarse el cepillo a la boca. Ya hace una semana que empezamos la universidad, pero todavía no me he acostumbrado a vivir con él. Ya teníamos mucha confianza, pero compartir un mismo espacio ha difuminado líneas que no debían difuminarse más.

—Le estoy poniendo calor —le explico. Saco el pie del agua y me callo la verdad: deseo mucho más ese calor de lo que mi tobillo lo necesita.

Lo que no me esperaba era que se acercase a mí, todavía con el cepillo colgando de la boca, y me apretara la piel hinchada con los dedos. Intento disimular el dolor todo lo que puedo.

Lo se saca el cepillo de la boca y me señala con él.

—Tienes que descansar. Hoy en la cama todo el día —me ordena, se da la vuelta y escupe en la pila. Luego se enjuaga la boca.

—¿Te encuentras bien? —le pregunto mientras se seca los labios con la toalla.

Cuando se vuelve, se queda mirando la bañera.

—No me vendría mal un baño de espuma —responde con una sonrisa traviesa.

Es otro momento más en el que debería decir que no y no rendirme ante sus juguetonas provocaciones, pero no logro encontrar las palabras y él ya se está quitando los pantalones y saltando al agua en calzoncillos. En este *jacuzzi* cabrían siete personas, así que no es tan incómodo.

Suelta un gemido al sumergirse en el agua caliente y no puedo evitar sonreír.

—Pero no te acerques más, que estoy desnuda —le advierto sonrojándome. Esta vez es él quien sonríe, pero es un gesto travieso que no me gusta nada—. Lo...

Saca las manos del agua en señal de paz.

—Vale, me quedo aquí. —Menos mal—. Aunque la que debería preocuparnos eres tú.

Frunzo el ceño. Tal vez tenga razón. Retrocedo un poco y evito mirar su sonrisa juguetona. Presiono la espalda contra la bañera de porcelana. Tras unos instantes, Lo se aclara la garganta y empieza a jugar con las burbujas, pasándose la espuma por entre los dedos.

—Anoche... ¿se puso condón?

—Sí —contesto, aunque no tengo ganas de hablar de lo que pasó anoche.

—Te lo pregunto porque los universitarios son diferentes —explica con la mirada fija en la espuma.

—Están más salidos. —Es mi parque de juegos sexual. Quizá por eso esté tan preocupado.

—Beben más y puede que se olviden de ponérselo —añade—. No puedes permitírselo, ¿de acuerdo?

Me he pasado la semana tan neurótica porque Lo esté en la universidad, rodeado de fiestas diarias en las que el alcohol no se acaba nunca (o casi nunca), que jamás se me habría ocurrido que él también pudiera estar preocupado por mí.

Aunque no sea lo más sensato, me acerco un poco a él y le doy un golpecito en el pie. O en lo que al menos espero que sea su pie, porque con tanta espuma no lo veo.

—No me pasará nada —le aseguro—. Durante el sexo, siempre soy yo la que tiene el control. Yo tengo la sartén por el mango.

Me ayuda no beber, ya que casi siempre tengo que llevar a Lo a casa. Anoche le pedimos a Nola que nos llevara a la fiesta porque teníamos la intención de volver a una hora decente, y no huyendo de las luces de la policía. En fin...

—Pero ¿eres consciente de lo poca cosa que eres? —pregunta con incredulidad—. En serio, Lil...

Le tiro espuma a la cara.

—Soy lo bastante grande.

—Eres muy delgada y mides un metro sesenta y cinco. Grande soy yo.

Bajo la mirada sin querer, o al menos eso espero. Él sonríe y a mí me arden las mejillas.

—¿Podemos dejar el tema? —protesto—. Es que no sé qué quieres que te diga. —No me va a pedir que pare, así que no sirve de nada darle vueltas al tema. Me entran ganas de vomitar.

—No, no quiero dejar el tema —contesta con brusquedad—. Lo que quiero es que me convenzas de por qué no tengo que ponerme nervioso cuando te largues con un tío que tenga pinta de poder partirte en dos.

—Si logro convencerte, ¿podemos dejar el tema durante lo que queda de año? —pregunto. Ya sé lo que puedo decir... O hacer.

—Trato hecho.

—Vale. Entonces, tú serás el universitario salido...

—No me lo pones difícil.

Pongo los ojos en blanco.

—Y yo te demostraré que tengo el control.

Me mira de arriba abajo.

—¿Eres consciente de que estás desnuda? —Ay, mierda... Me había olvidado—. Aún mejor. Así es más realista, ¿no?

Claro. Sin embargo, el corazón ha empezado a martillearme contra el pecho, recordándome que esto es real, pero puede que no lo sea. Todavía estamos fingiendo. Por Dios. A Alicia en el País de las Maravillas le costaba menos discernir lo que era real que a mí.

Asiento, pero, antes de que me dé tiempo a asimilar nada, Lo mete la mano en el agua y me coge el pie dolorido. No sé qué pretende. Quizá esté preocupado otra vez por el tobillo. Lo coge con las dos manos y me besa el talón con dulzura.

Estoy muy confundida. ¿Cómo lo voy a convencer de que tengo el control si se dedica a besarme el pie? Me mira a los ojos y no aparta la mirada, ni siquiera cuando se inclina y se mete el pulgar en la boca. Joder. Noto cómo da vueltas en círculos con la lengua y entonces empieza a succionar. Es como si alguien me hubiese prendido fuego, y el agua caliente no ayuda a apagar las llamas.

Cuando empieza a lamerme el arco del pie, lo aparto de inmediato. Él me lanza una mirada acusadora.

—¿No te gustaba? —pregunta, aunque sabe perfectamente que sí.

—No dejo que me laman los pies.

—Pues, a ver, ¿qué haces? —me desafía.

Muerdo el cebo y me acerco más, aliviada por que la espuma esconda mi cuerpo. Lo se recuesta contra la bañera de porcelana y yo me subo a horcajadas sobre él. Intenta incorporarse, pero tomo las riendas y le pongo las manos sobre el pecho. Acerco la boca a su cuello y dejo una ristra de besos mientras muevo las caderas hacia delante y hacia atrás por encima de él. Noto cómo su miembro se endurece y alarga debajo de mí y me alegro de que aún lleve los calzoncillos, aunque yo no lleve nada. Solo he de recordarme de que lo único que intento es demostrarle que tengo razón, y nada más.

Antes de que le dé tiempo a reaccionar, bajo una mano y le cojo la polla con firmeza, pero no demasiada. Él gime y echa la cabeza hacia atrás. Sonrío mientras lo beso de nuevo y empiezo a tocarle por encima de los calzoncillos. Esto es pan comido.

Pero, de repente, me coge por la cintura y, con un rápido movimiento, me encuentro debajo. Intento apartarme, pero me coge de la muñeca con una mano y sumerge la otra en el agua hasta tocarme entre las piernas. Me estremezco, llena de anhelo. Mi cuerpo está muy confundido.

Se acerca a mí y me roza el lóbulo de la oreja con los labios.

—¿No tenías el control? —pregunta con voz ronca—. Pues párame.

Intento quitármelo de encima, pero no se deja, me tiene clavada contra la porcelana. Mi pecho desnudo y mojado toca el suyo y mi mente no comprende nada, solo piensa en que necesita más y más.

Sé que estoy perdiendo.

—No puedo.

No retrocede. Se limita a negar con la cabeza, contrariado.

—¿Por qué no?

—Eres demasiado grande. —«Y creo que no quiero que pares».

Empieza a sonreír, pero se interrumpe cuando comprende lo que significa.

—Entonces ¿vas a...? —Se calla. No es capaz de terminar la frase.

—Voy a... No me follaré a ningún deportista ni a ningún tipo corpulento. Y tengo espray de pimienta, y..., como te he dicho antes, puedo cuidar de mí misma siempre que el tipo no se ponga muy agresivo. —O siempre que no sea Loren Hale.

—Eso no es lo que has dicho antes.

—Lo digo ahora. —Está a punto de apartarse, así que le suelto—: ¿Me los puedes meter? —«No, no, no, ¿qué hago...?».

Sigue con la mano entre mis piernas, acariciándome el coño. No lo miro a los ojos, pero sé que él me está mirando y que esta situación le divierte.

—Tienes unas reglas —me recuerda—. No puedo hacer que te corras, ¿te acuerdas?

Ya. Yo misma establecí esa norma un día que llegamos demasiado lejos. No nos acostamos, pero yo llegué al orgasmo y fue demasiado. Nuestra relación no es más que una fachada, pero aún hacemos algunas cosas. Él me toca; yo lo toco a él. Y, ahora mismo, tengo tantas ganas que necesito sentirlo dentro de mí, de un modo u otro.

—Decídete, Lil —dice con suavidad.

Sé que lo hará si se lo pido. Haría cualquiera cosa por mí, pero no sé si eso es justo para él.

—No, da igual... Ya usaré otra cosa. —Un juguete, por ejemplo.

—¿Segura?

Asiento débilmente y por fin se aparta. Pese a que el agua está caliente, la ausencia de un cuerpo me hace sentir frío.

Su ausencia me hace sentir frío.

Capítulo 4

Entro en la limusina, donde Poppy, Rose y Daisy ya están sentadas en los asientos de cuero. Mis dos hermanas mayores están llenando las copas de champán. Llevamos vestidos de cóctel cuyos estilos reflejan nuestras personalidades demasiado bien. Poppy lleva un modelo de seda granate y bohemio de escote pronunciado en forma de pico y mangas drapeadas. Se lo ha ajustado a la cintura con un cinturón marrón. Rose lleva uno precioso de color azul oscuro, entallado, con escote recto a la altura de la clavícula y un sencillo collar con un diamante. Parece a punto de dar un discurso político para su graduación más que para anunciar el sabor del nuevo refresco de Fizzle.

Y luego está mi hermana pequeña, que luce un vestido verde en cuya espalda no hay más que cuerdas cruzadas en formas y patrones distintos. Yo he salido de casa de mis padres con el típico vestido negro de escote palabra de honor. No tiene nada especial, no es muy llamativo ni especialmente bonito, pero es cómodo y hace que se me vean las tetas un poco más grandes.

—Hola —saludo mientras me peino con los dedos la melena castaña, que me llega a los hombros. Poppy me pasa una copa, pero niego con la cabeza y la aparto con suavidad.

—No voy a beber. —La semana pasada intenté librarme de

venir a este evento al menos veinte veces, pero mi madre no quiso ni oír hablar del tema. Mejor será no tener ninguna razón para dejar plantadas a mis hermanas e irme a bailar con un tipo que tenga ganas de más.

—Pues ya me la quedo yo —dice Daisy con una sonrisa coqueta. Enarca las cejas.

—No —contestamos las tres al unísono. Aunque he optado por no contarles a mis padres la debacle de Nochevieja, con Rose y Poppy no me quedó más remedio que cantar. Esperaba que Daisy montara un numerito después y que me odiara por contar los detalles de aquella noche, pero se comportó con bastante madurez. Ahora que miro atrás, creo que guardarle el secreto de las pastillas anticonceptivas me ha salvado de haberme chivado de que le pusieran GHB en la copa.

—Después de lo que te pasó, no deberías querer beber nunca más —le espeta Rose.

—¿Por qué? ¿Tienes intención de drogarme? —Ahoga un grito con aire burlón—. ¡Mi propia hermana! Qué traición. ¡Qué escándalo!

Rose la fulmina con la mirada.

—Me gustaría que te tomases en serio lo que ocurrió.

Daisy suspira, encorva los hombros y se cruza de brazos.

—No volveré a beber ponche de frutas en ninguna fiesta. He aprendido la lección.

—Gracias. —Rose se lleva la copa a los labios pintados de rojo.

—Mira que te pareces a mamá. Da hasta miedo —dice Daisy.

Mierda. Rose se queda petrificada. Veo el dolor en su rostro, y sé que nadie más puede verlo. No creo que Daisy sea consciente de lo mucho que nuestra hermana está tratando de evitar ser como nuestra madre. Ninguna de nosotras tiene tanto miedo a eso como ella.

—Bueno… —digo para romper la tensión—. ¡Qué divertido! —«Vaya manera de iniciar una conversación, Lily».

La limusina recorre la carretera en dirección al Ritz, donde se celebra el evento. Hacía cinco años que Fizzle no creaba un refresco nuevo, así que se trata de una noticia importante. Mi padre no le ha revelado cuál es el nuevo sabor a la prensa, pero tampoco a nosotras. Podría ser Fizzle de cualquier cosa, de pitahaya, por ejemplo, lo que suena asqueroso.

Hago una mueca.

—¿Qué? —dice Poppy con una carcajada. Mi hermana mayor parece californiana; luce un bronceado dorado todo el año. Se ha recogido el pelo en una trenza que le cae sobre el hombro—. Te pareces a Maria cuando intento que se ponga pantalones. —Su hija de tres años es una *minifashionista*. Da un poco de miedo.

Le devuelvo la sonrisa y estoy a punto de contestarle cuando…

—¡No! ¡No, no, no! —grita Rose mientras escribe furiosamente en su móvil—. ¡No me lo puedo creer!

Se me hace un nudo en el estómago. Espero y deseo que su estallido no tenga nada que ver conmigo.

Daisy se mete un chicle en la boca y nos ofrece uno a las demás, como si nuestra hermana no acabara de gritar. En fin, es verdad que Rose es un poco dramática. Todas lo somos. Yo cojo uno y Poppy niega con la cabeza al tiempo que pregunta:

—¿Qué ha pasado?

Rose se lleva una mano a la frente y luego mira por la ventana con una expresión furibunda.

—Nuestra madre se ha tomado la libertad de buscarnos acompañantes para esta noche.

Me atraganto con el chicle y empiezo a toser.

—No puede ser —protesta Daisy.

Poppy me da unas palmaditas en la espalda, pero me parece que el chicle ya me ha llegado a los pulmones.

—Lo hace cada vez que salimos. ¡No debería sorprenderos tanto! —exclama mientras me acerca su copa de champán a los labios para ayudarme.

Doy un traguito, agradecida. Las burbujas me hacen cosquillas en la garganta.

—Le dije bien claro que Lily no quiere que se la vea con ningún hombre mientras Lo esté en el centro de desintoxicación.

Me hundo en el asiento y me llevo una mano a la frente para taparme los ojos. Esto no pinta bien. No pinta nada bien.

—¿A quién ha llamado? —le pregunto a Rose. No es la primera vez que pasa, pero la última vez Lo y yo no estábamos juntos y al final de la noche me follaba a quienquiera que hubiese elegido mi madre. ¿Y si ha llamado a alguien con quien ya me he acostado? De repente, me siento fatal.

—No lo sé —contesta Rose mientras escribe a nuestra madre con rabia—. No me lo quiere decir.

Daisy hace una pompa con el chicle y luego le estalla en la cara.

—Yo creo que no hay para tanto —comenta mientras se vuelve a meter el chicle en la boca con la lengua—. Vale, sí, es una mierda, pero Lo no está y es solo por las apariencias. Además, siempre puedes pasar del tipo que te haya buscado mamá. El año pasado me organizó una cita con Adam Colefinger. —Hace una mueca—. Olía como si se hubiese bañado en Axe. Me pasé la noche a punto de vomitar, así que cogí el perfume de mamá y me rocié entera con él para darle de su propia medicina. —Asiente orgullosa.

Rose le da una patadita en la pierna.

—Te olvidas de la parte en la que vomitó en tus zapatos de tacón.

—Es el precio a pagar por la venganza.

Poppy alza las manos antes de que la tensión nos parta por la mitad y todo estalle. Rose ya está tan rabiosa que podría provocar un tornado de categoría cinco. En cambio, lo único que yo quiero es desintegrarme y desaparecer.

—No hay nada de qué preocuparse —nos intenta tranquilizar Poppy.

Sin embargo, Rose y yo intercambiamos una mirada llena de dudas. ¿Nada de qué preocuparse? Hay muchas probabilidades de que yo ya conozca al chico en cuestión, de que haya venido buscando una segunda ronda. ¿Y si espera encontrarse con la Lily 1.0, la chica que se llevaba a tipos al baño y los ahogaba en placer? ¿Qué hago entonces?

Escondo la cabeza entre las rodillas y trato de respirar con normalidad.

«Espérame», me pidió Lo.

¡Lo estoy intentando! Dios, lo estoy intentando. Ojalá todo el mundo se diera cuenta de ello.

No es tan fácil si mi familia entera cree que mi único problema es la ausencia de Lo. Solo comprenden su adicción y yo sé, en lo más profundo de mi corazón, que jamás podrán entender la mía.

Rose marca un número y se lleva el móvil a la oreja.

—Mamá…

Oigo la voz aguda de mi madre a través del teléfono.

—No te atrevas a discutir conmigo, Rose. —Levanto la vista y veo que mi hermana se aparta el teléfono de la oreja—. ¡He hecho muchísimo por ti en la última semana! Y te pido que hagas una cosa, ¡una sola cosa!, y te niegas. ¿Es que no puedes hacer algo por mí sin discutir? ¡¿Es eso posible?!

Sus gritos se me clavan en las entrañas como si fuesen uñas que me arañan la espalda. Rose inhala con fuerza por la nariz y respira de forma controlada y calculada. Una de las ventajas de estar totalmente alejada del radar de mi madre es que nunca he de lidiar con su carácter difícil. Puede estar de tu lado un segundo y al siguiente victimizarse por completo solo para hacerte sentir culpable.

—Entonces deja que elijamos a nuestros propios acompañantes —responde Rose—. Puedo llamar a Ryke para que vaya con Lily, lo hará encantado. —¿Encantado? Es pasarse un poco.

Daisy se arrastra por el asiento para coger un mando a distancia.

—Tampoco hace falta torturar al chico.

La verdad es que estoy de acuerdo. Aunque me encantaría que viniera a sacarme las castañas del fuego, ya ha hecho suficiente por mí. No sé si podré pagárselo algún día. Sin embargo, Rose fulmina a nuestra hermana pequeña con la mirada y le ordena que se calle solo moviendo los labios.

Ella enarca una ceja, aprieta uno de los botones del mando y el techo empieza a abrirse. El ruido mecánico se cuela en el silencio, como un coro incómodo de nuestra tensión.

—No pienso llamar a su acompañante y cancelar la cita —replica mi madre—. ¡Me está haciendo un favor!

—Pues ya lo llamo yo. Dame su número.

—¡Ya está aquí, Rose!

Rose aprieta con fuerza su móvil plateado mientras Daisy se pone entre ella y yo y se asoma por el techo.

—No estás ayudando.

Apenas oigo su voz, que se pierde en el viento.

—No me gusta... atrapada...

Suspiro con fuerza. Noto cómo mi pánico y el de Rose se mezclan en una nube tóxica. Ella me hace un gesto con la cabeza, como diciéndome que se encargará de todo. Tengo fe, pero hay una persona a la que ni siquiera Rose Calloway puede destruir con sus palabras.

—Vale —dice Rose—, pues a la cita con el chico de Lily iré yo. Ella puede ir sola, ya que yo tampoco tengo acompañante...

¿Qué? Pensaba que había invitado a Connor. O mejor dicho... Di por hecho que lo traería.

—Ya lo sé —responde mi madre—. He llamado a Connor esta mañana y le he preguntado si pensaba venir con vosotras cuatro. No sé qué me ha dado más vergüenza, si que sea el novio de mi hija quien me informe de que ella ha roto con él o llamarlo y quedar como una verdadera estúpida.

Rose se lleva la mano a la frente.

—Dudo mucho que Connor te haya hecho quedar como una verdadera estúpida.

—No ha hecho falta. Ver que estoy fuera de la vida de mi propia hija ya ha sido bastante vergonzoso. Debería haber sabido lo que estaba pasando. Deberías haberme informado.

—¿Te ha dicho que yo he roto con él?

—¡¿Es que no me has oído?! —chilla mi madre, que está al borde de un ataque de nervios—. ¡Deberías habérmelo contado!

—¡Ni siquiera se lo he contado a Lily! —grita Rose. El pelo se le ha soltado de la coleta. Se lleva el teléfono a los labios y pone el altavoz, aunque ya podíamos oírlo todo antes...—. ¡¿Te ha dicho que yo he roto con él?!

—Déjalo ya, Rose. Cuanto más intentes controlar a un hombre, más probable es que te deje. ¿Es eso lo que quieres? ¿Estar sola y ser una desgraciada durante el resto de tu vida?

—Pues no lo sé. Tú eres bastante desgraciada, mamá, y estás casada.

Abro tanto los ojos que se me podrían caer de las cuencas.

Nuestra madre respira hondo y, tras una larga pausa, en un tono de voz tan controlado que da miedo, contesta:

—He llamado a un acompañante para ti, Rose. Nos vemos en el evento, chicas.

Cuelga y mi hermana se deja caer contra el asiento, como si acabase de terminar un combate de lucha libre.

No creo que ninguna de las dos haya ganado.

Poppy se acerca a ella y le da un apretón en el hombro.

—Seguro que ha llamado a Sebastian.

Antes de que existiera un «Connor y Rose», mi hermana invitaba a Sebastian como hombre florero para contentar a nuestra madre. Sin embargo, ahora niega con la cabeza y empieza a recogerse el pelo de nuevo.

—No, esta semana Sebastian está en las islas Caimán con su novio. Ella ya lo sabía.

No sé a quién habrá elegido para Rose, supongo que alguien con quien espera que se acabe casando. Así es como funciona Samantha Calloway. Un escalofrío me recorre todo el cuerpo. Rose, que es mi roca, tiene unos ojos como platos. Es como si mi madre la hubiese congelado de golpe. Cuando se despierta de su estupor, mete la mano en la cubitera, saca el champán caro y empieza a beber directamente de la botella. Doy un respingo, sorprendida. Teniendo en cuenta que Rose suele limpiar el borde de las latas de refresco, me atrevo a afirmar que está muy disgustada.

Daisy sigue asomada en el techo, ajena a todo lo que sucede. El viento le azota la larga melena. Supongo que todas lidiamos con nuestra madre de formas distintas. Rose grita, Daisy huye a buscar aire fresco y yo me encojo en una esquina. Poppy mantiene la calma.

Rose le ofrece la botella a nuestra hermana mayor, que la rechaza.

—Yo estoy a salvo. Tengo marido. —Claro. Nuestra madre ya no tiene ningún interés en las relaciones de Poppy.

—A estas alturas, ya debería saber quién soy —masculla Rose—. Se lo digo constantemente, ¿sabes? «No pienso casarme nunca, madre». Pero le entra por una oreja y le sale por la otra. Cuando empecé a salir con Connor pensé que la situación mejoraría... Mi primer novio de verdad. Pensaba que me la quitaría de encima. Sin embargo, no hace más que susurrarme al oído lo que le tengo que decir, cómo me tengo que comportar... Está obsesionada por si él rompe conmigo antes que yo con él. —Maldice entre dientes y mira al techo—. ¿Cómo es posible que quieras muchísimo a tus padres un segundo y los odies al siguiente? —Respira hondo—. Tengo que volver a terapia.

Esbozo una sonrisa e intento levantarle el ánimo.

—¿Sabes que Connor también está obsesionado con ir a terapia? La semana pasada le pregunté adónde iba y me contestó que a su terapeuta diario para una sesión estándar, para liberar tensiones. Es gracioso que tengáis eso en común, ¿no?

Ella me fulmina con la mirada.

—Pero su terapeuta también es su «mejor amigo», así que no, no tenemos eso en común. Yo cuento con gente a la que quiero, como tú, Poppy, Daisy... —Levanta la vista hacia el torso que hay en el centro del coche—. ¿Es consciente de que estamos en una autopista?

—Creo que eso hace que le guste aún más. —Pongo unos ojos como platos para fingir horror e, imitando a Daisy, añado—: ¡Qué peligro!

Rose y Poppy se echan a reír, aunque la primera se calla enseguida. Se frota los ojos y gime.

Si las circunstancias fueran otras, ahora estaría emocionada, preguntándome quién me recibiría al llegar al evento. Pero he estado intentando olvidar qué se siente al llegar al orgasmo, dejar atrás ese cosquilleo, la sensación de unas manos ásperas y masculinas al deslizarse por mi piel. Y me da miedo acabar aprovechando la oportunidad si veo a un chico dispuesto y deseoso. Sin pensar. Sin respirar. Lo haré sin más y arruinaré lo único bueno que hay en mi vida.

Rose suelta otro largo gemido.

Se lo tengo que preguntar.

—¿Qué ha pasado con Connor?

—Pensaba que todo iba bien —añade Poppy.

Rose se pone la botella entre las rodillas huesudas.

—Cuando estoy con él, pongo tanto los ojos en blanco que me da la sensación de que se me van a caer. —Casi habla con las manos, lo que no es nada propio de ella. Me inclino hacia delante para acercarme a ella. Mueve todo el cuerpo, intentando expresarse, pero más bien parece que esté matando moscas.

Alargo una mano para coger la suya y se tranquiliza un poco.

—No me puedo creer que haya hecho esto después de que le pidiera a propósito que no lo hiciera.

—Todo irá bien —le digo, pero aún se le ensombrece más el rostro.

—¿Quería Connor romper contigo? —pregunta Poppy.

—No lo sé. Cuando discutimos, siempre acabamos igual…

—Sí, pero rompéis por cosas muy raras —intervengo—. El mes pasado, le oí decir algo así como: «Sadie nunca me lleva la contraria», y tú contestaste: «Si quieres un felpudo como novia, tu gata es perfecta. Que seáis felices juntos». Luego cerraste tu habitación de un portazo y él se fue de casa… con una sonrisa en la cara.

Fue todo muy raro y Rose terminó de vuelta en sus brazos

al día siguiente. No había admitido su derrota exactamente, pero creo que Connor lo contaría como una victoria.

—¿Y esta vez es distinto? —pregunta Poppy.

Rose parpadea, confundida, mientras intenta pensar.

—No lo sé. Supongo que no. Me dijo que estaba siendo inane sobre alguna cosa, ni siquiera me acuerdo sobre qué, pero acabamos rompiendo los dos allí mismo, en el restaurante. Nos fuimos a casa en taxi por separado y no hemos hablado desde entonces. —De repente, cae en la cuenta y se deja caer en el asiento—. Dios, pero ¿qué estoy haciendo? A veces, con él me siento como si fuese a la escuela primaria. ¡Me vuelve loca!

Abro la boca, tentada de cantar otra vez la canción de Britney Spears, pero Rose me calla con una mirada.

—Ni se te ocurra.

Me echo a reír. Tarda un poco, pero al final ella también lo hace. Se lleva la botella a los labios y da un último trago justo cuando la limusina se detiene.

Allá vamos.

Capítulo 5

Yo os maldigo, asientos asignados con antelación.

En el gran salón hay unas cincuenta mesas y mi madre nos ha puesto delante, debajo de la lámpara más brillante de todas. No solo tenemos que soportar a nuestros acompañantes, sino que debemos hacerlo bajo el calor abrasador de los focos. Mientras esperamos a que lleguen los chicos, jugueteo con el servilletero de purpurina que hay sobre mi plato e intento no arañarme los brazos de los nervios.

La organizadora de eventos de mi madre se ha pasado un poco divirtiéndose con los adornos negros y dorados. Las mesas están cubiertas con manteles dorados y en cada una hay un centro de mesa negro y brillante. De las paredes del salón cuelgan fotos de latas de Fizzle doradas con burbujas negras. La Fizzle light tiene los colores invertidos: latas negras y burbujas doradas.

Al menos, el logo de Fizzle no es de color verde lima y rosa vómito, dos colores que me provocarían una migraña instantánea. Pero, de todos modos, no habría estado mal que variase un poco, que añadiese, tal vez, alguna pincelada azul o roja... Pero no, esos son los colores de Pepsi y Coca-Cola. Nadie que ame a Fizzle se atrevería a tocarlos jamás.

Me estoy volviendo loca esperando a nuestros acompañantes, pero al menos tengo a mi lado a Rose y a Daisy, que no permiten que ningún chico se me acerque. Además, he decidido no entablar ningún tipo de contacto visual, a diferencia de Rose, que no hace más que mirar a su alrededor mientras especula sobre a quiénes narices habrá invitado nuestra madre para que nos hagan de hombres floreros. En cualquier caso, por el salón de baile hay demasiada gente para jugar a las adivinanzas. Se congregan junto a la barra libre o picotean de las bandejas de entrantes lujosos que van pasando los camareros.

Me siento como si estuviera en el convite de una boda de un millón de dólares.

Daisy se apoya en las patas traseras de la silla y dobla su servilleta en forma de flor. Está aburrida, salta a la vista.

—Qué oportuna ha sido Maria con ese virus estomacal. —Poppy no ha llegado ni a bajar de la limusina. La niñera la ha llamado en cuanto la pequeña ha vomitado y ella ha dado media vuelta para llevarla al médico—. Necesito tener un bebé para usarlo como excusa para largarme.

Rose coge una copa de champán con firmeza y mira a nuestra hermana pequeña.

—Mejor no hablemos de niños, ¿vale?

—Sí —contesto con una sonrisa tímida—. La palabra «bebé» le da escalofríos.

Rose da un trago de champán sin contradecirme.

En ese preciso momento, una mano se posa en mi hombro. Y sé, por su fuerza y su tamaño, que pertenece a un hombre.

—Lily Calloway —dice complacido. Conozco esa voz, pero no consigo ubicarla. Casi nunca lo consigo.

Me vuelvo poco a poco y pongo unos ojos como platos, horrorizada. Reconozco esa complexión típica estadounidense, con ojos azules y pelo rubio oscuro peinado hacia atrás. Aunque ya no estemos en el colegio, todavía parece un jugador estrella de fútbol americano, aunque en realidad practicara *lacrosse*.

Nunca me he acostado con Aaron Wells. No le he tocado ni un solo pelo de la cabeza y no lo haría jamás, porque este cabrón intentó encerrar a Lo en una taquilla cuando teníamos catorce años. Sin embargo, Lo consiguió librarse de él y echó a correr por el pasillo, dejando a Aaron y a su pandilla de abusones atrás. Ninguno de ellos fue lo bastante rápido para alcanzarlo.

Lo se pelea con la gente de forma indirecta, así que sabía que no se la devolvería con un bate de béisbol. Vengarse de Aaron a palos no era su estilo: hay cosas que duelen más que un puñetazo. Creo que eso se lo enseñó su padre. Lo que hizo fue pagarle a un tipo para que se colara en el colegio y le cambiara las notas de los exámenes, lo que le bajó la nota media. Para tíos como Aaron, la reputación lo es todo, y estar entre los últimos del curso puede acabar con ella para siempre. Debió de deducir que el culpable era Lo, porque un día, después de las clases, intentó enfrentarse a él a golpe de puñetazo. Le atizó uno, pero Lo escapó, como hacía siempre. Durante los siguientes cuatro años, su enemistad se fue recrudeciendo.

Y yo me convertí en un objetivo para Aaron.

Solía intentar encerrarme en los baños, pero yo lo esquivaba una y otra vez. Iba pegada a Lo cada hora del día. Recuerdo que, durante los dos meses que duró aquello, me aterrorizaba ir al colegio. No sabía qué quería hacerme Aaron, pero como su rivalidad había pasado al plano físico, no tenía muchas ganas de averiguarlo. Recuerdo que hacía pellas a menudo y que tenía miedo de los ratos que había entre clase y clase. Daba un brinco hasta cuando era Lo quien se acercaba a mí. Cuando se dio cuenta de lo mucho que las amenazas de Aaron me estaban afectando psicológicamente, decidió recurrir a medidas más drásticas para protegerme.

Y amenazó el futuro de Aaron. No se limitó a bajarle un poquito la nota media: contactó con las universidades que tenían pensado ir a verlo jugar para ofrecerle una beca deportiva y les pagó para que lo rechazaran de plano.

Y eso fue lo que sucedió. La universidad con la que Aaron soñaba no admitió su solicitud porque Lo se le adelantó. Con el nombre «Hale» acompañado de una generosa donación, no pudieron rechazar su oferta.

Así que Aaron cerró el pico. Lo aceptaron en otra universidad, su segunda opción, y nos dejó en paz.

Hasta ahora.

No lo saludo. Me doy la vuelta y lo ignoro con frialdad. Me da igual si soy maleducada, porque, si mis sospechas son acertadas, si ha venido es solo para convertir mi vida en un infierno.

—¿No me vas a saludar? —pregunta. Lo observo rodear la mesa y sentarse frente a mí. Luego coge el centro de mesa y lo pone en el suelo para que nada se interponga entre mi mirada y su rostro zalamero y malintencionado.

—¿Cuántos años tienes? —oigo preguntar a Rose.

La miro y casi me echo a reír al ver a su acompañante. Está escuálido y lleva un traje dos tallas más grande.

—Diecinueve —contesta él mientras se intenta arreglar la pajarita, dejándola todavía más torcida.

Rose alza su copa y sonríe con amargura.

—Maravilloso. —Mi madre le ha concertado una cita con un chico tres años más joven que ella.

El muchacho se sienta a su izquierda.

—Mi padre es el abogado del tuyo. —Se rasca la nuca. Lleva el pelo castaño bastante largo y tiene la piel morena—. Me llamo Matthew Collins.

—Encantada, Matthew —contesta Rose mientras le hace un gesto a un camarero para que le traiga otra copa.

El acompañante de Daisy está sentado a su derecha. No me he enterado de cómo se llama, pero está tan distraído con su móvil que ni siquiera parece saber que mi hermana existe. A ella tampoco parece importarle: ha vuelto a doblar su servilleta en forma de rosa.

Poco después empiezan a servir la comida. Los platos de lubina con calabaza de invierno van llenando poco a poco las mesas redondas.

No tengo apetito, y se me cierra aún más el estómago cuando Aaron apoya los antebrazos en la mesa, casi encorvándose sobre ella, para obligarme a prestarle atención.

—¿Cómo te va, Lily?

Me encojo de hombros y le suelto:

—¿Para qué has venido? —Han pasado casi tres años desde la última vez que nos vimos. ¿Por qué ahora?

—Me han contado que tu chico no está por aquí y he pensado que era un buen momento para acercarme y ver cómo te iba, para asegurarme de que estuvieras bien.

Lo fulmino con la mirada.

—Estoy perfectamente. —Él asiente y me mira de arriba abajo. Gracias a Dios, la mayor parte de mi cuerpo queda oculto tras la mesa—. ¿De verdad te ha llamado mi madre? —le pregunto, tensa.

—Antes llamó a un amigo mío. Parecía un poco desesperada por conseguirte una cita, así que le dije que yo estaba disponible. —Me dedica una fea sonrisa—. No tenía nada mejor que hacer. —Ah, por fin la verdad.

—¿Por eso has venido? ¿Porque estabas aburrido?

Se encoge de hombros.

—Ahora que estoy a punto de graduarme, Loren no puede hacer nada contra mí. Y creo que tú y yo tenemos asuntos pendientes.

Me quedo de piedra. Busco a Rose para que me apoye, pero está enfrascada en un acalorado debate con su yogurín. En fin... Parece estar instruyéndolo sobre la bolsa, como si él hubiese dicho alguna estupidez y ella se hubiese visto obligada a corregirlo. Mientras tanto, Daisy me observa con atención, pero no tengo ánimos para contarle toda la historia. Al menos, no ahora. Nos sirven nuestros platos de lubina, así que cojo el tenedor a regañadientes. No me veo capaz de comer, al menos no hasta que no le haya dejado a Aaron algo bien claro.

—No me voy a acostar contigo —suelto de repente.

Enarca una ceja y entonces comprendo que tal vez esos no fuesen los «asuntos pendientes» que tenía en mente. Pero entonces contesta:

—Ya lo veremos.

Vale, pues tal vez sí. O tal vez solo tenga pensado arrinconarme, ponerme en una situación provocativa, sacarme algunas fotos o grabar un vídeo y luego enviárselo a Lo.

Dios mío.

—Oye, déjala en paz —interviene Daisy—. Tiene novio.

Aaron resopla y le replica:

—Me la suda.

—Pues a mí no —contesta una voz nueva.

Por una vez, aplaudo para mis adentros al oír el tono profundo y amenazador de Ryke. Se sienta en la silla que queda libre entre el acompañante de Daisy y Aaron, cerrando así el círculo. Lleva un traje ajustado de color carbón y una corbata negra y fina. Se ha peinado el pelo castaño, pero no se ha afeitado. ¿De dónde ha sacado una invitación para un evento de Fizzle? Es más, ¿por qué habrá aceptado venir?

En realidad, no me importa. Me alegro de que esté aquí.

—¿Quién coño eres tú? —le espeta Aaron.

Ryke le hace un gesto a un camarero y señala su cubierto

para pedirle su plato. Luego mira a Aaron con los ojos entornados. Creo que, si Lo estuviera aquí, se sentiría agradecido por su apoyo. Nunca habíamos tenido a nadie de nuestro lado y he de reconocer que es bonito.

—El hermano de Loren Hale.

Aaron reprime una carcajada.

—Y una mierda. Lo es hijo único.

—No me creas si no quieres, me la pela. Pero si te metes con su novia no me la pelará tanto. —El camarero le sirve su plato y Ryke empieza a comerse el puré de patatas sin prestarle más atención.

Entonces Aaron me mira, enarca las cejas y me dice solo moviendo los labios: «Luego». No, eso no me gusta. Hasta se atreve a guiñarme un ojo.

Se me pone la carne de gallina.

Daisy mira a Ryke con los ojos entornados.

—¿Por qué has venido? —le pregunta. Entre los dos está su acompañante, que sigue mandando mensajes—. ¿Te ha llamado mi madre?

—No —contesta él mientras corta el pescado—. Mi padre.

Frunzo el ceño.

—¿Qué? —Eso no tiene sentido. Jonathan Hale culpa a Ryke porque Lo tomase la decisión de ingresar en un centro de rehabilitación y lo dejase con el nido vacío. ¿Por qué lo iba a invitar?

—Sí. Me llamó y me soltó cuatro mierdas sobre dejar el pasado atrás… Pero es un puto mentiroso. —Bebe un poco de agua—. Lo que quiere es información sobre Lo, pero lo lleva claro.

Intento no mirar a Aaron, pero no me gusta que esté con la antena puesta, tomando nota de los secretos de nuestras familias para «luego». Doy un trago de agua para aclararme la garganta.

—Entonces ¿por qué has venido?

Ryke me señala con un cuchillo.

—Porque sabía que tú estarías aquí y Lo no.

Ah, ya. Porque no confía en mí.

—Cuánta confianza. —Amo a Lo lo suficiente para contenerme.

Echo un vistazo a Aaron, que me está mirando con demasiada atención. Sin embargo, ahora que no puedo esconderme detrás de Lo, mi única defensa contra él es huir. Y yo no soy tan rápida como Loren Hale. Ni por asomo.

Daisy sigue apoyada en las patas traseras de su silla.

—Estoy confundida —dice, dejando su servilleta en forma de flor sobre la mesa.

—Come —le ordeno.

Suspira y empieza a picotear el pescado.

Por suerte, las luces comienzan a atenuarse, así que ya no somos el foco de atención principal de la sala. Aaron se vuelve, dándome la espalda, lo que me destensa un poco. El escenario se ilumina e intento relajarme y concentrarme en mi padre.

Sube al escenario y se coloca detrás del atril de cristal. El salón entero enmudece; el único sonido es el de los cubiertos al chocar con los platos. Es pura sofisticación. ¿De qué otro modo describirías a un hombre que vale miles de millones? Aunque pase de los cincuenta, el tinte castaño enmascara todas las canas. Siempre ha tenido una sonrisa afable, de las que confieren a quien las luce un aspecto accesible, aunque normalmente esté demasiado ocupado para recibir a nadie. Lo quiero por todo lo que me ha dado; creo que sería capaz de comprarnos el mundo entero solo para vernos sonreír.

—Amigos, familia: cuánto me alegro de contar hoy con vosotros para celebrar esta ocasión tan especial —declara—. Fundé Fizzle en 1979 con un plan extremadamente ambicioso, y tal vez un poco ingenuo, de crear el mejor refresco del mundo, un refresco que pudiera rivalizar con marcas del calibre de Coca-Cola y Pepsi. Con la ayuda de inversores ángel y un poco de fe, en solo tres años Fizzle se convirtió en un nombre reconocido.

El público empieza a aplaudir y yo me uno a ellos complacida. Admiro a mi padre por su tenacidad y su pasión. No me imagino empezando mi propio negocio con tanta fortaleza nada más terminar el instituto o la universidad. Yo no soy él. Ni Rose. Ni mi madre.

Estoy tan perdida...

Alza una mano para acallarnos y poco a poco vuelve a reinar el silencio.

—Casi treinta y cinco años más tarde, los productos de Fizzle se venden en más de doscientos países. En el norte de Estados Unidos, le hemos arrebatado a Pepsi el título de refresco más vendido. El año que viene, pensamos robarle el corazón al sur con nuestro nuevo refresco, cuyo sabor y contenido, creemos, son incomparables con nada que haya producido Coca-Cola. Veremos cómo hasta los fieles a las otras marcas acabarán eligiendo... Fizzle Life.

Da un paso atrás y la pantalla muestra un gráfico animado de un anuncio de Fizzle: el fondo es dorado y unas burbujas de colores oscuros ascienden. En el centro, da vueltas una lata plateada en la que se lee «Fizzle Life» en letras doradas y hay unas burbujas blancas en el fondo. En la lata no hay ni una pizca de negro.

—Fizzle Life tiene cero calorías y no contiene aspartamo. Se trata de una receta con edulcorante natural elaborada por nuestros científicos alimentarios. —Los camareros empiezan a servir latas de Fizzle Life, que llevan en bandejas doradas. El nuestro me deja una delante del plato. Cientos de personas empiezan a abrirlas; se oye el gas al salir y las burbujas carbonatadas, un sonido que recuerda al nombre de la marca—. No es solo el refresco más sano del mercado: también es la bebida del futuro.

El eslogan del refresco aparece en pantalla: «Fizzle Life, por una vida mejor», y debajo, las palabras de mi padre: «La bebida del futuro». Quizá lo sea.

Daisy levanta su bebida.

—¡Salud!

Brindamos con las latas y luego se vuelve hacia su acompañante para hacer lo mismo, pero él sigue enfrascado en su Facebook. Ryke ya ha abierto su lata para probar el nuevo refresco. Cuando repara en el chico y la desazón de mi hermana pequeña, comenta:

—Es un partidazo.

El tipo ni siquiera se da cuenta de que están hablando de él.

—Sí, de lo mejorcito del mercado —responde Daisy. Alza su refresco y luego echa la cabeza hacia atrás para dar un buen trago.

Yo también doy un sorbito. El sabor es diferente al Fizzle light y a los otros. No es más dulce ni más amargo, es simplemente... distinto. En el buen sentido, creo. Me parece que podría acabar gustándome más que el Fizzle light.

—Vaya, está muy bueno —dice Daisy—. La verdad es que tenía mis dudas.

—No está mal —coincide Ryke.

Echo un vistazo a Rose para ver si a ella le gusta, pero no ha tocado ni el refresco ni su plato. Tiene entre los dedos una copa llena de champán, pero hace nada que la he mirado y la tenía medio vacía. Lo que significa que es otra.

Quizá sea porque ahora reparo más en todo el alcohol que me rodea, pero me parece que está bebiendo más de lo habitual. No creo que la haya visto nunca borracha, ni siquiera borracha «controlada», que es lo que imagino que le pasaría, de ese tipo de borracheras que no se notan mucho. Un poco como Lo, pero a la vez distinto.

Está taladrando con la mirada la espalda de nuestra madre, que está en la mesa de al lado. Esto no va por buen camino.

Mientras tanto, mi padre continúa con su discurso sobre el refresco, la historia de la empresa y cada inversor en particular.

No creo que pueda ayudar a Rose, no porque no tenga las fuerzas para ello, sino porque estoy cien por cien segura de que jamás me lo permitiría. No me ve como a una igual. Yo soy la hermana herida y débil, la que necesita que la salven. Si me comporto como si ella necesitara ayuda, se saldrá de sus casillas. He de encontrar a alguien a quien escuche sin ponerse a la defensiva.

Tomo una decisión repentina con la esperanza de que sea la adecuada, me saco el móvil del bolsillito del vestido y escribo.

¿Dónde estás?

La respuesta llega en apenas unos segundos. No me sorprende.

CONNOR

En mi casa. ¿Va todo bien?

Contesto a toda prisa.

No. Necesito que vengas al evento.
Rose no está muy bien.

El móvil empieza a vibrar repetidamente: Connor me está llamando. Echo un vistazo a Aaron antes de levantarme de la mesa. Su mirada ya no está en el escenario, sino fija en mí. ¿Me seguirá si salgo del salón? Pero no puedo responder al teléfono en la mesa, así que tendré que arriesgarme. Cuando me levanto de la silla, veo que él echa la suya hacia atrás para imitarme. Sin embargo, Ryke lo señala con el cuchillo.

—Si la sigues, te corto el puto cuello —le advierte con tono inexpresivo. Ha sido un poco innecesario, pero la amenaza funciona, porque cuanto más lo mira Aaron para ver si va de farol, más se recrea Ryke comiendo. No sé ni qué se le estará pasando por la cabeza, así que Aaron tampoco. Al final, mi enemigo se queda donde está. Por ahora me deja en paz.

Así que yo, agradecida, paso por entre las mesas y salgo del gran salón.

Ya me he perdido la primera llamada, pero el teléfono sigue vibrando sin parar.

—Hola —respondo.

—¿Qué pasa? —De la voz de Connor emana una preocupación a la que no estoy acostumbrada. Siempre está tan seguro de sí mismo, tan tranquilo…—. ¿Estás bien?

—Sí, la que me preocupa es Rose. —Vacilo mientras intento dar con las palabras adecuadas—. No sé si lo sabes, pero mi madre le ha buscado un acompañante para esta noche, y ella… Hacía mucho tiempo que no la veía tan cabreada. —Me pregunto si debería contarle que está bebiendo mucho.

—Un momento… ¿Qué? No tiene ningún sentido. Samantha me ha dicho que asistiría sola al evento.

Pongo los ojos en blanco. No me sorprende lo más mínimo ni la traición de mi madre ni que la hayamos pillado.

—Pues te ha mentido. Mi madre jamás dejaría que Rose asistiese sola. Creo que ella tenía la esperanza de poder hacerlo si nuestra madre creía que seguíais juntos. —Pero a nadie se le ocurrió la posibilidad de que Samantha Calloway hablase con Connor antes de esta noche.

—¿Quién es su acompañante?

—Matthew Collins, el hijo de...

—De Robert Collins, el abogado principal de Fizzle. Sí, lo conozco. El otro día fui a almorzar con él y con tu padre.

—Vaya..., qué incómodo.

—¿Estás de camino?

—Me he subido en la limo en cuanto he leído tu primer mensaje. Pero..., independientemente de que le enerven los tejemanejes de vuestra madre, puede que a Rose no le haga ninguna gracia verme.

Me pregunto si tendrá razón. ¿Se resistirá si Connor se mete en este asunto?

—No está acostumbrada a recibir ayuda.

—Creo que ninguna de las Calloway lo estáis. —Reflexiono sobre ello y me doy cuenta de que tal vez tenga razón, pero estoy aprendiendo a cederle el control a los demás. Estoy aprendiendo a aceptar la ayuda que me ofrecen. Espero que Rose sepa hacer lo mismo, aunque sienta que lo tiene todo bajo control.

—Prométeme que no la dejarás tirada —le pido con brusquedad—. Aunque sea ella quien te aparte...

—No pienso perderla. Pero ¿hay algo que no me estés contando, Lily? ¿Ha pasado alguna cosa? —Noto la tensión en su voz; es sutil y fugaz, pero está ahí.

«Está bebiendo más de lo normal», debería contestar. Pero ¿y si solo estoy proyectando en ella mis inseguridades sobre el alcohol? Lo está en un centro de desintoxicación, así que es plausible. De todos modos, aún estoy aprendiendo a expresar cómo me siento. Respiro hondo y confieso.

—Me temo que cuando llegues estará borracha. Y nunca la

he visto borracha, así que no estoy muy segura de qué hará o de cómo se comportará... No hace más que lanzarle miradas asesinas a mi madre.

—Vale. Vale, no provoques a Rose. Intenta que no salte.

Me río para mis adentros. Eso no va a ser fácil. Cuando está de mal humor, la mayoría de los temas de conversación encienden un fuego en sus ojos, y sé, sin lugar a dudas, que nuestra madre la ha puesto de mal humor.

—¿Cuánto tardarás? —Cambio de postura y me froto el brazo, ansiosa.

—Poco. ¿Estarás bien o necesitas que sigamos hablando?

—Estaré bien. Ryke está aquí... —Me interrumpo al recordar que Connor y Ryke no han tenido mucha relación desde que Lo se fue al centro de desintoxicación. Creo que solo se soportaban porque a los dos les cae bien Lo, pero ahora que él no está, es más que evidente que prefieren estar cuanto más lejos, mejor.

—En fin, estoy seguro de que joderá la noche de un modo u otro. —Recuerdo que Connor describió a Ryke como «un rottweiler que tienes encadenado en el patio para que proteja tu casa, pero que prefieres que no entre».

No sé si estoy de acuerdo con él. Hasta el momento, Ryke me ha ayudado más que perjudicarme, aunque eso siempre podría cambiar.

—Nos vemos pronto —contesto.

Se despide y colgamos.

Vuelvo al salón. La iluminación sigue siendo tenue, pero ya no hay nadie en el escenario y la gente charla animadamente. Me llega el olor del pastel de *ganache* de chocolate, el preferido de mi padre. Cuando me acerco a nuestra mesa, veo que Rose está sentada en el borde de la silla, tamborileando con las uñas sobre la copa de champán. Su pobre acompañante parece una flor marchita a la que la inteligencia de Rose ha pisoteado hasta la muerte. Estoy segura de que, tras la última lección recibida sobre algún otro tema, al pobre no le queda nada más que hacer que comerse el postre poco a poco.

Y hablando del postre... Al sentarme, me encuentro con un pedazo precioso de tarta delante de mí. Dos pedazos preciosos, en realidad. Casi compensan que Aaron me esté mirando fijamente. Paso de él; por ahora, me parece la mejor solución.

Echo un vistazo a Daisy, que está otra vez haciendo equilibrios sobre las dos patas traseras de la silla.

—¿No quieres tu tarta? —le pregunto. Por supuesto, me he dado cuenta de que ha sido ella quien ha empujado su plato hacia mi sitio, ofreciéndome un segundo pedazo de pastel cuando ni siquiera he tocado el mío todavía.

Se encoge de hombros.

—Me la comería, pero ya sabes... —Pone los ojos en blanco y echa un vistazo a Ryke, como si ya hubieran mantenido esta misma conversación. No debería haber preguntado. Sé que, por su carrera de modelo, no puede aumentar mucho de peso, así que vigila lo que come, no vaya a ser que nuestra madre critique aún más su cintura.

Ryke, que tiene su plato en la mano, se inclina hacia atrás en su silla igual que Daisy. Su acompañante sigue pegado al móvil; ahora está jugando a algo. Madre mía, es evidente que preferiría estar en cualquier otro lugar. Desde sus respectivos sitios, tanto Ryke como Daisy se ven mutuamente a la perfección. Él coge una buena cucharada de chocolate fundido.

—Tiene una pinta tremenda —la chincha—. Qué húmeda.

Vale, ya sé que siempre me reprocha que tenga la mente sucia, pero eso ha sido sexual. Llamar a la tarta «húmeda» es asqueroso y yo soy adicta al sexo. Está intentando molestar a mi hermana y no apruebo sus métodos.

Al menos, ella se niega a mirarlo.

Me doy cuenta de que está tratando de que coma, pero, además, creo que disfruta llevando a la gente al límite. El único problema es que me parece que mi hermana pequeña tiene una gruesa coraza, igual que él.

Lame el borde de la cuchara y luego succiona el trozo de tarta a la vez que suelta un gemido profundo y viril.

Lo miro con el ceño fruncido y le pido que pare solo moviendo los labios. Sé que su plan no va a funcionar. Daisy no comerá si cree que nuestra madre va a regañarla por ello.

Él me fulmina con la mirada sin sacarse la cuchara de la boca. Luego señala el plato de mi hermana. Suspiro y lo deslizo hacia ella.

—¡No! —protesta—. No me digas que estás confabulada con Ryke.

—Te encanta el chocolate —le recuerdo.

—Me encantan muchas cosas que no puedo tener.

Eso es cierto. Miro a Ryke y me encojo de hombros. Me rindo; yo no soy tan fuerte. Él, en cambio...

—Daisy —le dice con tono persuasivo. Mueve la cuchara de un lado a otro para intentar llamar su atención, pero ella ni se inmuta. Entonces prueba otra táctica: mete dos dedos en el relleno de chocolate derretido. «No», grito para mis adentros. No pensará...

Pongo unos ojos como platos al ver que, en efecto, se lleva los dedos a la boca. Estoy boquiabierta. ¿Qué coño hace? Tiene que dejar de caminar por la cuerda floja cuando se trata de Daisy. Puede que a él le resulte divertido, pero me da miedo que ella se tome sus provocaciones como una señal de algo... más. Esto no pinta bien.

Mi hermana pequeña frunce el ceño al ver mi expresión y sigue mi mirada. Ryke se mete los dos dedos en la boca de forma no precisamente casta. En mi mente, le estoy gritando. Cierra los ojos mientras se lame el chocolate derretido, fingiendo un puto orgasmo por chocolate solo para que ella se coma la maldita tarta.

Daisy resopla y se inclina un poco más hacia atrás para hacerse la guay y la imperturbable, pero entonces se le resbala la silla. Ahogo un grito al imaginarla cayendo de espaldas al suelo, pero Ryke es más rápido que yo. Abre los ojos, alarga una mano y coge la silla de mi hermana por el respaldo, enderezando la suya al mismo tiempo. Daisy pone las manos sobre la mesa y se inclina hacia delante, como si estuviese en una montaña rusa que se ha detenido de repente. Parece perpleja y asustada a la vez.

Y Ryke no pierde ni un segundo: le pone una cuchara delante. Y, para mi sorpresa, ella la coge y la llena con un buen pedazo de tarta. Luego duda unos segundos.

—No es arsénico —dice él.

Ella esboza una sonrisa tímida.

—A ti no tienen que medirte las caderas cada mañana a primera hora.

—Podría hacerlo. ¿Te comerás la puta tarta si me mido las caderas?

—Y el culo.

—¿Quieres saber cuánto me mide el culo? —Enarca una ceja.

—Pues sí.

—Cómete la tarta.

Ella disimula una ancha sonrisa y se mete la cucharada en la boca. Cierra los ojos y se hunde en la silla más relajada que nunca, derritiéndose en un paraíso de chocolate.

—Ojalá pudiera comer esto todos los días.

—Podrías, pero entonces estarías «gorda». —Hace el gesto de las comillas en el aire.

—Qué tragedia —replica ella. Empieza a jugar con el resto de la tarta y a aplastarla hasta convertirla en una bola pastosa.

—Bueno, deja ya de destrozar el puto postre.

—¿Siempre dices «puto»? Creo que lo has dicho todas las veces que te he visto, aunque sea solo una vez.

—¿Qué puedo decir? Es mi puta palabra preferida. —Le dedica una sonrisa seca.

—¿Sabes qué es lo que más miedo da? —dice ella señalándolo con la cuchara—. Estudias periodismo, ¿no? ¿No deberías ser todo un poeta?

—¿No deberías tú ser un maniquí sin voz? —replica él.

—*Touché*. —Se mete otra cucharada de tarta en la boca, y como su pastel se ha convertido en una bola pastosa, me roba mi trozo.

Pero no puedo seguir concentrada en Daisy, no al ver que Rose se levanta de la silla y sigue a mi madre, que se levanta de repente y la señala con el dedo. Me pongo de pie y las sigo. Se dirigen hacia una salita para los invitados especiales; es decir, para la familia. Noto una presencia detrás de mí, que sigue el ritmo de mis pasos. Miro atrás y veo esa pinta de típico americano, ese pelo rubio oscuro y los feos ojos azules. Lo odio. Ojalá me dejara en paz.

Pero Aaron Wells no va a impedir que apoye a mi hermana, no después de que ella me haya apoyado tanto a mí. Cierro la puerta tras entrar en la salita, en la que hay unos sofás estilo Chesterfield, un minibar y un par de sillones *vintage*. No hay nada muy lujoso, excepto la lámpara de araña y el papel dorado.

En uno de los sofás azul marino están sentados Jonathan

Hale y mi padre, cada uno con un whisky en la mano. Solo levantan la vista cuando he entrado en la habitación y estoy lejos de la puerta. Aaron aparecerá dentro de nada. Intento no acercarme demasiado al padre de Lo. No quiero hablar con él sin que mi novio esté presente, porque sé que él no querría. Mi padre y él están enfrascados en un debate sobre la bolsa, pero noto cómo Jonathan me está fulminando con la mirada.

Rose está quieta como una estatua, con una copa de champán llena agarrada firmemente con los dedos. ¿Otra más? Sin embargo, parece guardar la compostura. Un collar de perlas rodea el cuello huesudo de mi madre, que luce una melena color chocolate casi idéntica a la de mi hermana. Tal vez el comentario que Daisy ha hecho en la limusina sobre lo mucho que se parecen la haya afectado. Nadie que tuviera dos dedos de frente querría que la compararan con mi madre.

—¿Qué problema tienes? —le espeta mi madre—. Has sido muy maleducada con tu acompañante. ¡Olivia Barnes te ha oído regañarlo como a un niño desde la otra punta del salón!

—¡Es un niño! —replica Rose—. Me has buscado como acompañante a un crío de diecinueve años que no ha visto un puñetero telediario en su vida.

Mi madre se agarra de la butaca más cercana, como si Rose la hubiera abofeteado con sus palabras.

—¡Esa boca, Rose!

—Crece, madre —contesta—. Es lo que he hecho yo.

Doy un paso hacia ellas para intentar calmar los ánimos, pero justo en ese momento entra Aaron y viene directo hacia mí. Miro de reojo a mi padre y decido sentarme a su lado para evitarlo.

—Hola, papá. —Le sonrío y me siento con él en el sofá.

—Hola, cariño.

Me siento en el borde, ansiosa y tímida, sobre todo porque

Aaron está esperando junto a la barra, supongo que preguntándose si debería acercarse o no. Mientras tanto, sigo notando el peso de la mirada de Jonathan, que oscila entre Aaron, mi padre, mi hermana y yo. Lo observa todo con una atención que no me gusta nada.

—¿No deberías separarlas? —le sugiero a mi padre mientras me rasco el brazo.

—Siempre hacen lo mismo. Es mejor dejar que se arreglen solas. —Me coge de la mano—. ¿Te estás mordiendo las uñas? No lo hacías desde que eras pequeña.

Me encojo de hombros sin apartar la vista de mi madre y mi hermana.

—Ahora que no está Lo... —Me interrumpo. No soy capaz de contarle el resto, de confesar la verdad. Me encojo de hombros de nuevo a modo de respuesta.

—¿Y qué ha dicho que fuese tan horrible, Rose? —pregunta mi madre alzando la voz.

—¡No sabía quién es David Cameron! —Frunzo el ceño. Yo tampoco tengo ni idea de quién es, y mi madre parece tan perdida como yo. Rose reprime una carcajada—. Es el primer ministro del Reino Unido, madre.

—Eso no lo hace menos inteligente.

—¡Para mí sí! No quiero la compañía de alguien que no sepa contar hasta cinco. Prefiero ahorcarme.

Qué dramática. Supongo que, teniendo en cuenta los estándares increíblemente exigentes de Rose Calloway con sus amistades, a los miembros de la familia nos da un pase. Juraría que oigo a mi padre murmurar: «Esa es mi chica». Tras unos segundos, me da un golpecito en el brazo.

—¿Cómo está Lo?

Jonathan se pone tenso al oír la pregunta. Lo miro y enarca las cejas, esperando a que conteste. Decido ser sincera.

—No lo sé. No estoy en contacto con él. Se supone que no podemos contactar con él hasta que no avance más en el programa de desintoxicación.

Mi padre asiente.

—Creo que lo que está haciendo es admirable, admirable de verdad. No hay muchos jóvenes que sepan darse cuenta de que tienen un problema.

Miro a Jonathan.

—¿Piensa... piensa usted lo mismo? —le pregunto con un poco más de seguridad en mí misma.

Dibuja una sonrisa amarga con los labios que me resulta tan familiar que me deja sin aire. Me recuerda mucho a Lo; eso es lo que me da miedo.

—Creo que tendría que haber hablado antes conmigo. Podríamos haberlo resuelto juntos. Por eso estoy tan enfadado, Lily. Yo le di la vida que tiene y él se ha alejado de mí.

—Eso no es del todo cierto... —Me interrumpo, temerosa de su mirada. Le quitó a su hijo el fondo fiduciario y se negó a creer que tenía un problema. Puede que quisiera que Lo siguiera formando parte de su vida, y que le asustara admitir que tiene la misma adicción que su hijo. Quizá no quería enfrentarse a sus propios demonios, pero, al final, no le dejó a su hijo más opción que marcharse y buscar ayuda en otra parte.

Antes de que Jonathan conteste, noto que Aaron se sienta a mi lado. Pone el brazo en el respaldo del sofá, detrás de mí, como si estuviéramos juntos. Me quedo rígida y me acerco más al borde del asiento. No quiero ni rozarlo.

Se presenta ante Jonathan y mi padre, que se comportan con cordialidad, pero yo me siento como si estuviese congelada. Por si fuera poco, la discusión entre Rose y mi madre ha alcanzado nuevos niveles.

—¡No necesito a ningún hombre para estar satisfecha! —dice

mi hermana con desprecio. Señala a mi madre con la copa de champán y el líquido se cae al suelo, pero no se da ni cuenta.

Mi madre inhala con fuerza. Se le marca la clavícula y se le hunden las mejillas.

—Mira que eres ingenua, Rose. ¿Crees que el mundo te va a respetar? Vives en una fantasía —le espeta con desdén—. Lo único que tienen las mujeres como nosotras es una ilusión de poder. Al final, no somos más que marionetas en manos de los hombres. Acéptalo de una vez.

Rose arruga el gesto y la fulmina con sus ojos de gato.

—Lily está con Lo. ¿Por qué causarle dolor obligándola a venir acompañada de otro hombre?

—¿Otra vez con eso?

—¡Sí! ¡Otra vez con eso!

Mi madre suspira.

—¿Y si Lo no vuelve nunca? ¿Y si cuando salga de ese sitio prefiere estar soltero? Solo le ofrezco una alternativa. Le doy opciones.

Sus palabras se me clavan en el pecho. Apenas reparo en que Aaron y mi padre se están riendo juntos, como si fueran viejos amigos. Lo volverá, ¿verdad? Volverá a por mí. Me querrá... Pero la duda me corrompe el alma. Intento apartarla con confianza, pero ahora mismo no me siento muy segura de mí misma. No si mi madre no tiene ninguna fe en el hombre al que amo.

—¿Opciones? —chilla Rose—. ¡Nunca nos has dado opciones a ninguna! ¿Sabes qué opción habría querido yo? ¡La de renegar de mi propia madre!

—¡Ya basta! —Alza la barbilla, pero veo que contiene la respiración, una señal de que las palabras de Rose han empezado a colarse por las grietas de su coraza—. Te ayudé a construir tu empresa.

—Y jamás permitirás que lo olvide —replica Rose con desdén. La puerta se abre, pero nadie, excepto yo, repara en que Connor Cobalt acaba de entrar. Lleva puesto un traje caro, pero no hay ni rastro de su sonrisa de un millón de dólares. Luce una expresión oscura y se queda junto a la puerta, observando a Rose con ojos serios y serenos. Me alegro mucho de que haya llegado, pero estoy asustada por mi hermana. No sé cómo tranquilizarla. No sé qué decir para aliviar el dolor que le han causado esta noche.

Ojalá mi madre fuera capaz de escuchar lo que le está diciendo. Me da la sensación de que grita para que la escuchen, pero que nadie la entiende. Nadie la comprende. Me pongo de pie para ir hacia ella, pero Aaron me coge de la mano y tira de mí. Le dice algo a Jonathan y me rodea los hombros con el brazo. Yo estoy demasiado concentrada en mi hermana para apartarlo e iniciar otra discusión aquí. Connor se cruza de brazos y me mira. Luego mira a Aaron. Veo que está a punto de acercarse para echarme una mano, pero niego con la cabeza y, solo moviendo los labios, le digo: «Rose». Él duda, pero al final asiente.

—¿Qué quieres de mí? —grita nuestra madre—. ¡Te he apoyado toda tu vida!

—¡Quiero que digas que te equivocas! ¡Quiero que te disculpes por lo que ha pasado esta noche, por organizarme una cita con Matthew Collins y por pensar que soy una herramienta de la que un hombre puede disponer para luego desecharla! ¡Soy tu hija! —grita Rose. De las comisuras de sus ojos caen lágrimas de furia—. ¡Se supone que tienes que quererme, decirme lo guapa que soy, lo lista que soy, que ningún hombre es lo bastante bueno para mí y no que valgo menos de lo que valgo!

Mi madre se acerca a ella unos centímetros.

—Pero ¿tú te oyes, Rose? Estamos en un evento de la empresa de tu padre y tú quieres ser el centro de atención. ¿Crees que eres una mujer? ¡Te estás comportando como una niña!

Mi hermana la mira a los ojos sin inmutarse ni arredrarse y, con mucha frialdad, le replica:

—Vete al infierno.

La mano de mi madre vuela hacia su mejilla. La bofetada reverbera por la salita como un tiro. Jonathan, Aaron y mi padre se quedan en silencio. A Rose se le cae la copa de champán, que se rompe en mil pedazos contra el suelo de mármol. Se queda mirando al suelo como en trance, como si el bofetón no le hubiera hecho sentir nada. A mí el corazón me late con tanta fuerza que lo único que oigo es su martilleo.

Nunca había visto a mi madre pegar a nadie, aunque tal vez sea porque pasaba casi todos los días con Lo. Tal vez sea porque no he estado atenta a los sucesos que tenían lugar en el seno de mi familia. Sin embargo, ahora estoy impactada, paralizada. Yo no tengo la misma relación que Rose con nuestra madre. No nos tratamos con hostilidad. De hecho..., no nos tratamos de ningún modo. Yo la saludo, ella me pregunta cómo está Lo y cambiamos de tema.

No deseo esto. No deseo hervir de furia en silencio, tener que contenerme para no gritarle palabras de odio ni sentir el dolor de una bofetada en la mejilla. Nadie querría eso. Y me gustaría apartar a Rose de todo ello, pero tiene veintidós años.

El daño ya está hecho.

Creo que todas somos lo bastante mayores para sentir las cicatrices de nuestra niñez. Ahora solo tenemos que encontrar el modo de curarnos las heridas.

Mi madre exhala un suspiro y dice:

—Lo siento... Ya hablaremos luego. Es evidente que las

dos hemos bebido demasiado. —Le echa un vistazo a mi padre, que se pone de pie, se excusa y la sigue de nuevo hacia la fiesta.

Aaron continúa intentando acercarme a él, pero yo lo aparto y sigo concentrada en Rose por si me necesita, aunque dudo que quiera que le recuerden que está perdiendo el control. Si interfiero, sería cómo decirle: «La desastre de tu hermana pequeña viene a rescatarte. Mira qué jodida estás, Rose Calloway». Por eso le he pedido a Connor que venga.

Se acerca a ella como si se aproximara de puntillas a un león dormido.

—Rose, cariño... —le dice en voz baja.

Está temblando. Le tiemblan los brazos y tiene los ojos cada vez más abiertos.

—Se equivoca —susurra. Casi puedo oír lo que corea en su mente: «No soy como ella. No soy como ella».

Connor recorre la distancia que aún los separa y le acaricia la cara con las manos, la coge de la mejilla y le acaricia suavemente con el pulgar la que tiene enrojecida.

—Mírame, cariño.

Rose intenta apartarlo.

—¿Por qué...? —No hace más que negar con la cabeza, pero él la abraza con fuerza, intentando que se concentre en él.

—Estoy aquí —insiste.

Intenta apartarlo de nuevo débilmente, porque en realidad no quiere que se aleje de ella, y él la coge de la mano.

—No te necesito —le recuerda ella, pero ha empezado a llorar en silencio. Está llorando delante de él, permitiéndole ver las grietas de su alma. Me pregunto si le costará controlar las emociones por lo mucho que ha bebido—. No te necesito... —repite, pero se le rompe la voz.

—Tienes razón —responde él con suavidad—. No necesitas

a ningún hombre, Rose. —Hace una pausa y, de forma que apenas lo oigo, susurra—: Pero sí me necesitas a mí.

Ella baja la vista y luego lo mira de nuevo a él. Tiene las pestañas mojadas y brillantes; su rostro parece más delicado, más de porcelana de lo que recuerdo haber visto nunca.

—¿Qué haces aquí? —le pregunta negando con la cabeza—. No deberías estar aquí.

Sus lágrimas caen sobre las manos de él, que vuelve a acariciarle las mejillas. Le pone un mechón suelto detrás de la oreja y contempla la marca de la bofetada.

—Me ha dicho un pajarito que estabas disgustada.

Rose suelta un sollozo entrecortado.

—¿Estás loco? —Lo coge de los brazos, pero esta vez no intenta apartarlo—. ¿Ahora hablas con los pájaros?

Él esboza una pequeña sonrisa.

—Hablaría con cualquier criatura de los bosques si me diera respuestas sobre ti.

—¿Y caminarías sobre las llamas por mí? —pregunta con tono inexpresivo.

—Sí. —Él acepta el desafío.

—¿Te marcarías mi nombre con fuego en el culo?

—Posiblemente.

—¿Beberías sangre de vaca por mí?

—Mira que eres rara —contesta él con una gran sonrisa.

Ella también sonríe, pero es un gesto lleno de dolor. No tarda en romper a llorar, a llorar de verdad. Connor la estrecha entre sus brazos y ella se apoya en él. La lleva hacia el baño que hay a la derecha y desaparecen en el interior.

En la salita ya no queda casi nadie. De repente, recuerdo al lado de quién estoy sentada. Aaron se inclina hacia mí y me susurra al oído:

—Acabaré contigo igual que Loren acabó conmigo.

Me quedo boquiabierta, paralizada por una mezcla de terror y sorpresa ante su repentina proclama. Decir que todo esto es inoportuno sería quedarse corta. Intento ponerme de pie, pero me tiene cogida de la muñeca con tanta fuerza que cuando me levanto me vuelve a arrastrar hacia el sofá.

Jonathan, que, para mi horror, es la única otra persona que queda en la salita, deja su vaso de whisky en la mesita de cristal y le pregunta a Aaron:

—¿Algún problema?

—¿No se lo ha contado Lily? —responde él con una sonrisa falsa—. Estamos saliendo juntos.

Niego con la cabeza a toda prisa.

—No es verdad.

Jonathan nos mira, primero a uno y luego a otro, fijándose en mi lenguaje corporal y en los movimientos agresivos de Aaron. Entonces dice:

—Fuera de mi vista, chaval.

—¿Disculpe? —pregunta Aaron, sorprendido.

Jonathan se levanta y se alisa la corbata.

—Lily. —Me tiende la mano para que se la coja, aunque estoy momentáneamente paralizada por el desarrollo de los acontecimientos. ¿Me está salvando Jonathan Hale de este cabrón?

No debería tomar su mano. Debería escupirle y marcharme; es lo que haría Lo. Pero también me mataría si no escapara de Aaron cuando he tenido la oportunidad. Además, no soy idiota. Quiero estar tan lejos de ese tipo como pueda. Así que me pongo de pie y esta vez me suelta. Sin embargo, no toco a Jonathan: paso de largo y me dirijo a la puerta, sin perder de vista la salida.

Antes de marcharme, oigo decir a Aaron:

—Sabrá que es una guarra, ¿no?

—¿Y tú crees que no sé lo que te hizo mi hijo? Yo lo ayudé a joderte la vida, pedazo de mierda —le espeta.

¿Lo le contó a su padre lo de Aaron? ¿Le confesó que lo atormentó? Nunca se lo pregunté, ya que su relación con su padre era un tema tabú entre nosotros. Entraba y salía en nuestras conversaciones, y solo se me permitía atisbar destellos de la verdad. Lo que sí sé, sin lugar a dudas, es que Jonathan Hale sería capaz de mover montañas por su hijo. Simplemente, necesita estar del humor adecuado para ello.

—De tal palo, tal astilla —replica Aaron.

He de irme, lo sé, pero estoy pegada a la puerta. Miro atrás una última vez y veo que los ojos de Jonathan se detienen un instante sobre mí.

—Esa chica es prácticamente mi nuera. —Le pone una mano en el hombro con brusquedad—. Si me entero de que le has hecho algo, desearás tener que lidiar con mi hijo. Ahora, fuera de mi puta vista.

Estoy muy confundida.

Ya no sé de parte de quién estoy.

No sé de qué lado ponerme, a quién alabar o a quién condenar.

Lo único que sé es que mi familia es un puto desastre, y que no hay cantidad de dinero ni lujos que puedan arreglar estos problemas. Quizá incluso hayan contribuido a causarlos.

Vuelvo al gran salón, donde la gente se pasea y charla como si fuese la hora del cóctel. La alfombra está llena de globos y serpentinas negros y dorados. Me debo de haber perdido algún tipo de celebración. Los aparto a patadas y descubro a mi madre en el escenario.

No sé qué fuerza me posee para acercarme a ella, pero, cuando la veo hablar con mi padre, siento que debería decir algo. Tal vez ayudar a explicar lo que siente Rose, pero de una manera más amable, más gentil. «Tal vez a mí sí me escuche», pienso. Lo cierto es que nunca lo ha hecho, pero es una idea bonita.

Cuando me aproximo, mi padre se excusa para ir a charlar con algunos hombres de negocios mayores. A mi madre se la ve afligida, tiene los labios apretados y le tiembla un poco la mano.

—¿Qué quieres? —me pregunta bruscamente.

—¿Estás bien? —¿Por qué he empezado así? Es evidente que no está bien, y, además, ¿se merece mi comprensión después de haber abofeteado a Rose? No, en absoluto. Pero ahora no puedo echarme atrás, y su postura dominante anula toda mi seguridad en mí misma.

—Sí —contesta, y me da la espalda casi de inmediato. Saluda a una amiga con la mano y se comporta como si yo fuese un mueble que ha decidido golpearle la pierna.

Lo vuelvo a intentar.

—Creo que solo pretende decir lo que siente, pero que no sabe hacerlo sin gritar…

Mi madre continúa saludando a su amiga. Me pone una mano en el hombro y me da unas palmaditas.

—Sí, claro. Tengo que ir a hablar con Barbara. Ve a buscar a Aaron, te hará compañía.

Se mezcla entre la gente con la sonrisa más falsa del mundo. La contemplo abrazar a una mujer enjoyada con un vestido rojo ajustado.

Me siento como si me acabase de dar un puñetazo en el estómago.

De repente, Ryke aparece a mi lado.

—Aquí estás. —Me da un vaso de agua, que acepto agradecida con una sonrisa—. ¿Estás bien? No ha pasado nada, ¿verdad? —Frunce el ceño y mira detrás de mí, supongo que buscando a Aaron, que seguro que ha desistido y se ha ido. La advertencia de Jonathan Hale era lo bastante grave para hacerle caso, y ese chico no es tan estúpido.

—No, no ha pasado nada. —Los dos contemplamos la fiesta, que empieza a relajarse. La calma después de la tormenta. Comienza a sonar «Unchained Melody», de los Righteous Brothers, y las parejas cogen a su otra mitad y se mecen al compás de la bonita melodía.

—En cualquier caso, ¿quién era ese tío?

—Un viejo enemigo —contesto mientras contemplo a una anciana apoyar la mejilla en el hombro de su marido.

Ryke se mete una mano en el bolsillo de la chaqueta y asiente, como si comprendiera a la perfección lo que es tener enemigos. No me cabe duda de que tendrá también los suyos.

—Mi madre le ha dado una bofetada a mi hermana —le suelto, distanciándome por completo de esas palabras.

Ryke no se inmuta, sigue mirando a los bailarines.

—Qué gracioso. Mi madre ha hecho lo mismo conmigo cuando le he contado que venía a este evento. —Da un trago de agua.

—Creo que esta noche tu padre me ha salvado.

Ryke se queda en silencio, asimilando mis palabras.

Somos un desastre. Es lo único que puedo pensar, lo único que puedo comprender.

Al final de la canción, cae otra tanda de globos. El techo parpadea, iluminado con suaves luces multicolor.

Lo he conseguido.

No me ha tocado ningún chico. No he tocado a ningún chico. El sexo ha sido la última de mis preocupaciones esta noche.

Cada día es como un obstáculo.

Y una victoria.

Febrero

Capítulo 6

Tengo tres tarros de helado diferentes entre los muslos. El frío penetra por mis pantalones de Ms. Marvel. El Día de San Valentín es un asco. La semana pasada, Connor y Rose organizaron una cita en un restaurante de lujo y me han dejado sola para que me dé un atracón de helado de plátano, de vainilla y chocolate y de cereza. Veo los dibujos animados que ponen por la noche en el televisor de alta definición y me transporto a mi niñez con los *Looney Tunes*. Con cada «Esto es todo, amigos», me da un vuelco el corazón y me vuelvo, a punto de decirle a Lo si el episodio me ha gustado o no.

Pero no está aquí.

Todavía no me ha escrito ningún correo electrónico. Hemos llegado al día catorce del mes y sigo sin saber nada de él, ni siquiera si está vivo o se encuentra bien. Los últimos días de enero me mandó un ramo de rosas rojas. Creo que quería que me llegasen hoy o, al menos, eso espero. Así sabría que sigue pensando en nosotros y que no tiene intención de terminar nuestra relación para siempre.

El comentario de mi madre en el evento de Fizzle tampoco sirvió para aplacar mis preocupaciones. Si ella cree que necesito un «plan alternativo», me pregunto quién más creerá que Lo romperá conmigo en cuanto vuelva a casa.

Estas paranoias… Se infectan como una herida. Miro el jarrón que hay en la mesita. Las rosas ya están casi marchitas, pero la tarjeta sigue abierta y recordar las palabras escritas con la letra de Lo me tranquiliza un poco.

Esto es real.

Se me hincha el corazón. Es real.

Hace tres años...

El programa de telerrealidad resuena en la pantalla plana. No hay nada mejor que fingir estar enferma en un día laborable para quedarse en casa en pijama y ver telebasura. Con gestos perezosos, voy desenvolviendo las chocolatinas individuales de la caja de bombones de San Valentín en forma de corazón que tengo en el regazo. En ese momento, alguien llama a la puerta.

Durante unos segundos pienso en esconder los bombones, pero decido no hacerlo. Es demasiado trabajo y, en realidad, ¿cuántas probabilidades hay de que mi madre esté al otro lado de la puerta? La última vez que entró en mi cuarto por su propio pie debió de ser hace dos años, cuando la señora de la limpieza guardó por error uno de los vestidos de gala de Daisy en mi armario. Abrí la puerta y me encontré a mi madre chillando al aire como una histérica. Después empezó a tirar mi ropa por todas partes, tremendamente furiosa y afectada. Cuando encontró el vestido granate, me dijo que debería haberme dado cuenta de que no era mío y luego se fue indignada.

Me dejó en paz.

Creo que no es muy arriesgado afirmar que quien ha llamado a la puerta no es ella.

Mi puerta se abre poco a poco sin que yo dé permiso, pero me relajo de inmediato. Lo está en el umbral con su uniforme de la Academia Dalton: pantalones negros de traje, camisa blanca y una corbata azul fina que ya se ha aflojado. Le queda bien... Quizá demasiado bien.

Me mira de arriba abajo y luego enarca las cejas con aire acusador.

—No veo mocos, ni la piel sudada por la fiebre, nada de tos y ni un solo pañuelo de papel... —observa—. Debo decir, Lily, que se te da fatal fingir un resfriado.

—Pues entonces mejor que ni siquiera lo esté intentando.

—¿Por qué no me dijiste que pensabas saltarte las clases? —pregunta, todavía desde la puerta. Es raro, pero intento no cuestionarme el motivo.

—No quería que te sintieras obligado a quedarte conmigo. —Me pongo recta y me apoyo en el cabezal de la cama. La verdad es que fingir que Lo y yo estamos saliendo implica muchas muestras de afecto público. Muchas. Y, como es el Día de San Valentín, no quería estar en clase y tener el caramelito delante. Ni ir por los pasillos exagerando las miraditas y los besos solamente para presumir de romance falso. Me siento agotada solo de pensarlo.

Mira el jarrón con veinticuatro rosas rojas que descansa sobre mi mesita de noche. Entre el mar de pétalos asoma la tarjeta, que ya he leído en voz alta esta mañana para complacer a Daisy.

Feliz Día de San Valentín.
Con todo mi amor,
Lo

—Bonito detalle —le digo tras unos instantes de silencio—. Daisy casi se muere al verlas y creo que mi madre estaba contenta. —La verdad es que estamos vendiendo muy bien lo de nuestra relación falsa. Ya llevamos seis meses y de momento nadie nos ha cuestionado.

—¿Te gustan? —me pregunta mientras termina de deshacerse el nudo de la corbata.

Echo otro vistazo a las rosas. Ningún chico me había enviado nunca flores. En mi cumpleaños, la casa está rebosante de lirios para celebrar la ocasión, pero normalmente son de mis amigos, de mi familia o de mis padres.

Al principio, pensaba que estas rosas eran otro gesto fingido para mantener la farsa de nuestra relación, pero ahora que me ha preguntado si me gustan ya no estoy tan segura.

—Son muy bonitas, mucho mejores que los lirios —admito.

—Soy el mejor novio de mentira del mundo —repone con una sonrisa, y con esa frase renacen mis sospechas. «Novio de mentira», por supuesto. Por fin recorre la distancia que nos separa y se sienta a mi lado. Inclina la caja de bombones con el dedo y hace una mueca.

—Qué asquerosa.

—No me gustan los rellenos. —Todos los bombones están mordidos y algunos los he escupido en la caja. Todavía no he encontrado ninguno que no me revuelva el estómago.

—Bueno, pues yo no puedo ver esto. —Cierra la caja y la deja sobre la mesita de noche. Se acerca más, se inclina hacia mí y me pone la palma de la mano en la frente, invadiendo mi espacio personal y haciendo que respire de forma entrecortada.

—No estás caliente —observa en voz baja. Baja la mano hacia mi cuello y lo presiona con suavidad—. Los ganglios linfáticos no están hinchados...

Entorno los ojos.

—¿Qué sabes tú de los ganglios linfáticos?

—El año pasado tuve la gripe —me recuerda—. Y calla. Deja que termine con el examen.

Me sonrojo.

—Rubor en las mejillas… —asiente e intenta reprimir una sonrisa. Me pone las manos en los hombros y me apoya la cabeza en el cojín, para luego arrodillarse frente a mí—. Y ahora tengo que escucharte el corazón.

—No —me opongo con debilidad. No estoy de humor para jugar con Lo. Siempre termino tensa, excitada y anhelante. Le encanta provocarme y me preocupa que llegue el día en el que no tenga fuerzas para decirle que no.

Sin embargo, él me ignora y coloca la oreja contra la desnudez de mi clavícula, justo por encima del escote en forma de pico de mi camiseta. Inhalo con fuerza; su rostro está demasiado cerca. Tras un largo momento, levanta la vista y dice:

—Lo sabía.

Entorno los ojos.

—¿El qué?

Recorre mis labios con su ardiente mirada y luego vuelve a fijarla en mis ojos.

—Sufres de un caso muy claro de… —Me roza la oreja con los labios—. Encaprichamiento.

Le doy un cachete en el brazo e intento incorporarme, pero estaba preparado. Se inclina hacia delante y, de repente, sin que lo vea venir, empieza a hacerme cosquillas en la cintura y las caderas. Me echo a reír y me retuerzo bajo él hasta que le pido a gritos que pare, mientras me caen lágrimas de risa por la cara.

Nos calmamos, aunque ambos respiramos con dificultad. Los dos estamos tumbados de lado, con los pies enredados, y nos miramos el uno al otro envueltos en un silencio cómodo.

—¿Y cuál es la cura? —le pregunto, aunque sé que no debería seguirle la corriente.

Luce una sonrisa torcida por la que se derretirían miles de chicas.

—Yo —murmura.

Clavo la mirada en sus labios suaves, que parecen suplicarme que los bese. Se acerca un poco a mí, pero no acorta la distancia del todo. La incertidumbre todavía flota entre los dos. Siento que su cuerpo me atrae, que es imposible luchar contra su fuerza magnética... Me acerco un poco y le rozo el tobillo desnudo con el pie. Su respiración se agita.

No puedo dejar de mirarle los labios, de imaginar cómo los sentiría contra los míos. Suaves, ávidos, hambrientos. Mi fortaleza se tambalea, acorto la poca distancia que queda y le doy un rápido beso en los labios antes de apartarme. Creía que ese beso casto y para todos los públicos satisfaría mis deseos. Eso esperaba, pero no. En realidad, lo único que deseo ahora es darle otro más pasional para borrarle esa sonrisilla de la cara.

—¿Y eso? —pregunta divertido. Me acaricia los labios con los suyos y retrocede, provocándome.

—Mi cura —respondo, abandonándome al juego que ha iniciado él. Hace que esto sea menos real, ¿verdad? Seguimos tumbados de lado, pero nuestros cuerpos se han acercado el uno al otro, como si persiguieran sus propios deseos de forma independiente de nuestras mentes. Me recorre la espalda con las manos y se detiene justo en mi cintura.

—Pero la dosis no era la adecuada —susurra.

—Ah.

No pasa más que un instante: se acerca a mí y nuestros labios colisionan, imitan la posición de nuestros cuerpos. Me coge de la nuca con una mano y me succiona el labio inferior.

Todo mi cuerpo empieza a desear, a ansiar. La parte inferior comienza a moverse por instinto; me aprieto contra Lo mientras él me besa cada vez con más pasión. Me mete la lengua en la boca y un gemido abandona mis labios.

He de separarme de él.

—Lo... —susurro e intento aclararme las ideas y comprender qué narices hace mi cuerpo. Estoy agarrada a su camiseta y, no sé cómo, pero tengo una pierna por encima de su cadera.

—Es el Día de San Valentín —me recuerda, dejando el juego a un lado—. Quiero regalarte algo.

«Algo». Es una respuesta vaga, pero por mi mente perversa ya se cruzan todo tipo de opciones pecaminosas.

—Ya me has regalado las flores —repongo, pero no cambio de postura: sigo tan pegada a él que noto el ritmo lento de su corazón contra mi pecho.

—Algo mejor.

Lo deseo, aunque no sepa qué es. Pero hay ciertas líneas que con Lo no puedo cruzar, me ofrezca lo que me ofrezca.

—¿Qué?

Me acerca la cabeza a su pecho y me acaricia el pelo. Se inclina hacia mi oído y noto su aliento cálido cuando me susurra:

—Quiero hacer que te corras.

Por dentro estoy extasiada con la idea, pero lo que sucede en mi cabeza es totalmente distinto, si bien igual de automático. Echo la cabeza atrás, aunque no despego mi cuerpo del suyo.

—¿No quieres? —Levanta la vista y se apoya en el codo para incorporarse un poco—. Me parecía el regalo de San Valentín perfecto, sobre todo porque tenía pensado dejarte toda la ropa puesta.

Ante esa perspectiva, el corazón empieza a latirme todavía

más rápido. Hemos hecho cosas desde que empezamos con esto de la relación falsa. Cuando practicamos los besos, a veces acabamos tocándonos y otras cosas, pero siempre he logrado parar antes de llegar al clímax. El sexo no es lo mismo que enrollarse, lo que ha sido clave en nuestra relación fingida. Hace ya un par de días desde mi último polvo y ya he hecho planes para conseguir mi dosis este sábado. Aprovecho cualquier oportunidad para ir a fiestas en casas de chicos que estudian en el instituto público, así que no sé si hacer algo con Lo hoy sería correcto.

—El sábado voy a esa fiesta de la hoguera —me limito a decir.

Espero a que se aparte, pero no lo hace.

—Yo también —responde en voz baja y me besa con suavidad.

—Allí podré follar.

—Y yo emborracharme. —Presiona los labios contra los míos un segundo y luego me acaricia en ese punto tan sensible detrás de la oreja. Me estremezco.

—Lo...

—Lily...

Baja la mano hacia el botón de sus pantalones. Contemplo fascinada los ligeros movimientos y, no sé cómo, pero consigo murmurar:

—Yo no tengo nada para ti...

Sonrío, pero no responde. Veo la cintura de sus calzoncillos y me doy cuenta de que he de apartarme un poco para que pueda bajarse los pantalones. Me separo de él; el vértice de mis muslos no deja de palpitar.

Mi mente cambia de estrategia; esta vez, intenta convencerme. «Puedo hacerlo. Puedo evitar que pase algo peor. Me ha dicho que yo me quedaré con la ropa puesta, así que no tendremos relaciones. No será sexo. Eso significa que podemos hacer esto, que no está mal».

Mientras se quita los pantalones, se le cae la petaca. La cojo. No sé si darle un buen trago. Quizá alivie mis pensamientos contradictorios. Quizá silencie la parte de mí que me pide que pare o la que me anima a seguir adelante.

Lo, ahora en calzoncillos, se vuelve y me descubre con la petaca en la mano. Me la quita enseguida; tiene los ojos encendidos. La levanta y dice:

—Mía. —Me coge la mano y la pone sobre el bulto de sus calzoncillos—. Tuya.

Ay, mierda. Estoy perdida.

Creo que debería quitar la mano de ahí, sobre todo porque es lo que haría la gente normal llegados a este punto. Sin embargo, hay algo que me hace dejarla donde está. Hay algo que me hace tocarlo.

Él no parece sorprendido. De hecho, continúa desnudándose delante de mí: se desabrocha la camisa, se la quita; me siento como si fuese mi cumpleaños. He de recordarme una y otra vez que se trata de Lo, y no de un estríper en una de mis fantasías.

Ahora que está casi desnudo, aparto la mano. Él dobla la cintura de sus calzoncillos con un gesto juguetón. Doy un respingo y responde con una sonrisa.

—¿Me los quito o me los dejo puestos? Tú decides, mi amor. —Me he quedado totalmente en blanco. No soy capaz de comprender la pregunta—. Me lo tomaré como que sería demasiado para ti —añade con voz ronca, y se los deja puestos. Sí, la verdad es que verle la polla ahora mismo sería demasiado para mí. En este momento, hasta respirar es demasiado para mí.

Se sube encima de mí y se acerca para besarme otra vez.

La sensación de su piel desnuda contra mi ropa es distinta; con mis conquistas suele ser al revés. Sin embargo, me gusta. Me gusta acariciarle la espalda desnuda, tocarle el culo. Mi cuerpo ansía más y mi mente corea una y otra vez lo que me ha dicho antes: «Quiero hacer que te corras». Mis protestas anteriores me abandonan, así como toda sensatez.

De repente, sus besos vuelven a ser ligeros como una pluma, con el fin de provocarme. Cuando me da otro apto para todos los públicos, suelto un largo gemido. No podré aguantar mucho más. No soy una princesa Disney; los besos no me hacen perder la cabeza a no ser que sean con lengua, con fuerza, a no ser que me lleven hacia planos de la existencia repletos de lujuria.

Como respuesta, Lo se apretuja contra mí y frota la dureza de entre sus piernas contra el punto palpitante que se encuentra entre las mías. Sus labios abandonan toda suavidad y se llenan de determinación, devoran los míos con pasión, con frenesí. Y, mientras se frota conta mí, la tensión escala, mi cuerpo alcanza un alto estado de hipersensibilidad: me vuelvo loca con cada caricia; lo único que quiero es que mi ropa desaparezca, sentirlo dentro de mí, que me borre este dolor con una embestida y un subidón de deleite.

Llevo una mano temblorosa al borde de mi camiseta para quitármela. Consigo levantarla hasta la mitad de mi cuerpo antes de que Lo se detenga y me coja de la mano.

—No. Déjate la ropa —me ordena en voz baja. Tiene los labios rojos e hinchados; no logro apartar la vista de ellos.

Parpadeo, confundida, pero él quita mi mano de la camiseta dedo a dedo para luego entrelazarlos con los suyos, me besa en un lado del cuello y luego desliza los labios hasta el lóbulo de mi oreja, que besa y mordisquea. Yo levanto las caderas contra él y noto que cada vez está más duro, lo que me excita más y más.

Me besa de nuevo y me mete la lengua en la boca.

Me muero por dentro. Quiero más.

Levanto de nuevo las caderas, y esta vez me coge del culo y me lo estruja con fuerza. Suelto un largo gemido, estremeciéndome de pies a cabeza. Lo me mantiene pegada a él y me acaricia los muslos moviéndose hacia arriba despacio, despacio, demasiado despacio... Evitando ese vértice que ansía su atención.

Suelto un quejido y me vuelve a dejar sobre la cama. Respirando agitadamente, empieza a moverse más rápido, empujando, asegurándose de restregarse contra mí. Funciona. La tensión empieza a acumularse; me mezo contra él y él vuelve a encontrar mi boca y entonces, de repente, todo explota. He de apartarme de sus labios y enterrar la cara en su brazo mientras estallo en orgasmos una y otra vez, como una ola tras otra.

Me coge de la nuca y me sostiene mientras yo me estremezco eufórica, dichosa, abandonada a esa escalada que me convierte en un animal salvaje. Solo pasan un par de minutos antes de que la sensación se desvanezca, dejándome vacía y pesada. Sin ese anhelo, se me despeja la mente y la gravedad de lo que acabamos de hacer cae sobre mí como un jarro de agua fría. Me separo de Lo, evitando mirar esos ojos que me persiguen llenos de preocupación.

Cojo el móvil de la mesita de noche.

—¿Qué haces? —pregunta, inseguro.

Tengo un nudo en la garganta, pero consigo murmurar:

—Nada, solo... ponte la ropa. —Señalo sus pantalones, que están en el suelo. No soy capaz de mirarle así, medio desnudo. Ya no confío en mí misma.

Mientras él recoge su ropa y empieza a ponérsela, yo busco con el corazón desbocado. Hasta que lo encuentro.

—Creo que eso ha sido sexo —digo horrorizada mirando la pantalla del teléfono.

—¿Qué? —Se acerca a mí con el ceño fruncido. Aún va sin camiseta, pero al menos se ha puesto los pantalones.

Le enseño el móvil.

—Sexo sin penetración —lee, y luego se lame el labio inferior, pensativo. Me mira a los ojos—. Eso no es sexo de verdad, Lil.

—Aquí no pone eso —sigo leyendo—. Coito externo. ¡Creo que lo que hemos hecho ha sido un coito externo! Dios mío... —Creo que me va a estallar el corazón. He cruzado una línea. Me he permitido enredarme con todos esos sentimientos encontrados y he cruzado la puta línea.

—¡Eh! —Lo me pone las manos en las mejillas, obligándome a mirarlo—. Respira hondo. —Espera unos segundos y dice—: Es la Wikipedia, no el puto Santo Grial. Tú decides qué es sexo para ti, ¿de acuerdo? —Veo cierta culpa en su mirada y me siento aún peor, por provocarle remordimientos por algo que es evidente que yo deseaba.

—De acuerdo —respondo—. Entonces no ha sido real. El coito externo no cuenta. —Veo que le embarga el alivio—. Pero... —prosigo— creo que no deberíamos volver a hacerlo. —No confío en mí misma.

Baja las manos.

—No pasa nada —contesta con cierta frialdad—. Es solo que... —Niega con la cabeza—. Es San Valentín.

—Lo sé. —No puedo dejar que se marche así—. Y ha sido el mejor regalo que me han hecho nunca, en serio.

Sonríe y me da un beso en la sien. Luego recoge su petaca de la mesa.

Respiro hondo. Nunca más.

Sin embargo, al recordar la forma en que me miraba, tan imponente, tan decidido y poderoso, como si su único propósito en la vida fuese hacerme gritar de placer… En fin, sé que es posible que jamás encuentre eso con nadie más.

Y «nunca más» es un precio muy muy alto que pagar.

Pero, al fin y al cabo, no estamos juntos de verdad. Solo somos dos amigos jugando a ser pareja.

Capítulo 7

Solo han pasado un par de meses desde que empecé en Princeton y ya he dejado de ir a clase. Ver a la gente paseándose por el campus con una sonrisa pintada en la cara me provoca un nudo en el estómago, así que hago los trabajos yo sola y voy solamente a los exámenes. Voy sacando aprobados, que no es mucho, pero es mejor que suspender.

Rose me regaña cuando me ve en casa regodeándome en la miseria otra vez. Supongo que siento como si febrero se hubiera convertido en mi primer día sin Lo: todo el dolor que me aplastó en el momento en el que se fue me ha engullido de nuevo, arrastrándome a un abismo de negrura. Albergaba la esperanza de que a estas alturas ya me hubiese escrito, pero todavía no lo ha hecho.

Sin embargo, mi vibrador me hace compañía y mis fantasías también, aunque apenas llegue al orgasmo. Es como si mi tristeza hubiese borrado cualquier posibilidad de volver a alcanzar el clímax.

He decidido cambiar un poco mis rutinas para entretenerme y subirme un poco el ánimo. Durante los últimos tres días he pasado mi tiempo en Calloway Couture, cumpliendo con mi parte de una apuesta que perdí contra Connor. Le prometí que ayudaría a Rose en su empresa de moda, que empieza a tener éxito, trabajando como asistente.

Lo que, como no he tardado en comprobar, consiste en ser la chica de los recados.

Aun así, tengo mi propio escritorio en un extremo del espacioso *loft* que tiene en la ciudad. La sala está llena de burras llenas de vestidos, blusas, abrigos, botas y bolsos. Rose nos supervisa desde detrás de su ordenador en un despacho propio de un jefe tirano: un cubículo de cristal desde el que puede ver absolutamente todo lo que pasa. En el centro, hay dos mesas con otras dos chicas que se encargan de las redes sociales, las páginas webs y las existencias. Pero, mientras ellas son miembros productivos de la empresa de mi hermana, yo me parezco más a un pequeño hámster que corre en su rueda, rodeada de artículos de papelería. Traigo cafés, archivo notas... Trabajos de poca importancia. De todos modos, es una forma de ocupar mi tiempo mejor que masturbarme dos horas seguidas sin alcanzar ningún tipo de liberación. Eso es lo que hice ayer y no fue muy divertido.

Al cabo de un minuto, Rose sale de su despacho y se acerca a mi mesa blanca.

—¿Has visto la tarjeta de visita que te he dejado? —Ha encargado una caja entera de tarjetas para mí, como si quisiera establecer mi puesto de «asistente de la directora ejecutiva» en un futuro.

—Sí, son muy bonitas. —Incluso huelen a lirios. Le pregunté si sus tarjetas olían a rosas y me fulminó con la mirada. Al parecer, la idea de aromatizar las tarjetas de visita fue de mamá, y a Rose no le quedó más remedio que seguirle la corriente. Nuestra madre tiene la empresa de mi hermana bien atrapada entre sus garras. Rose fundó el negocio cuando tenía quince años; era demasiado joven para comprender que nuestra madre se autonombraría cofundadora. Ejerce como socia sin voz ni voto, pero Rose preferiría que no tuviera nada que ver con sus negocios, sobre todo porque su única contribución consiste en irritarla hasta la extenuación. Es una metomentodo, pero también es fácil quererla cuando está de acuerdo contigo.

—No, no me refiero a tus tarjetas. Dejé en tu mesa una tarjeta de la terapeuta.

—Ah... Sí, estaba pegada con celo a la pantalla del ordenador. Como para no verla.

—¿La has llamado?

Me lamo los labios resecos.

—No, aún no. Pensaba que todavía querías hablar con alguna más.

—No, ya he terminado la selección. Esa es la elegida. Sé que es la mejor, pero si no te gusta, seguiré buscando. De todas formas, creo que al menos deberías conocerla. Es una mujer encantadora.

—Vale, sí. Iré a verla. —Quizá me recete las medicinas adecuadas para poner fin a estos sentimientos. No estaría nada mal.

Mientras mi hermana vuelve a su despacho taconeando, cojo el ratón con fuerza y sigo trabajando con eficiencia en Microsoft Excel. Rose ha hecho una lista detallada de mis tareas y las ha clasificado por importancia siguiendo un código numérico. Veo que llamar a mi terapeuta es la número uno y comprobar las tallas de zapatos para el envío a Macy's es la número treinta y cinco.

Justo cuando me dispongo a coger mi teléfono para pedir cita con la terapeuta, empieza a vibrar sobre la superficie de cristal de la mesa. Frunzo el ceño al ver en pantalla un número desconocido. ¿Podría ser? Lo cojo a toda prisa, mientras el corazón me late tan fuerte que casi se me sale del pecho. Si es él, ¿qué le digo? Vacilo; las palabras se me agolpan en el cerebro.

No sé si hay una forma adecuada de iniciar esta conversación. Quizá no sea él. Quizá mis esperanzas me estén jugando una mala pasada. Se supone que no puede llamarme hasta marzo. ¿No es eso lo que dijo Ryke?

Pero ignoro mis inseguridades y me llevo el móvil a la oreja. Respiro hondo y digo:

—¿Sí?

—Hola.

Me ha llamado. ¡Lo me ha llamado! Cierro los ojos y me pierdo en el sonido de su profunda voz. Me inclino sobre la mesa y me tapo los ojos con la mano para tapar las lágrimas que amenazan con caer. Preferiría que Rose no me viera desde su despacho, porque la llamada terminaría antes de empezar.

Tenía pensado todo lo que quería decirle por correo electrónico y por teléfono en marzo, pero las palabras se han esfumado de mi mente en cuanto el teléfono ha sonado por primera vez. Lo único que me queda es una respuesta que deja bastante que desear:

—Me has llamado.

Lo oigo moverse, como si se estuviese recolocando el móvil, sosteniéndolo al oído con la ayuda del hombro. Lo imagino con una mano en la pared y una larga lista de chicos esperando tras él para usar el teléfono, más o menos como en la cárcel. No sé por qué se me ha ocurrido esa imagen. No está en la cárcel, está en un centro de desintoxicación, y eso lo ayudará. Estoy segura de que mi nueva terapeuta querrá psicoanalizar esa comparación.

—Últimamente estoy bien, así que me han dado permiso para establecer contacto con mi familia. —Hace una pausa—. Eres la primera persona a la que llamo. —Suelta una débil carcajada y lo imagino acariciándose los labios—. ¡Qué digo!, creo que eres la única a la que voy a llamar.

—¿A Ryke tampoco?

—A Ryke lo he visto —me contesta, pero enseguida cambia de tema—. ¿Cómo estás tú?

—¿Por qué no me has escrito por correo? Ryke me dijo que este mes te darían permiso para hacerlo. —Sí, he eludido la pregunta sobre mí. Necesito que me explique esto antes de evaluar nada que esté pasando en mi vida.

Se queda en silencio unos instantes.

—Tenía pensado hacerlo. Me senté delante del ordenador y me pasé una hora entera mirando la pantalla.

Me muerdo la uña del pulgar.

—¿Y qué pasó?

—Escribí un par de frases, las releí y las borré. Todo me parecía una puta estupidez. No soy muy buen escritor... Así que, al cabo de una hora, lo único que tenía era «hola» y me cabreé tanto que me largué.

Parece propio de él.

—Yo tampoco soy buena escritora. —Echo un vistazo al despacho de cristal. Rose está ocupada hablando por teléfono y me da la espalda. Bien—. Me alegro de que me hayas llamado.

—¿Sí? —Se le rompe un poco la voz y empiezo a respirar de forma más profunda. Quiero que todo vuelva a la normalidad. No quiero que nuestra relación cambie, pero sé que debe cambiar. Solo espero que sea a mejor y no a peor.

—¿Qué has estado haciendo ahí? —pregunto—. ¿Volverás a casa antes? ¿Cómo es ese sitio? ¿Has conocido a otra persona? ¿Cómo es tu orientador? ¿Está buena la comida? —Las preguntas salen precipitadamente de entre mis labios, así que me detengo un segundo, preguntándome si lo habré asustado.

—Está bien. Todavía no he terminado el programa, así que me queda un tiempo más aquí. —Carraspea—. ¿Y cómo estás tú?

—¿Has conocido a otra persona?

—Lily —contesta dolido—, me estás matando. ¿Cómo estás tú? No es una pregunta muy difícil, ¿no? ¡Dime algo!

—Estoy bien. ¿Qué estás haciendo ahora? ¿Dónde estás? —Quiero pintar una imagen de él, no quiero que la cárcel sea el escenario de nuestra conversación.

—Estoy sentado en una butaca naranja gigante que parece sacada de una película de Austin Powers. Es fea de cojones. Y, encima, la semana pasada un tipo dibujó un pene con rotulador permanente.

Sonrío.

—¿Estás sentado encima de un pene?

Casi puedo sentir cómo se le ensancha la sonrisa.

—Por supuesto que te parece divertido. —Hace una pausa—. Te echo de menos, mi amor.

—¿Sí? —Se me encoge el estómago.

—Sí.

—Cuéntame más.

—Estoy usando el teléfono de la sala recreativa. Hay una mesa de billar, un par de máquinas de Fizzle, unos pufs y una televisión enorme en la que ponen partidos viejos todo el rato. Casi todo el mundo está comiendo, así que ahora esto está tranquilo.

¿Comiendo? Aquí también es mediodía, así que el centro donde está debe de encontrarse en algún lugar con la misma franja horaria. Quizá esté cerca... Pero no debería preguntar. Acordamos mantener esa información en secreto. No quiero caer en la tentación de sonsacársela; eso me convertiría en la novia patética.

—Yo... —Hace una pausa mientras busca las palabras adecuadas—. Le he preguntado por ti a Ryke varias veces, pero no quiso decirme nada. Es una puta tortura, ni te lo imaginas —dice con amargura.

Suelto una carcajada.

—Sí me lo imagino, sí.

—¿Sí? —Respira hondo, como si se estuviese preparando para la siguiente tanda de preguntas—. ¿Qué has estado haciendo?

—Estoy ayudando a Rose. No está mal. Me mantengo ocupada y... y funciona bastante bien.

—Eso está genial, Lil. ¿De verdad estás bien?

Se me empieza a atorar la garganta, tengo un nudo que casi no me deja hablar. No quiero que se preocupe por mí. Ryke se ha colado en mi mente; casi puedo oírlo susurrar: «Estropearás sus progresos si lo cargas con este peso. Tienes que separarte de él, Lily. Déjalo ir».

Lo único que he deseado en esta vida es que Lo sea feliz. Simplemente, jamás pensé que su felicidad coincidiría con mi depresión. Parece estúpido, idiota, pero si quiere sanar debe dejar de dedicarse a mí y centrarse en sus propios problemas. Eso es lo que Ryke me dice una y otra vez.

Así que cedo a las súplicas de Ryke. Libero a Lo de esta carga. Ya no necesito que sea mi pilar. Tendré que encontrar otro, o tal vez seré capaz de mantenerme en pie yo sola.

—Sí —contesto con el corazón encogido, luchando contra una emoción sobrecogedora—. Me va muy bien. Tengo una terapeuta nueva y he tirado todo el porno a la basura. —Unas lágrimas silenciosas brotan de mis ojos y caen lentamente por mi mejilla, pero mantengo un tono de voz firme para que no me lo note—. Hasta he dejado de usar juguetes. —Esta mentira se la creerá, pero si le dijera que he dejado de masturbarme por completo dudo que se lo creyera.

—¿De verdad? —Se le rompe la voz. Parece al borde de las lágrimas.

—Sí, de verdad. Nunca me he sentido mejor. —Me aparto

el teléfono de la boca; siento que el peso de la mentira me va a aplastar el pecho.

Tras una larga pausa, contesta:

—Bien, bien. Me alegro. —Respira hondo de nuevo—. No tengo mucho más tiempo…

—Lo —lo interrumpo. «Por favor, no me dejes todavía».

—Dime.

—Te estoy esperando. —«Te amo».

Imagino una sonrisa dibujándose en su rostro. Aunque sea triste, me aferraré a ella, soñaré con ella.

—Sabía que podrías. Tengo una reunión con mi orientador en un par de minutos. Te volveré a llamar.

Quiero despedirme con algo mejor, algo más satisfactorio.

—Pero estás oficialmente en mi banco de imágenes guarras. —Fantaseo con él todos los días. Es mi imagen número uno, la que siempre funciona.

—Tú siempre has estado en el mío. —«¡Oooh!», pienso—. Hablamos pronto, mi amor.

—Estaré esperando.

—Yo también.

Colgamos al mismo tiempo y me quedo mirando mi teléfono, como si la conversación que acabamos de mantener fuese un constructo de mi mente. He de mirar la lista de llamadas recibidas para comprobarlo.

Pero sí, ha sido real.

Y aún hay más: volverá a ocurrir.

Capítulo 8

Estoy sentada en la sala de espera de la terapeuta con Rose a mi lado. Se ha saltado todas las clases de hoy para acompañarme y se lo he agradecido un centenar de veces. No hago más que pasear la mirada entre la salida y la puerta de la consulta. Huir me parece tentador, pero, como Rose está aquí, me quedo sentada en el sofá blanco y me contengo para no morderme las uñas. Desde la ventana se ve la silueta de Nueva York y el interior es igual de moderno, con estanterías de cristal y orquídeas violetas.

Cuando la puerta se abre al fin, me pongo de pie de golpe, como si me hubiesen dado una descarga eléctrica en el culo. La terapeuta me saluda con una sonrisa cálida y sincera. Tendrá poco más de cuarenta años. Lleva una media melena castaña, a la altura de la barbilla, y viste una falda negra, una chaqueta entallada y una blusa de color crema. Con los tacones puestos, es apenas tan alta como yo. Debe de ser muy bajita.

—Hola, Lily, soy la doctora Banning. —Me tiende la mano y se la estrecho. Me suda la palma, así que paso un poco de vergüenza. Cuando me suelta, me sorprende que no se seque en la falda como si hubiese tocado algo infecto.

Me hace un gesto hacia su despacho y abre la puerta para que entre. Miro a Rose.

—Te espero aquí —me asegura.

Intento contagiarme un poco de su seguridad en sí misma, pero por desgracia la seguridad nunca ha sido contagiosa.

Alzo la barbilla para fingir fortaleza y entro en el despacho de la doctora Banning. En las paredes hay varias estanterías de cristal y, en la esquina, una mesa de color cerezo. En el centro, una alfombra blanca, una silla de cuero marrón y un sofá de cuero marrón idéntico.

—Siéntate —me indica señalando el sofá.

Me siento en el borde, repiqueteando ansiosa con el pie. Echo un vistazo al ventanal, desde el que se ve un parque, y el verde me tranquiliza un poco. Me quedo unos segundos mirando la libretita que la doctora Banning tiene en la mano. En esas páginas (que solo verá ella, o eso espero), documentará todos mis problemas.

—¿Me va a decir por qué soy así? —Es lo primero que le pregunto. Ni siquiera empiezo con un cordial «¿Qué tal?», no. Empiezo vomitando mi mayor inseguridad: «¿Cuál es mi problema?».

—Quizá dentro de un tiempo. ¿Por qué no empezamos conociéndonos un poco mejor?

Asiento. Dios mío..., no hago bien ni una sesión de terapia. No hago nada bien.

—Hice mis estudios de doctorado en Yale y estoy especializada en adicciones, sobre todo en la adicción al sexo. ¿Qué tal si me cuentas un poco de ti? No tiene por qué estar relacionado con el sexo.

Supongo que es la pregunta más fácil que me va a hacer, pero me noto la lengua pesada.

—¿Me puede dar un poco de agua?

—Por supuesto. —Se pone de pie y se dirige a la nevera, que está al lado de un cuadro de Vincent van Gogh. Cuando vuelve con una botella de agua, tardo más de un minuto en desenroscar el tapón y beber.

—Bueno... Crecí en un barrio residencial de las afueras de Filadelfia. Tengo tres hermanas. —La miro nerviosa—. Ya conoce a una.

Sonríe para animarme.

—¿Y con tus otras hermanas... tienes una relación tan cercana como con Rose?

—En realidad no. Poppy está casada y tiene una niña pequeña. Es mucho mayor que yo, así que no me crie con ella. Daisy es mucho menor, y cuando entré en el instituto, básicamente empecé a ir a lo mío.

—¿Cómo eras cuando ibas al instituto?

Me encojo de hombros.

—No lo sé. Era una chica tímida. Nadie se metía conmigo, a no ser que me arrastraran a una de las peleas de Lo. En general, nadie me hacía caso, excepto cuando había algún proyecto en grupo. Simplemente... estaba ahí.

—¿No tenías amigos?

—Sí, Loren..., mi novio. Él está... Bueno, en un centro de desintoxicación. —Me rasco el cuello.

—No pasa nada, Lily. Rose me ha explicado tu situación. Con el tiempo, hablaremos también de él.

De repente, me da miedo que me diga que él es la raíz de todos mis problemas. ¿Y si me dice que es mejor que no lo vea nunca más? ¿Y si la solución es esa? El corazón empieza a latirme desbocado, me siento tan ansiosa que, al final, le suelto:

—Ya sé que la relación que tengo con él no es sana, pero tiene que haber algún modo de que podamos estar juntos y solucionemos nuestros problemas. ¿Verdad? —«Por favor, dime que sí. Por favor, no me hagas romper con él».

Me mira un largo momento y se pone un mechón de pelo

detrás de la oreja. Sin embargo, se le vuelve a escapar: tiene una melena tan gruesa y voluminosa que no se queda en su sitio.

—Por ahora, quiero que nos concentremos en tu adicción, Lily. Luego ya hablaremos del papel que tiene tu novio. No te preocupes, ¿vale? Intentaremos resolver esto juntas para encontrar las respuestas que buscas.

Me relajo un poco y me apoyo más en los cojines para resistir al impulso de salir pitando del despacho.

—De acuerdo.

—Muy bien. —Asiente y mira su libreta—. Retrocedamos un poco en el tiempo. Quiero que me hables de tu relación con tus padres. ¿Qué papel tenían en tu vida entonces? ¿Cuál tienen ahora?

Entorno los ojos e intento reflexionar sobre esas relaciones, aunque durante muchísimo tiempo intenté desesperadamente no medirlas ni categorizarlas.

—Cuando era pequeña, mi padre siempre estaba ocupado. Todavía lo está, pero nunca lo he odiado por ello. Gracias a su éxito, he tenido muchas oportunidades. —En fin, de no ser por el prestigio de mi familia, jamás me habrían aceptado ni en Princeton ni en la Universidad de Pensilvania.

—¿Nunca te ha molestado que no pudiera pasar más tiempo contigo?

Me encojo de hombros.

—Tal vez cuando era pequeña y no comprendía que pagaba nuestra casa y nuestras cosas bonitas con su duro trabajo. Ahora, en cambio, me gustaría que se retirase para que tuviera más tiempo para él.

—¿Y tu madre? No tiene trabajo, ¿verdad?

—No. Mi relación con ella es… —Frunzo el ceño e intento expresar con palabras cómo solía tratarme mi madre en comparación con mis otras hermanas—. No sé muy bien cómo es, pero ahora me deja en paz. Hablamos de vez en cuando, pero poco más. Supongo que es sobre todo culpa mía. No voy mucho por casa.

—¿Por qué no?

Tardo unos segundos en pensar en la respuesta. Cuando me fui a la universidad, empecé a ir cada vez menos a las reuniones familiares semanales, hasta que dejé de ir sin más. Era el único «tiempo en familia» que se programaba y siempre encontraba la forma de librarme. Y todo por el sexo.

Respiro de forma entrecortada antes de decir:

—No me parecían muy importantes. No si los comparaba con mis cosas, supongo.

—Y «tus cosas» eran el sexo —aclara la doctora Banning con voz inexpresiva.

Asiento.

—Suena fatal, ¿verdad? —murmuro. La vergüenza empieza a propagarse en mi interior como si fuera un virus.

—Suena a que tienes un problema y estás buscando ayuda. Es un gran paso.

—Lo único que quiero es parar —confieso.

—Sé más concreta. ¿Qué quieres parar exactamente? ¿Quieres dejar el sexo?

Niego con la cabeza.

—No del todo, pero a veces siento que me va a estallar el cerebro. Aunque no esté teniendo relaciones, pienso en ello cada minuto del día. Es como si estuviera atrapada en un bucle y no supiera cómo salir de ahí. Es agotador.

—Es normal que los adictos sientan que su propia adicción los consume, sobre todo los adictos al sexo, ya que en esos casos gran parte de la obsesión se muestra en forma de fantasías. ¿Cómo han cambiado tus fantasías desde que se fue Lo? ¿Son menos frecuentes?

Hago una pausa y reflexiono unos instantes.

—Creo que sí —contesto, y asiento insegura—. Paso más tiempo echándolo de menos, así que puede que sí. —Pero, claro, tal vez eso cambie si vuelve conmigo. Entonces estará en casa y yo tendré más energía para fantasear. Dios, espero que no. Lo único que quiero es que mi cerebro pare de una vez. Doy otro trago de agua—. ¿Me va a preguntar por el sexo?

Tengo la impresión de que, hasta ahora, hemos estado dando vueltas alrededor del tema. Se supone que los terapeutas son más directos, ¿no?

La doctora Banning ladea un poco la cabeza y me pierdo en sus bonitos ojos marrones, que me recuerdan a Loren. Pero los suyos tienen motas de color ámbar, el color del licor preferido de mi novio.

—Por supuesto. ¿Te sientes lo bastante cómoda para hablar de ello? Rose me ha dicho que es un tema que te pone nerviosa.

¿Eso le ha dicho? Me pregunto lo transparente que soy para mi hermana.

—¿Qué quiere saber? —le pregunto.

—¿Qué significa el sexo para ti, Lily?

Es la primera vez que me hacen preguntas sobre el sexo. Hasta Lo evitaba el tema, para así evitar que hablásemos sobre el alcohol.

—Me hace sentir bien.

—En tu cuestionario, escribiste que te gustaba tener relaciones en sitios públicos. ¿Por qué, sin embargo, no te sientes cómoda con tríos o con el voyerismo? Tómate tu tiempo para responder. Soy consciente de que probablemente nunca lo habías pensado.

Tiene razón, nunca lo había pensado. Y, por alguna razón,

al oírla se me empiezan a relajar los músculos. No siento que me esté juzgando; parece querer ayudarme de verdad. Como Rose.

—Me gusta hacerlo en un baño o en algún sitio que no sea mi casa porque luego me resulta más fácil irme. El momento puede empezar y terminar con el sexo y no tengo que quedarme a hablar con el chico en cuestión.

—¿Y cuando estás con Lo?

Me sonrojo al oír su nombre.

—Pues es aún más excitante. —Recuerdo los vestuarios del gimnasio, cuando me cogió de las muñecas y me obligó a levantar los brazos por encima de la cabeza. Le rodeé la cintura con una pierna y me apoyé en la otra para no perder el equilibrio, pero él me levantaba del suelo con cada embestida, llenándome hasta casi reventarme. Y durante todo ese tiempo podría haber aparecido cualquiera y pillarnos. Ese riesgo me ponía los nervios a flor de piel, aumentaba la tensión. Yo estaba en llamas, volaba a metros del cielo, con un colocón tan orgánico que estuve a punto de colapsar al final.

—¿Y lo otro no?

—Dos chicos a la vez... —Me estremezco al recordar que aquello sucedió una vez—. Lo... me miró raro un día que creo que me acosté con dos chicos. Bebí demasiado, así que no me acuerdo, pero... no quiero que me vuelva a ver así. —Empiezo a morderme las uñas, pero enseguida me doy cuenta de lo que estoy haciendo y bajo la mano—. Puedo soportar que los demás chicos me juzguen, puedo aceptar que me llamen puta o zorra, pero no soportaría que mi mejor amigo me viese de ese modo. Quizá a otras chicas no les habría importado llegar a ese punto, pero sabía que mi adicción estaba llegando a nuevos extremos y... no podía permitirlo.

Asiente.

—Eso está bien. Entonces ¿tu novio te ayudó a darte cuenta de lo que considerabas seguro para ti y de lo que no?

—Supongo que sí.

—Y tuviste la fuerza de voluntad de parar.

Me encojo de hombros. La verdad es que nunca pensé en tener algo que fuera más allá de la esperanza. «Fuerza de voluntad» me parece demasiado generoso.

—¿No crees que tengas fuerza de voluntad? —Debe de haber percibido mi vacilación y mis inseguridades. Supongo que la debilidad de mis gestos me ha delatado.

—Pero es la verdad, ¿no? —repongo—. Dejé que Lo se acostara conmigo en Nochebuena y sé que no debería haberlo hecho. Me masturbo todo el tiempo, y he tirado mi porno hace nada. Ni siquiera sé cuánto tiempo aguantaré.

—Lily... —Se inclina hacia delante y me mira un largo momento—. Aquí has escrito que fuiste monógama todo el tiempo que estuviste cimentando tu relación con Lo. Eso es un logro del que enorgullecerte. Tengo pacientes que han pasado años con numerosas parejas y a los que les ha costado mucho ser fieles. Tú has pasado esos años con hombres diferentes y aquí estás, contándome que tu problema no es ser infiel, sino la masturbación compulsiva, la pornografía y las relaciones sexuales. Eso es un gran obstáculo.

Me tiembla la barbilla. Nadie me había dicho nunca que hubiera hecho algo bien. Todo este tiempo he pensado que le había fallado enormemente a Lo, he estado convencida de que mi problema era un obstáculo para ayudarlo a él. Y quizá lo era, pero la doctora Banning me está diciendo que he intentado estar sana por Lo y que en gran medida he tenido éxito.

—Ah... —murmuro. No soy capaz de formar más palabras. Me seco los ojos antes de llorar.

—Lo quieres, pero vuestra situación es extremadamente delicada. Rose me ha contado que te ha ayudado a mantener tu adicción toda tu vida y que tú has hecho lo mismo por él.

Asiento. Tengo un peso en el corazón.

—Pero voy a cambiar.

—Bien. Pero, para sanar, tendréis que hacer lo contrario. En lugar de ser indulgentes el uno con el otro, tendréis que ayudaros.

El único problema que tengo ahora es que no estoy muy segura de que Lo esté dispuesto a volver para ayudarme. ¿Y si se está abriendo un nuevo camino en el que yo ya no estoy? No lo obligaré a formar parte de mi vida si él elige no formar parte de la mía. Aunque… aunque eso acabe conmigo. Haría cualquier cosa que Lo me pidiera.

Aunque es evidente que hasta ahora ese ha sido precisamente nuestro problema.

Esto no va a ser tan fácil como parece.

—¿Fue con Lo con quien tuviste tu primera experiencia sexual?

—¿Qué… qué quiere decir eso?

—¿Fue él la primera persona que te tocó?

Me estremezco un poco, pero intento recuperar esos recuerdos tan tempranos.

—Sí, bueno…, teníamos nueve años. Creo. —Jugamos a los médicos y yo me tumbé en el sofá de cuero de su sala de juegos, desnuda, porque no era muy consciente, supongo. Aunque quizá sí que era… Puede que a los nueve años sí que supiéramos algo sobre sexo. Me tocó el pecho y yo lo toqué a él, y luego le cogí la mano y me la puse entre las piernas. Después de eso paramos y nunca volvimos a jugar a eso. Enterramos ese momento, como si fuese una historia vergonzosa. Se lo cuento de forma resumida a la doctora Banning.

—Fue consentido por parte de los dos.

—Sí. ¿Es raro?

—Erais un poco mayores para jugar a los médicos —me informa—, sobre todo porque a esa edad ya existe cierto conocimiento sobre el sexo o la sexualidad. Yo lo llamaría experimentar. ¿Os interrumpió alguien?

—No entró nadie. La niñera de Lo no era muy allá. Se pasaba el día viendo telenovelas en el sofá. Entonces... ¿no es anormal?

—Si ocurre algo así, es mejor que los niños sean descubiertos para que sus padres puedan sentarse con ellos y explicarles cuál es el comportamiento adecuado. Es desafortunado que no contarais con esos consejos, pero tampoco me obcecaría mucho en ello. La experimentación sexual es una parte normal del desarrollo de los niños entre los nueve y los doce años. Lo y tú sois de la misma edad y ninguno de los dos se sintió forzado ni obligado, así que no lo consideraría anormal. —Intento asimilar sus palabras antes de que me plantee otra pregunta—. Y, después de eso, ¿te tocó alguien?

Niego con la cabeza.

—No. Yo me tocaba mucho. Y luego tuve relaciones.

—¿Con Lo?

Me hundo en mi asiento.

—No, no fue con Lo. —Sabía que tendría que hablar sobre el momento en el que perdí la virginidad, cómo ese hecho sentó las bases del resto de mis actos perversos en el futuro. Ese recuerdo enterrado ya ha resurgido los últimos dos días, mientras me preparaba mentalmente para esta conversación—. Yo tenía trece años.

—¿Él era mayor?

—No mucho. Era un chico de quince años, el hijo de una amiga de mi madre. Fui a su casa para la fiesta de cumpleaños sorpresa de su padre. Se celebraba durante el día, así que casi todo el mundo estaba en el patio, en la piscina. Lo tendría que haber ido.

—¿Por qué no fue?

Es un recuerdo algo doloroso, porque sé sin sombra de duda que, si Lo hubiera cambiado de plan, no habría perdido la virginidad ese día. Sin embargo, creo que habría terminado siendo adicta al sexo de todos modos. Aunque mi primera vez no fue gran cosa, el sexo me encantó. Me fascinó cómo llevaba mis conexiones nerviosas al límite, cómo mecía mi cuerpo hasta alcanzar el clímax definitivo. Una vez que lo experimenté por primera vez, supe que no podría vivir sin él.

—Lo no quería ir a la fiesta. Quería conseguir alcohol e ir al lago. Pero Rose me rogó que fuese con ella, no quería que nuestra madre se pasara toda la noche pendiente de ella, así que fui para hacerle compañía. Y al final la dejé tirada para ir enrollarme con un chico que me prestó un poco de atención. Fuimos a su habitación y el resto es historia. —Me duele el estómago al admitirlo—. Mi hermana me perdonó. Siempre lo hace, pero yo no soy capaz de perdonarme a mí misma, ¿sabe? Soy una persona horrible y me convencí a mí misma de que sería mejor no estar involucrada en la vida de nadie. Si me mantenía alejada, no les haría daño y yo podría hacer lo que me diera la gana. —Asiento—. Bueno, pues así fueron las cosas después. Pero Rose no se conforma con que pasen de ella. Nunca me permitió apartarme del todo. —Me froto los ojos.

—¿Y Lo? —pregunta la doctora Banning, que no se pierde ni un detalle—. ¿Qué le pasó aquella noche?

—Luego me escapé de casa para ir a la suya. Vivíamos en la misma calle, así que era fácil. Trepé hasta su ventana y lo encontré en la cama, dormido, casi inconsciente. Recogí las botellas antes de que su padre las encontrara y lo arropé. —Asiento de nuevo, como aceptando el recuerdo tal y como es: un doloroso recordatorio de lo jodida que es nuestra relación—. Al día siguiente nos comportamos como si nada hubiera pasado.

Me mira con los ojos oscuros, con una preocupación que no creo que deban sentir los terapeutas. Se esfuma antes de que me dé tiempo a asustarme, pero creo que está empezando a comprender lo profundamente desastrosa, destructiva y enmarañada que es nuestra relación.

—Después de que perdieras la virginidad, ¿cómo cambió tu relación con Lo?

Me remuevo un poco en la silla antes de contestar.

—Bueno... Siempre hemos sido amigos. —He estado a punto de responder que no cambió en nada, pero no soy capaz de mentir. Cuando empecé a tener relaciones sexuales, cambió todo.

—Entonces háblame de tus experiencias sexuales entre el día que fuiste sexualmente activa por primera vez y ahora. ¿Cómo han progresado? Sobre todo con Lo.

Cuando pienso en aquellos tiempos, me da vueltas la cabeza. Me siento como una basura por haber perdido la virginidad tan joven. Pasé meses sin contárselo a nadie, y aunque ya me había enganchado a aquella sensación, durante un tiempo me negué a hacerlo de nuevo. La culpa me perseguía como una sombra y estaba demasiado asustada. La segunda vez fue en una fiesta de graduación que organizó un chico del instituto público. Lo y yo casi no los conocíamos, así que cumplía los requisitos. A los dos nos gustaba el anonimato. En el colegio, con el paso de los años, la gente empezó a emparejarnos debido a nuestra amistad y a nuestro estatus. Éramos Fizzle y Hale Co., y cuanto más intentaban borrar nuestra identidad, más nos aferrábamos el uno al otro.

La fiesta era igual que cualquier otra, excepto por el hecho de que arriba había dormitorios abiertos y disponibles, como el jugador de fútbol de quince años al que conocí. Me gustó más que la primera vez y forjé la teoría de que cuanto más lo hiciera, mejor sería.

Recuerdo que me fui de la fiesta con Lo apoyado en mi hombro. No pudimos ocultarle a Nola que había bebido, pero se guardó su opinión para sí y me dejó en casa de los Hale. Fue esa noche, con él tirado en la cama medio dormido, cuando le pregunté si era virgen.

Quería que me dijera que no. Que aliviara mi vergüenza.

—Estoy esperando —murmuró medio dormido.

Fruncí el ceño.

—¿Al matrimonio?

Se quedó dormido antes de contestar, pero creo que supe cuál era la respuesta de todos modos.

Me estaba esperando a mí.

Empecé a tener relaciones cada pocos meses, nada serio. Le dedicaba mi tiempo sobre todo al porno y al onanismo. El día que Lo descubrió que yo había perdido la virginidad ni siquiera fue muy reseñable. Estábamos leyendo cómics juntos en una tarde lluviosa y yo me quejé de que Havok y Polaris tendrían que follar de una vez porque su tensión sexual me estaba matando.

Lo levantó la vista para mirarme y, de repente, preguntó:

—¿Tú lo has hecho?

Fue como si me vaciaran los pulmones de aire.

—¿Qué? —pregunté con voz aguda.

Él dobló las rodillas y se encogió de hombros, como si nada. Quizá solo estaba intentando hacerme sentir cómoda.

—Siempre que vamos a fiestas, desapareces, y cuando nos vamos siempre estás un poco diferente.

No sabía cómo reaccionaría. No sabía si me llamaría zorra

o me echaría de su casa por guarra, pero nunca le había mentido y no soportaba la idea de hacerlo, así que se lo confesé todo, aunque de la forma más resumida que pude. No quería que pensara que se habían aprovechado de mí, así que me aseguré de poner énfasis en que había sido yo quien había buscado a la mayoría de los chicos. Que me gustaba el sexo.

Lo primero que me preguntó fue si lo sabía Rose. Yo negué con la cabeza y le dije que no quería decírselo a nadie.

—Sé guardar un secreto —contestó, pero no por ello se alivió el pánico que se había adueñado de mí.

«Lo sabe», pensaba una y otra vez. Él notó que estaba alarmada y me dio un suave codazo en el costado para tranquilizarme. Me miró con esos cálidos ojos de color ámbar, con un gesto más comprensivo que preocupado. Exhalé un pequeño suspiro de alivio.

—Pero... si piensas hacerlo en las fiestas a las que vamos, ¿me lo dirás? Si alguien te hace daño...

—Voy con cuidado.

Se le ensombreció el rostro.

—Aun así. Nosotros cuidamos el uno del otro, ¿vale?

—Vale.

Así que lo hice. Disfrutábamos de nuestros actos, escondíamos nuestros secretos a los demás. Para ellos, éramos Fizzle y Hale Co., para nosotros éramos seguridad, amor, sentirnos libres del juicio y del desprecio de los otros. Lo perdió la virginidad a los catorce años.

Conmigo.

Fue una noche torpe que enterramos con nuestro hedonismo.

La dejamos atrás, como todo lo demás.

A los dieciséis, tenía relaciones al menos una vez al mes. En el último año de instituto, nos convertimos en una pareja falsa y todo cambió de nuevo. Me besó y yo lo besé a él. Y siempre creí que estábamos fingiendo, aunque hubo veces en las que no estaba tan segura. Cuando nuestras «prácticas» y provocaciones se convertían a menudo en tocamientos pecaminosos, y ello ocurrió más veces de lo que deberíamos habernos permitido.

Cuando me fui a la universidad, ya no aguantaba más de una semana sin algún tipo de liberación, y perdía horas y horas con el porno. Vivir lejos de mis padres se convirtió en mi cruz. Todo se descontroló: mis rituales empezaban al amanecer y terminaban con la puesta de sol; la obsesión empezó a quitarme el sueño, a formar parte de mis pesadillas, de mi todo. Me consumió como lo haría una bestia salvaje.

Tal vez Lo y yo nos hayamos ayudado durante años a mantener nuestras adicciones, pero sé de buena tinta que sin él ahora estaría tirada en una esquina o algo peor. Siempre que sentía que caía en una espiral de destrucción, recurría a él, para hablar o para cualquier otra cosa. Su compañía era mi salvación.

Se me seca la boca mientras termino de contar la historia de mi vida. Me siento agotada, exhausta y rota, y no puedo creer que lo haya soltado todo, como si hubiese abierto unas compuertas emocionales. La doctora Banning me mira con una expresión que no soy capaz de descifrar. Debe de pensar que estoy demasiado jodida, que no hay redención para mí. La relación de codependencia entre Lo y yo se fundó cuando éramos niños, y aunque nos hemos hecho daño, también hemos sido el único apoyo del otro durante muchos años. ¿Cómo arreglas una relación así sin dañarla también?

—¿Ha cambiado de opinión? —le pregunto—. ¿Cree que, después de todo esto, no deberíamos estar juntos?

—No, solo creo que tenéis mucho trabajo que hacer. Y, con

un poco de suerte, llegaremos a ese punto. Quiero que descubras el origen de esta adicción, Lily, y puede que yo pueda ayudarte a hacerlo a tiempo.

Me está diciendo que tal vez haya una respuesta, pero que no la obtendré pronto. Puedo esperar.

—Solo... solo quiero saber qué puedo esperar. ¿Me va a medicar? ¿Tendré que hacer un programa de doce pasos o algo así?

Niega con la cabeza.

—Nada de medicación. Las medicinas no resolverán tu problema.

—Pero no puedo dormir. —Las noches son horribles. Lo único que deseo es llegar al orgasmo, sentir esa liberación, ese colocón. Si no me tomo una pastilla para dormir, ¿cómo descansaré?

—Ahora mismo tus niveles de oxitocina están desequilibrados. Con los orgasmos compulsivos, has descompensado las sustancias químicas de tu cuerpo, por eso tienes síndrome de abstinencia. Es importante que esas sustancias químicas recuperen el equilibrio. Así podrás soportarlo mejor y luchar contra las compulsiones sexuales. Los medicamentos solo encubrirían el problema.

Intento procesar sus palabras, pero mis pensamientos empiezan a divagar.

—¿Y cuando estoy triste? —Con la ausencia de Lo, siento una presión constante en el pecho. Había oído hablar de la depresión, pero no imaginaba lo mucho que te debilita. Algunos días solo quiero dormir y no despertarme jamás.

—Puedo recetarte algún antidepresivo, pero preferiría que no tomaras este tipo de medicación. Como te he dicho, las sustancias químicas de tu cuerpo deben encontrar de nuevo su equilibrio. Probablemente, hace mucho tiempo que no hay un balance. Respecto a tu segunda pregunta: tampoco habrá un programa de doce pasos.

Frunzo el ceño.

—Pero Lo…

—Tú no eres alcohólica. El objetivo de ese tipo de programas es eliminar completamente la adicción de la vida de la persona. Eso no es posible para los adictos al sexo, pues el sexo forma parte de la vida. El alcohol no. Tu hermana es consciente de ello, por eso no quiso internarte en una institución que utilizara un programa de doce pasos para este tipo de adicción. El celibato permanente no es la respuesta. Nuestro objetivo es que alcances un nivel adecuado de intimidad con tu compañero.

«Intimidad con tu compañero».

—Entonces, Lo…

Asiente, como si pudiera leerme el pensamiento.

—Cuando vuelva del centro de desintoxicación, Lo será muy importante en tu recuperación. Me encantaría que te acompañara a algunas de estas sesiones.

Me sonrojo.

—No sé si querrá…

—Por lo que me ha contado Rose, me parece que está dispuesto a hacer cualquier cosa por ti. —Se mira el reloj—. Esto es todo por hoy. ¿Te he asustado?

Niego con la cabeza.

—No… En realidad, por primera vez, siento que voy hacia algún lugar.

Y sé que ese lugar será bueno para mí.

Capítulo 9

Tras más días llenos de clases, terapias y soledad, por fin llegan las vacaciones de invierno. Y, con ellas, como cada año, el cumpleaños de Daisy. Nuestra madre le preguntó qué clase de fiesta quería para celebrar sus dieciséis y ella quiso que fuéramos en yate a Acapulco y a Puerto Vallarta, en México, pero Samantha Calloway se negó en rotundo, no porque le pareciera una celebración demasiado lujosa, sino porque el miércoles tiene un *brunch* especial con sus amigas del club de tenis que no se piensa perder. Daisy pedía un cumpleaños de una semana, no solo de una noche. Nuestro padre tenía una reunión de negocios, así que tampoco habría podido venir al viaje.

Al final, decidí intervenir y le aseguré a mi madre que yo podría encargarme de supervisar la fiesta. Desde que Lo me llamó, me siento mucho mejor, y tengo ganas de ponerme a prueba. Quiero ver si soy capaz de reprimirme y de no hacer nada con algún mayordomo. Sé que lo soy, así que estoy preparada para vivir esa victoria personal. A la doctora Banning también le ha parecido buena idea.

Mi madre estaba satisfecha con esas condiciones, pero no Rose, que este fin de semana tiene un torneo académico, igual que Connor. ¿Y cuál ha sido su solución? Esa estrella del atletismo sabelotodo con el pelo castaño oscuro.

Ryke.

El tipo se ha atrevido hasta a preguntarle a Daisy personalmente si podía unirse a la celebración porque yo necesitaría ayuda. Y yo estaba presente cuando ella le contestó que si se veía capaz de enfrentarse a un barco lleno de estrógeno, no sería ella quien le impediría subir.

Él se atragantó con una carcajada y contestó:

—Creo que sobreviviré.

Ella le dedicó entonces una sonrisa igual de tensa.

—No digas que no te lo he avisado.

Daisy ha invitado a veinte de sus amigas más íntimas del colegio. Todas tienen pinta de estar acostumbradas a salirse con la suya. Ryke debería estar asustado.

Tras el vuelo hasta el puerto, espero junto al muelle mientras los mayordomos recogen nuestro equipaje para subirlo al yate. Las adolescentes salen de un par de limusinas, se recolocan sus gafas de sol de Chanel y se aplican una capa de brillo en los labios para protegerlos de los efectos del sol. Me siento un poco mal vestida con los tejanos cortos y un top que se anuda al cuello. Parece que estas chicas han hecho un alto en el camino en Los Ángeles para ir de compras: llevan faldas largas que ondean al viento, tops sin tirantes y bolsos de marca colgados del brazo. Me recuerdan a cuando iba al colegio. Pasaba casi todo el tiempo evitando a este tipo de chicas; me asustaba la etiqueta que me pondrían si mi secreto quedaba al descubierto. Mi único amigo era Lo, y, como resultado, soy un poco torpe socialmente cuando se trata de relacionarse con chicas. Va a ser un viaje fantástico. Solo necesito recordarme que soy cuatro años mayor que ellas y que, aunque me hagan sentir como un molusco diminuto..., en realidad soy una majestuosa estrella de mar. Uf. Necesito encontrar mejores metáforas para levantarme el ánimo.

Daisy destaca entre sus amigas con su metro ochenta de altura. Me saluda con la mano al verme, pero sus ojos enseguida se dirigen al chico guapo de veintidós años que tengo al lado. Ryke lleva unas gafas de sol negras y está apoyado en el poste del muelle con un aire tan despreocupado y seguro de sí mismo que las demás chicas también empiezan a mirar, fijándose sobre todo en los bíceps y las formas de sus músculos, que se le marcan bajo la camiseta verde. Son como una manada de leonas rodeando a su presa.

Le doy un puñetazo en la barriga, pero mis nudillos se estampan contra sus duros abdominales. Él me mira con las cejas enarcadas, como si me hubiera vuelto loca.

—¿Qué coño haces?

—Deja de hacer eso —le ordeno mientras sacudo la mano.

—No estoy haciendo nada.

Qué largo se me va a hacer este viaje.

—Pues no hagas nada así.

—¿Así cómo? En serio, ¿cómo se supone que tengo que estar sin hacer nada? —Echa los brazos al aire.

—¡Pues no lo sé! —exclamo mirando a las chicas—. No te apoyes en cosas. Se ve sexual.

—No te voy ni a preguntar cómo es eso posible. A ti todo te parece sexual.

—Puede que parezcan de mi edad, pero tienen dieciséis años.

Echa un vistazo a las chicas, que le están haciendo una radiografía desde lejos.

—Y que lo digas. A ver si lo adivino: crees que me voy a enrollar con alguna de ellas, ¿no? No soy como tú, Lily.

Vale, eso ha dolido.

—Es lo que haría la mayoría de los tíos —me defiendo—. Son guapas y los hombres suelen pensar con el cerebro que tienen entre las piernas. Solo se lo digo a tu polla, por si tiene otros planes.

—Deja a mi polla en paz —salta—. Y, ya que estamos, deja tu actitud sexista en tierra firme.

Es verdad que he generalizado al tildar a toda la población masculina de salida, pero estoy bastante nerviosa. La última vez que me subí a un barco estuve a punto de arruinar mi amistad con Lo y luego terminamos iniciando una relación verdadera, más allá de la fachada.

Creo que los barcos son el enemigo. Me vuelven un poco loca.

Abro la boca para contárselo a Ryke, pero me interrumpe:

—Contrólate, Calloway.

Tiene razón. Respiro hondo y me preparo para lo peor. Puedo hacerlo. Solo es una semana.

Me río para mis adentros. Sí, claro.

Capítulo 10

Mientras el camarero encargado les hace a las chicas una visita al yate, Ryke y yo vamos a la zona de descanso de cubierta, que tiene un saliente a la sombra. Me siento en el sofá y un camarero nos trae zumo de naranja recién exprimido. Como parte de las instrucciones, mi madre solicitó a los camareros que no hubiera alcohol a bordo. Lo último que quiere es que una de las chicas se caiga por la borda y se ahogue borracha.

—¿Por qué no me contaste que habías estado en contacto con Lo? —le pregunto al fin a Ryke—. Me ha dicho que hasta lo has visto.

Lo cierto es que el hecho de que me lo ocultara no me duele tanto como pensaba. Ryke es una persona estable y es lo que Lo necesita. Puedo comprenderlo.

Pone un pie sobre la mesa de café y yo escondo los míos debajo de mis piernas, en el sofá en el que estamos sentados, y me abrazo a un cojín que tengo en el regazo.

—No quería contártelo porque habrías empezado a acribillarme a preguntas, igual que hace él, que solo quiere saber de ti. El objetivo de que estéis separados es que os podáis concentrar en vosotros mismos. Eso no va a ser posible si os estáis preocupando el uno por el otro constantemente.

Durante todo este tiempo, pensé que Ryke tenía toda la razón, pero la doctora Banning me ha dicho que la solución mejor para mí no es la abstinencia completa, sino enfocarme en la intimidad. Y para tener intimidad con mi compañero necesito... a mi compañero. Me he dado cuenta de que la terapeuta teme que, a causa de esta distancia prolongada en el tiempo, termine cayendo de nuevo en el porno, la masturbación o algo peor, otros hombres, para llenar este vacío. Pero no lo haré. La doctora me aseguró que tenía fuerza de voluntad, así que voy a intentar hacer uso de ella con todo mi empeño mientras Lo no esté. Y si no quiere volver conmigo, bueno... En eso también intento no pensar.

Remuevo el zumo con una cereza.

—No confías en mí, ¿verdad? Por eso has venido.

Ryke estira los brazos en el respaldo del sofá; los músculos se le marcan aún más que antes. Parece el dueño del condenado yate. ¿De dónde podría sacar yo esa clase de confianza en mí misma? Ojalá me la pudiera contagiar de algún modo. Aunque, si lo pienso bien..., mejor no. Eso significaría que tendría que acercarme a él físicamente.

—La verdad es que estoy preocupado por ti. Me gustaría estar cerca si tienes algún tipo de ataque de pánico.

—Porque le prometiste a Lo que cuidarías de mí mientras él no estuviera. Lo siento si por mi culpa no puedes tener unas vacaciones de invierno más agradables. ¿Qué habrías hecho?

—Unos amigos me invitaron a ir con ellos a Aspen a hacer *snowboard*, pero ya les había dicho que no antes de que Rose me llamara.

Frunzo el ceño.

—¿Por qué?

—Tenía pensado ir a escalar y mis amigos no escalan, así que... —Se encoge de hombros como si no tuviera importancia.

Me he quedado impactada con la parte de escalar.

—¿Escalas?

—Desde que tenía seis años. Me encantaba, me pasaba horas en los rocódromos. Recuerdo que le rogaba a mi madre que me dejara ir antes de que empezara el colegio, y luego, en cuanto sonaba la campana, me iba allí a pasar el resto del día. Mi madre odia que escale, y me apuntó a atletismo para ver si se me pasaba, pero no se me pasó. Encontré dos pasiones en lugar de una. De todos modos, se ha puesto contentísima cuando le he dicho que había cambiado mis planes para esta semana.

—¿Escalas montañas de verdad? —Lo miro con los ojos entornados, intentando imaginármelo con un arnés, colgado de una roca.

—Sí, Lily, escalo montañas de verdad. —Niega con la cabeza, como si le hubiera hecho una pregunta estúpida.

—¿Qué? Te podrías haber pasado el día metido en un rocódromo.

—Me aburriría. He escalado tanto que siempre quiero nuevos desafíos. En eso consistía este viaje. Iba a hacer escalada libre en solitario en el Half Dome de Yosemite. Ya lo he hecho en El Capitán, en el mismo parque nacional, un par de veces, pero el Half Dome no lo he subido nunca.

No tengo ni idea de qué montañas son esas ni qué pinta tienen, pero si lleva escalando desde los seis años, y durante tantas horas, se le debe de dar bastante bien.

—Mi madre llevaba un mes subiéndose por las paredes, pero, de todos modos, en California iba a hacer mal tiempo —continúa—. Lo habría tenido que posponer, aunque no hubiese venido aquí.

Si tuviera un hijo, yo también me subiría por las paredes si su afición fuera la escalada.

—¿Qué significa escalada libre en solitario? —Lo que significa «en solitario» es evidente, y ya suena bastante peligroso. Si tuviera las agallas de escalar una montaña, querría que hubiese alguien para cogerme si me caigo.

—Sin cuerdas. Solo yo, la montaña y un poco de magnesio.

Abro la boca muy despacio.

—¿Qué...? Pero eso... Si tú... No. —Niego con la cabeza al imaginarme a Ryke perdiendo pie y estampándose contra el suelo—. ¿Por qué haces eso? —Hago una pausa, pensativa—. ¿Es por el subidón de adrenalina?

Niega con la cabeza.

—No. Todo el mundo me lo pregunta, pero no siento lo mismo que cuando corro. Si tienes un subidón de adrenalina mientras escalas, lo más probable es que te estés cayendo de la montaña. Cuando sientes miedo, tu pecho se contrae, y probablemente te resbales y te mates.

Me quedo boquiabierta.

—¿Hablas en serio? ¿No tienes miedo? ¿Ni un poquito? ¿Cómo es posible?

—Pues no. Tienes que estar tranquilo. Me encanta ir subiendo la apuesta, intentar superar mis propios logros. Como te he dicho antes, es un desafío.

Lo miro como si perteneciera a una especie alienígena, aunque supongo que hay mucha gente que hace escalada libre en solitario. O tal vez no.

—¿Hay mucha gente que muera escalando sin cuerdas?

—Puede que un poco menos de la mitad de la gente que lo hace. —Se vuelve a encoger de hombros.

—Tú estás loco.

Sonríe.

—Eso me dice mi madre.

De repente, la manada de chicas aparece en la cubierta con trajes de baño de diferentes colores y estilos. La mayoría son bikinis con tanga, pero también veo algunos bañadores que dejan las caderas y las espaldas al descubierto. La mitad de las chicas corren hacia las tumbonas que hay al sol, peleándose por conseguir las que les da más el sol, pero algunas se acercan a la zona de descanso y se sientan cerca de donde estamos Ryke y yo.

A la mayoría las conozco porque son amigas de Daisy desde el parvulario, pero no me acuerdo de casi ningún nombre. La rubia con la piel clara y pecas es Cleo, la mejor amiga de mi hermana. Luego está Harper, la nativa americana que lleva un bikini negro con pedrería. A la tercera que ha venido a esta zona no la ubico. Está tan morena que creo que si tomara más el sol se provocaría un cáncer de piel al instante. Lleva un brillo de labios rosa chillón que combina con su bikini azul neón. Parece que vaya a salir en un videoclip de Katy Perry.

Daisy se sienta a mi lado. Se ha puesto un bikini con capas y capas de cuerdas de un verde oscuro que hace juego con sus ojos.

—Necesitamos picar algo. Me muero de hambre.

En cuanto la oye, una camarera vestida con una camisa blanca y unos pantalones negros le pasa un menú muy completo. Al final de todo, se lee: «Si no está en el menú, pregúntenos y tal vez podamos prepararlo».

—Quiero chocolate —le dice Cleo a la camarera—. ¿Fresas recubiertas de chocolate? ¿Puede ser?

La mujer asiente.

—¿Algo más?

—Yo no puedo comer chocolate, así que... —Daisy canturrea para sí mientras lee el menú, recorriéndolo con un dedo. El rostro se le ensombrece poco a poco, como si se sintiera frustrada al ver todo lo que no puede comer.

Casi puedo sentir cómo Ryke echa humo, pero más le vale cerrar el pico. Si Daisy no quiere chocolate, no debería presionarla para que lo coma, como hizo en el evento de Fizzle. Pero de vez en cuando no se me da mal hacer de hermana, y sé que hay algunos platos que sí puede comer. Me inclino hacia ella y señalo el sándwich de atún.

—Eso es sano.

—Mamá dijo que nada de mayonesa —repone en voz baja.

—Bueno, pero mamá no está aquí. —Madre mía, mi madre se ha pasado de la raya. ¡Es su cumpleaños! ¿Acaso espera que tampoco coma pastel? Es un sacrilegio.

Daisy se queda unos instantes con la mirada perdida, seguro que pensando en las consecuencias de saltarse las normas. Ya usa una talla treinta y cuatro, lo que midiendo un metro ochenta es una puta locura, pero no creo que mi madre vaya a cambiar hasta que la industria de la moda deje de buscar este tipo de chica.

—Pídete el puto sándwich —dice Ryke—. Ya lo quemarás nadando.

—No pidas atún —opina Cleo de pronto—. Te apestará el aliento.

—Es verdad. Odio ese olor —añade Harper.

Ya tengo ganas de estrangularlas.

Daisy se pone tensa con tantas opiniones, pero le devuelve el menú a la camarera y dice:

—Tomaré el de atún, gracias. Mis amigas tendrán que aguantar el olor. —Fulmina a Cleo con la mirada—. Al fin y al cabo, es mi cumpleaños.

Cleo se encoge de hombros.

—Solo te avisaba. ¿Y si conocemos a algún chico guapo? Lo asustarás con tu mal aliento. —Dios, ya están pensando en ligar. Esto ha pasado de ligeramente divertido a aterrador. Espero ser capaz de lidiar con ellas. Por favor, que sea capaz de lidiar con ellas...

—Aún mejor —repone Daisy—. Así el chico irá directo a tus brazos. ¿Ves? Te he hecho un favor.

Cleo aprieta los labios y luego me recorre poco a poco con la mirada.

—Bueno, Lily… —Me preparo para lo que pueda pasar—. ¿Qué has hecho para adelgazar tanto? ¿Qué talla usas, la treinta y dos?

Perfecto, me ha hecho una pregunta que no sé muy bien cómo contestar. Lo cierto es que el sexo me consume más tiempo del que paso cuidando de mí misma. En mi defensa diré que soy bajita. Si Daisy gastara una treinta y dos, prácticamente habría desaparecido y tendríamos que hospitalizarla.

—Siempre ha estado delgada —responde mi hermana por mí.

—¿Sabes qué? Nunca he sabido si a los chicos les gusta ese look tan delgado rollo talla treinta y dos —dice Cleo con falsa amabilidad. Bien podría haber dicho «esquelética» en lugar de «delgada». Tiene que saber que está siendo una maleducada. Sus bonitos ojos azules se dirigen hacia Ryke, que finge estar entretenido viendo un partido de baloncesto en la televisión—. ¿Verdad, Ryke?

Sin despegar la vista de la pantalla, confirma:

—Ya.

Y Cleo se aferra a ello como a un clavo ardiendo.

—¿Te gustan las chicas que usan la talla treinta y dos?

¡Qué incómodo! Me remuevo en mi asiento y Daisy suelta un suspiro de exasperación.

—Cleo…

—¿Qué? —contesta ella encogiéndose de hombros como si nada—. Solo quiero una perspectiva masculina sobre la cuestión. En casa somos solo chicas y tengo curiosidad.

Ryke se vuelve hacia ella un segundo, aunque su mirada sigue oculta tras las gafas de sol:

—Mi hermano la quiere, así que es evidente que hay chicos a los que les gustan las chicas delgadas. Cada uno tiene sus preferencias.

—¿Y cuál es la tuya? —interviene Harper con excesivo interés.

Supongo que ahora mismo él está poniendo los ojos en blanco. Malditas gafas de sol… Me habría gustado verlo en un aprieto delante de este grupo de chicas. ¿Qué va a hacer con veinte a la vez?

Pero él no se arredra.

—Me gustan las mujeres. Pechos grandes, cintura estrecha, un culo que poder agarrar. —Se mantiene impertérrito, imperturbable. Yo me estremezco interiormente, asombrada porque haya osado responder. Las amigas de Daisy se miran las unas a las otras y reparan en que todas tienen unas caderas diminutas, unas tetas normales y nada de culo.

Daisy mira a Ryke de hito en hito y le pregunta:

—¿Cómo de grandes tienen que ser las tetas?

Dios mío.

—¿Y si cambiamos de tema? —sugiero.

—Grandes —contesta él.

—¿Y también te gusta agarrarlas? —insiste Daisy.

Sus amigas parecen a punto de chillar.

Él aprieta los labios, pero reprime lo que yo diría que es una sonrisa. Pues me alegro de que se esté divirtiendo, pero yo no. En absoluto. Esto es… No. Si Lo estuviera aquí, le habría gritado por tontear con una chica que no tiene ni dieciséis años, porque eso es lo que está haciendo. Aunque su intención sea discutir o incomodar, parece que esté tonteando.

—Solo si la oigo gemir mientras lo hago.

—¡Ryke! —le grito. «Ya basta», le ordeno solo moviendo los labios. Abro mucho los ojos para enfatizar la gravedad del asunto. Sé que no está tonteando a propósito, pero está a punto de pasarse de la raya. Además, sospecho que sabe dónde está esa raya y que a lo largo de su vida ha cruzado más de una. Tal vez piense que las normas tradicionales no se le aplican a él… O tal vez le den igual.

Daisy abre la boca para contestar, pero él la interrumpe.

—Ahí tienes tu perspectiva masculina. —Se vuelve hacia la pantalla, dando por terminada su conversación con las chicas.

Pero Cleo no ha terminado conmigo.

—Y, por cierto, ya que hablamos de Loren Hale… Está en un centro de desintoxicación, ¿verdad? Nos enteramos por unos amigos de mis padres. —Señala al clon de Katy Perry con la cabeza—. ¿Te acuerdas de Greta? Sus padres le encontraron un gramo de coca y también la mandaron a un centro… Es como si no entendieran que somos jóvenes y solo queremos divertirnos un poco. Como si ellos no lo hubieran hecho.

—Sí, son unos hipócritas —coincide Katy.

Odio que estén comparando a Lo con una adolescente que hace el tonto. Así es como se empieza, claro, pero su problema va bastante más allá de un poco de rebelión adolescente. No es una vergüenza que esté en un centro de desintoxicación, sino lo que dijo mi padre… Es admirable.

—Fue él quien decidió ir —lo defiendo con fuego en la mirada—. Quería que lo ayudaran. —Y eso significa que estamos mejor que antes.

Un silencio incómodo cae sobre el grupo como un manto. Cleo aprieta los labios y evita mi mirada. Por suerte, en ese momento llega la comida y me rescata de la tensa situación. Las chicas empiezan a charlar de nuevo. Miro a Ryke, que asiente en señal de apoyo. Ese gesto es más importante para mí de lo que admitiré jamás. Quiero hacer las cosas bien. Quiero ser fuerte y luchar, y estar en este barco es un gran paso.

La última vez que estuve aquí estaba hecha un lío. Esta es mi redención.

Cuando Daisy coge su sándwich, los largos mechones de pelo se le pegan al atún que se sale por los lados. Vuelve a dejarlo en la bandeja y se limpia el pelo con una servilleta.

—Odio mi pelo —masculla entre dientes.

—¿Sabes lo que es una cola de caballo? —le dice Ryke. Que se meta con ella no ayuda en nada. En Nochevieja comprendí que su «rasgo distintivo» le crea inseguridades.

—Sí, ¿quieres que te haga una a ti?

Cleo niega con la cabeza.

—No tiene bastante pelo —comenta, y muerde una fresa.

—Siempre podrías hacerle muchas coletitas por toda la cabeza propone Harper.

Ryke no despega la vista de Daisy.

—No deberías quejarte de algo que puedes cambiar.

Mi hermana hace un puchero, se quita la goma que lleva en la muñeca y se divide el pelo en tres secciones para hacerse una trenza.

—¿Contento? —le espeta cuando termina.

—Solo si lo estás tú —repone él—. No es mi pelo. —Se vuelve a concentrar en el partido de baloncesto, que es de donde no debería despegar la mirada. Me estoy poniendo paranoica. No quiero que mi hermana le coja cariño o piense que le presta atención por lo que no es.

Cleo, que está sentada en una otomana frente a nosotras, se cruza de piernas. Su bikini azul clarito no queda bien con su piel blanca.

—¿No te vas a bañar? —me pregunta—. No llevas bañador.

—Me lo pondré luego. —Aunque no es que tenga muchas ganas de bañarme con las amigas de Daisy. Las miraditas de Cleo cada vez son más penetrantes. No le caigo bien, y su odio podría estar provocado por cualquier cosa: que sea la única que se ha podido traer un chico al viaje, que sea cuatro años mayor... Decido no malgastar mi tiempo preguntándomelo.

—¿Y tú? —pregunta Katy acercándose a Ryke—. ¿Te vas a bañar con nosotras? —La sombra de sus largas pestañas se desliza por el cuerpo de él, por esas líneas y ángulos dibujados por sus músculos, marcados y majestuosos. Por supuesto que escala montañas: sus músculos lo gritan a los cuatro vientos. Es evidente que no están ahí solo por correr un montón. Debería de haberlo deducido. Qué tonta soy.

—Antes voy a terminar de ver el partido. —Se le tensa la voz, y veo que su postura es más rígida que antes.

Quiero echarme a reír, pero no puedo, porque con el rabillo del ojo veo que Harper, que está sentada en otra otomana, ha sacado un botellín de vodka de tamaño viaje y está vaciándolo en su daiquiri sin alcohol.

—¿Qué haces? —La miro con el ceño fruncido. ¿Se está quedando conmigo? Estoy aquí delante. ¿Es que no soy nada amenazante? Mi madre dijo de forma muy clara que nada de alcohol. Las ha advertido a todas antes de meterlas en la limusina.

—Tú novio será alcohólico, pero yo no —me espeta Harper con una sonrisa áspera.

—Qué maleducada, Harper —le reprocha Cleo con un tono pretencioso que indica que..., en fin, que no cree que haya sido tan maleducada.

No lo soporto más.

—Voy a ponerme el bañador. —Me levanto de mi asiento y, para mi sorpresa, Ryke me sigue.

Mientras nos vamos, veo que Daisy se disculpa solo moviendo los labios. Me encojo de hombros para hacerle saber que no pasa nada, pero sigo con los nervios de punta, no solo por la frustración, sino por una ansiedad bastante severa. Ryke cierra las puertas correderas detrás de nosotros.

—¿Te da miedo quedarte solo con ellas?

—Me da más miedo que tú estés sola contigo misma.

Ya. No tiene ni una pizca de fe en mí.

—No me va a pasar nada. Vamos a ponernos el bañador.

—Claro.

Nos dirigimos a nuestros dormitorios y, en el camino, me las arreglo para mantenerme a una distancia segura de todos los camareros. Si critican a Lo por haber ido a un centro de desintoxicación por su alcoholismo, ¿cómo reaccionaría la gente si conociera mi adicción al sexo? No me lo quiero ni imaginar. En fin, quizá era bueno que los centros que ofrecían internamiento para superar adicciones no fueran apropiados para mí. No querría avergonzar a mi familia ni quisiera que se vieran obligados a lidiar con que su hermana o su hija es un bicho raro.

Cierro la puerta de mi dormitorio, que es uno de los más grandes, con un elegante edredón dorado, una manta de pelo y una cómoda con una superficie de granito. Junto a la pared de la derecha hay una silla de estilo victoriano de color crema y unos cojines con las costuras doradas.

Me pongo mi sencillo bikini negro y me peino el pelo corto con los dedos antes de mirarme en el espejo. Si respiro hondo, se me marcan las costillas. Me siento mal, y lo que haría normalmente para combatir esta desazón sería subirme a la cama, ver algo de porno y masturbarme hasta que todo se dispersara en una nube de dicha.

Pero me recuerdo que las cosas tienen que cambiar, así que me alejo de la cama y dejo de retorcerme los dedos.

Alguien llama a la puerta.

—¿Estás desnuda? —pregunta Ryke.

—No.

Entra en la habitación.

—¿Estás bien?

Trago saliva. Tengo un nudo en la garganta. Ojalá estuviese aquí Lo, él me haría sentir mejor, y puede que ni siquiera hiciera falta sexo. Se limitaría a sonreír, a besarme, a decirme lo guapa que soy y terminar con un: «Que las follen». Porque, al final, éramos lo único que le importaba al otro. Lo único que yo necesitaba era a él.

—Odio a la gente —le suelto. Lo y yo nos aislábamos del mundo entero porque la perspectiva del ridículo nos asustaba. Porque nos daba miedo cómo nos percibieran los demás. Construimos una burbuja a nuestro alrededor y la llenamos de mentiras y desgracia... hasta que reventó.

—Así que ahora generalizas: el mundo entero son tres adolescentes maliciosas. —Coge una figurita en forma de velero que hay sobre la cómoda y empieza a darle vueltas—. Cuatro adolescentes, si quieres incluir a la provocadora de tu hermana.

—Tiendo a exagerar —replico—. Y si hay un provocador, ese eres tú.

Ryke suelta una carcajada rebosante de ironía.

—Qué gracioso, sobre todo si tenemos en cuenta que tu novio tiene una lengua diez veces más afilada que la mía. Si hay alguien que pueda darle a una persona donde más duele, es él... Y puede que mi padre, pero esa es otra historia, ¿no? —Esboza una sonrisa llena de dolor.

—Entonces ¿tú nunca haces daño a nadie con tus palabras? —pregunto con las cejas enarcadas.

—¿Quieres saber cuál es la diferencia entre Lo y yo? —pregunta mientras apoya los codos en mi cómoda, un gesto despreocupado y chulesco a la vez.

—Por supuesto.

—¿Te acuerdas de la fiesta de Halloween? Lo robó el alcohol de la casa y no quiso admitirlo. Antes de que salieras tú al patio, se pasó unos cinco minutos diciéndoles a aquellos tipos de todas las maneras posibles que eran unos putos imbéciles. Te aseguro que no tuvo ninguna gracia, sobre todo cuando le dijo a Matt que los tíos como él no valen nada y que su puta vida consistirá en comer mierda hasta que no pueda más y la palme. Fue frío y cruel.

Me duele el corazón, ya que me creo cada palabra que me ha dicho. En el colegio, fui testigo de cómo Lo destrozaba a gente con sus palabras hasta que se echaban a llorar, y no lo hacía porque aquello le hiciera sentir mejor, sino porque antes le habían hecho daño a él, y esa era su mejor arma para defenderse.

—No siempre es así —contesto con un hilo de voz. Lo defiendo porque no está aquí para hacerlo él mismo, y en lo que he dicho hay una parte de verdad. Lo sabe cuándo es el momento de dejar estar algo, como la primera vez que fuimos a The Blue Room. Está demasiado acostumbrado al abuso verbal y creo que prefiere no sentirse debilitado y consumido por ello. Prefiere largarse y punto.

—Vale —contesta Ryke—, pero en aquella fiesta de Halloween se pasó.

—¿Y qué habrías hecho tú? ¿No habrías robado aquel alcohol? ¿No habrías dado pie a una pelea? Pues felicidades. —Volver al pasado me deja mal sabor de boca. No podemos cambiar el pasado, y hablar de él me hace daño.

—Le habría pegado —responde sin dudar—. Le habría arreado un buen puñetazo a ese comemierda. Ahí está la puta diferencia. —Se pone recto y yo lo miro boquiabierta. No me esperaba esa respuesta.

—No tienes pinta de pelear a menudo.

—¿Ah, no? —repone, mirándome con un brillo feroz en los ojos—. Si alguien me toca las pelotas, no me quedo plantado y aguantándolo. Puede que Lo haya estado toda su vida indefenso, pero yo no.

—¿Y luego qué? En aquella fiesta habríais sido cuatro contra uno. Te habrían pegado una buena paliza.

—Yo no he dicho que mi opción sea la correcta. —Se encoge de hombros—. Está igual de mal, pero es diferente.

Su forma de equivocarse frente a la de Lo. Comprendo que no hay una mejor que otra, que los han criado de un modo distinto, y eso hace que reaccionen de formas diferentes. Eso es lo que intenta decirme.

También me entristece muchísimo, porque básicamente acaba de admitir que sufre tantas heridas como su hermano. Imagino su puño estrellándose contra el rostro de Matt justo antes de espetarle unas palabras de odio, horribles e impulsivas.

Solo son heridas diferentes.

Tal y como ha dicho él.

Capítulo 11

Estoy a la deriva en mitad del océano azul, tumbada en un flotador amarillo. Las demás chicas, Daisy e incluso Ryke descansan en los suyos, todos de vivos colores. Los flotadores están atados con una cuerda para que no nos alejemos demasiado del barco o los unos de los otros. Pillo a Harper dando un trago de otro de los botellines de alcohol que ha colado en el barco. «Señor, por favor, no dejes que una de las amigas de mi hermana pequeña acabe ahogada en el fondo del mar por estar borracha como una cuba. Gracias».

En realidad, los primeros cinco minutos han sido divertidos. Me he echado una siesta escuchando la música que unos altavoces reproducían desde el barco mientras acariciaba el agua fresca con los pies. Sin embargo, a los cinco minutos, las chicas me han despertado con sus chillidos, y sus voces agudas se me han clavado en los tímpanos.

—¡Ay, Dios! ¡Me ha rozado algo! ¡¿Será un tiburón?! —chilla Katy, presa del pánico. Se agarra al flotador de Ryke y casi lo tira al agua. Ella le pone las manos sobre los abdominales para no caerse, pero es evidente que no ha sido sin querer. Se lo está comiendo con los ojos desde que ha salido a cubierta luciendo músculos, como si él fuera el obrero que la hubiera construido con sus propias manos. Es exasperante… y aterradoramente cierto.

—Tranquila —dice Daisy—. Seguro que solo era un pez.

Ryke intenta quitársela de encima, pero ahora está agarrada a uno de sus bíceps. Su mirada oscila entre el agua y él, y parece a punto de chillar: «¡Sálvame!».

Él se desengancha sus dedos uno a uno con cuidado.

—Creo que sobrevivirás.

—Sí…, claro. —La chica alza la barbilla y se vuelve a su flotador rosa.

Ryke desata el suyo, que es verde, de los demás y rema hacia el mío con una sola mano. Lo engancha a mi cuerda y se pone las gafas de sol.

—Qué discreto —susurro.

—Así se hace.

Pongo los ojos en blanco y me recuesto en el flotador, rozando el agua con el trasero. Estoy lista para la siesta número dos. Cómo me gusta echarme la siesta. Cuando duermo, casi no siento la necesidad de salir del agua, correr a mi habitación y abandonarme al onanismo.

—Pero ¿eso es posible? ¿En serio? —oigo preguntar con curiosidad a una de las chicas. Ahora yo también tengo curiosidad, así que le presto atención.

—Te juro por mi vida que fueron cuatro dedos —dice Katy—. Luego me dolía mucho.

¡¿Qué?!

Miro de reojo a Ryke, pero como lleva las gafas de sol puestas, no sé si ha oído lo mismo que yo. Cuatro dedos, que le dolía… Está hablando de sexo. Esta vez estoy segura de que no son imaginaciones de mi mente pervertida.

—Pero ¿cómo lo hizo? ¿Cómo es posible que cupieran?

—No caben —añade otra chica—. No te creo.

Daisy está en mitad del grupo, en silencio, pataleando en las aguas calmas.

—Preguntémoselo a Lily —propone Cleo—. Es mayor que nosotras y tiene novio. Seguro que lo sabe. ¡Lily!

La chica que está más cerca de mí me salpica en el pecho. No sin antes vacilar, me incorporo para quedar cara a ellas. La verdad es que no tengo ningunas ganas de hablar de sexo con las amigas de Daisy. Se suponía que el objetivo de este viaje era no pensar en sexo, pero, aun así, estoy rodeada de sexo, aunque no sea yo la que saque el tema.

Harper, la que está más cerca, me explica de qué va el debate.

—Dice que su «novio» le metió cuatro dedos. ¿Es eso posible?

Me retuerzo un poco y mi flotador choca con el de un impertérrito Ryke, que está sobreviviendo a esta debacle tomando el sol con la mirada hacia el cielo. Mientras tanto, aquí estoy yo, a punto de desatar mi flotador y huir por el océano lo más lejos posible de este barco y esta conversación.

—Hum... —Mis brazos se convierten en una roncha roja gigante—. Todos los cuerpos son distintos.

—¿Me acabas de decir que tengo la vagina grande? —me espeta Katy. ¿Qué?

—¡No! Claro que no. Quizá él tenía los dedos pequeños. —Me estremezco. No creo que lo haya arreglado... Dios mío. ¿Sería muy raro que saltara del flotador y me sumergiera en el agua?

—Bueno, ¿cuántos dedos suele usar Lo? —pregunta Cleo. Debo de sonrojarme, porque añade—: Que no te dé vergüenza, Lily. Solo es sexo. ¿Cómo vamos a aprender si no hablamos?

Daisy se pone recta en el interior de su flotador, metiendo los pies en medio y apoyando la barbilla en el plástico.

—¿Cómo aprendiste tú? ¿Te hablaron de sexo Poppy y Rose? —Parece un poco triste, como si pensara que se ha perdido una experiencia fraternal importantísima por ser la pequeña.

Pero se equivoca. Poppy nunca habló de este tema conmigo, porque como era mucho mayor, pasaba más tiempo con chicos que enseñándonos sobre ellos. Y Rose... Yo siempre había pensado que me juzgaría por acostarme con cualquier chico. Puede que no haber hablado con ella sea de lo que más me arrepiento.

Aprendí de internet, del porno y de revistas como *Cosmopolitan*. Wikipedia también me ayudó. Me pregunto si hablar con Poppy o Rose habría marcado la diferencia. Tal vez no me avergonzaría tanto, pero también es posible que nada hubiera cambiado. Nunca lo sabré. Y, por mucho que odie hasta pensar en ello, Cleo tiene razón. Ninguna chica debería avergonzarse por hablar sobre sexo.

—¿Qué más da quién le haya enseñado? —salta Katy antes de que se me ocurra una respuesta adecuada para Daisy—. Yo quiero saber más sobre Lo. ¿Lo habéis hecho estilo perrito? Me han dicho que así es mejor.

—Puaj, pero ¿eso no es por el culo? —pregunta otra chica con una mueca—. Creo que eso duele.

—Perrito también puede ser por la vagina —interviene otra—. Pues claro...

Le doy un empujoncito al flotador de Ryke disimuladamente y él se coge al mío para no moverse. Lo miro y le digo entre dientes.

—Sálvame.

Él vuelve a apoyar la cabeza en el flotador, pasando olímpicamente de mí. Me ha dejado en la estacada.

—Te ahogaré, te lo juro —susurro.

De repente, se incorpora y anuncia:

—Voy a por algo de comer.

—Te acompaño. —Reprimo una sonrisa.

Vamos nadando hasta el yate. Extiendo una toalla sobre una de las tumbonas de la cubierta y me estiro para secarme. Ryke se frota el pelo con otra toalla y luego la lanza en la tumbona de al lado.

—Se te da bien evitar a la gente, te lo tengo que reconocer.

—Estoy intentando hacerlo menos, pero todavía hay cosas que me incomodan. —Sobre todo ahora que no tengo a Lo para ayudarme a adaptarme a este nuevo y terrorífico mundo social. Con él junto a mí, la transición sería más suave, no me sentiría tan… inestable con gente al lado—. ¿Cómo es posible que no te incomodara a ti?

—No es fácil ponerme nervioso. No pensaba irme.

—Pero lo has hecho.

—Porque tú me lo has pedido. —Se sienta de cara a mí mientras yo me relajo en la tumbona.

—Entonces ¿te habrías quedado ahí mientras yo describía cómo era el sexo con Lo? —pregunto incrédula.

—Te olvidas de que vi cómo te manoseaba —me recuerda. Sí, cómo olvidarlo. Ryke y Lo se conocieron en unas circunstancias un poco extrañas—. Además, estudio periodismo. Si voy a ser periodista, no me pueden afectar las situaciones incómodas, tengo que lidiar con ellas y punto. Y es algo que no se me ha dado mal a lo largo de mi vida.

Pensaba que con este viaje conseguiría muchas cosas. Pensaba que me enfrentaría a mis inseguridades y que, al final, lograría sentir más confianza en el futuro. Jamás me habría imaginado que me ayudaría a entender el personaje oscuro y misterioso que es Ryke Meadows.

—Eh… —Daisy sube a la cubierta con una toalla enrollada en la cintura. Se sienta en la tumbona que hay frente a la mía y se abraza a un cojín para taparse.

Ryke está sentado entre las dos.

Se me encoge el estómago.

—¿Tus amigas también vienen? —Me da miedo que la horda de chicas conquiste toda la cubierta, dispuestas a acribillarme a preguntas sobre mi vida sexual.

—No, me han dicho que querían bañarse un rato más. —Se mira unos segundos las uñas de los pies, que lleva pintadas de azul turquesa—. Lo siento. No sabía que te iban a molestar. De todos modos, es una estupidez.

—¿El qué?

—El sexo. ¿Qué más da cuántos dedos te quepan?

No tengo ningunas ganas de hablar de esto delante de Ryke; además, es evidente que se está mordiendo la lengua. Quiere decir algo, salta a la vista, pero necesito que se lo calle. Por favor. ¿Es posible?

Sin embargo, mi hermana sigue hablando antes de que me dé tiempo a contestar.

—Puedo nombrar unas tres cosas que son mejor que el sexo. La gente lo pinta como una experiencia alucinante y luego es una mierda.

Ryke se frota los labios con curiosidad. «No muerdas el anzuelo», le ruego con la mirada, pero no me está mirando.

—¿Qué tres cosas?

Daisy se cruza de brazos, preparando su defensa para cuando él contrataque, porque siempre lo hace. Debería poner fin a esto antes de que empiece, pero la batalla está comenzando y no quiero verme en medio del fuego cruzado.

—El oxígeno, el chocolate y la caída libre. Ahí lo tienes.

—El sexo es mucho mejor que el chocolate y Lily podría explicarte por qué es más necesario que el oxígeno. Y ¿cuándo has hecho tú caída libre?

—El año pasado salté en paracaídas por primera vez.

Él asiente.

—Muy bien, pues siento decírtelo, pero el sexo es diez veces mejor que saltar en paracaídas.

—Claro que no —replica ella.

Ryke se recuesta un poco en su tumbona.

—Pues no sé quién te ha follado, cariño, pero no te lo hizo bien.

Daisy se pone como un tomate, pero no tanto como yo. Y gracias a Dios, porque no se lo desearía a nadie.

—No hay una forma equivocada de follar —replica.

Ryke me mira buscando apoyo, como si yo fuese una gurú del sexo. Aunque supongo que... lo soy. Pongo los ojos en blanco y exhalo un fuerte suspiro.

—El sexo malo existe —le digo—. Puede que el chico no fuera muy bueno en la cama.

—Estoy segura de que era tan bueno como cualquier otro.

—¿Y tienes más experiencias para compararlo o te refieres a una sola vez con un único chico? —interviene Ryke.

Daisy se lo queda mirando sin pestañear.

—Una vez, pero, de todos modos, no me imagino cómo podría ser mejor.

—Deja que te haga una pregunta —sigue pinchándola Ryke. Quiero detenerlo, pero cada vez que abro la boca para intervenir, él habla y me interrumpe—. ¿Tuviste algún orgasmo?

Daisy frunce el ceño, intentando recordar.

—Creo que... No lo sé.

—Entonces la respuesta es no —resuelve Ryke.

Se pone las gafas de sol en la cabeza para que ella pueda verle esos profundos ojos azules en los que nadan destellos de color miel. Me parece que viene en son de paz, lo que no está mal... Pero, de todos modos, no debería mantener este tipo de conversaciones con nadie. Pero ¿qué me ha dicho antes de que llegara Daisy? Ah, sí, que hay pocas cosas que lo incomoden. Puede que eso sea un problema.

La verdad es que interrumpir esta conversación tan problemática se me ha pasado por la cabeza, sobre todo porque a mi hermana no le parece problemática, y lo último que quiero es avergonzarla o tratarla como a una niña. Estoy segura de que ya tiene bastante con nuestra madre.

—Pero yo estaba... —se interrumpe pensativa.

—¿Mojada?

—Sí —contesta en voz baja—. Bueno, no... La verdad es que no.

Ryke entorna los ojos; de repente parece enfadado.

—¿Y fue tu primera vez?

Ella asiente y se encoge de hombros.

—No pasa nada.

—Pues sí que pasa, joder. ¿Qué clase de cabrón penetra a una chica en su primera vez sin excitarla antes? Te debió de doler un montón.

—Qué va.

—No te creo. —La señala con el dedo—. De hecho, deberías alejarte de cualquier tipo que no haga que te corras al menos dos veces antes de follarte. Que no se te olvide.

Ella niega con la cabeza.

—No pienso repetir. Tengo cosas más importantes que hacer. Como lavarme el pelo. —Le dedica una sonrisa irónica.

—Pues es una pena —replica él—. Probablemente, con el chico adecuado lo disfrutarías. Quizá hasta te darías cuenta de que es mucho mejor que el puto chocolate. —Esboza una sonrisilla—. Es una buena frase. Quizá deberías decírsela al próximo chico que conozcas.

—Ya —contesta con tono escéptico. Supongo que se ha dado cuenta de que Ryke no está tonteando con ella—. Puede que hasta le diga que intente meterme cuatro dedos. —Le devuelve la sonrisa un instante.

—Eso no te lo recomiendo —repone él apoyándose en la tumbona—. Pero, claro, yo no soy una chica. ¿Lily?

¿Es mi turno? Ay, madre.

—Ya, mejor que no. Yo tampoco lo recomiendo.

—Tomo nota. —Se pone de pie, nos da las gracias y se va al baño.

Yo me doy la vuelta de inmediato para enfrentarme a Ryke.

—Muy inapropiado —le digo muy despacio para darle énfasis.

Él se vuelve a poner las gafas de sol y se lleva las manos detrás de la cabeza.

—La estaba educando.

—Me estabas avergonzando.

—Me parece que eso es un problema personal tuyo. —Sonríe—. De todos modos, mejor yo que Connor Cobalt. Imagínatelo aquí haciéndole un diagrama sobre el sistema reproductor. ¿Preferirías que pasara eso?

—No, lo que preferiría es que todo pene se mantuviera a más de mil metros de mi hermana pequeña, eso es lo que preferiría.

—Eso no va a pasar, Lily. Va a cumplir dieciséis años. Ya ha tenido relaciones. Y es una puta supermodelo.

—Modelo de alta costura.

Se ríe entre dientes.

—Como se llame. Es preciosa, parece mayor que tú y eso lo verán un montón de tíos, si es que no lo han visto ya. No debería sentirse incómoda hablando de sexo solo porque tú te sientas así.

Eso ha dolido, pero lo paso por alto porque… tiene razón. Me estremezco solo de pensarlo.

—No me digas que te gusta.

—¿No te he dicho que tiene dieciséis años? —me espeta.

—Solo quería asegurarme.

Me relajo un poco. Tal vez esté abordando todo esto del modo equivocado. No pasa nada por hablar de sexo. El sexo no es nada que deba temerse o condenarse. Solo he de encontrar una forma sana de practicarlo. Con Lo, por supuesto.

Y entonces todo irá bien.

Capítulo 12

Normalmente me tomo una pastilla para dormir para apaciguar mis preocupaciones, pero he decidido hacer caso a la doctora Banning y mantenerme alejada de las drogas legales. Así pues, la oscuridad y el silencio empiezan a abrir las puertas tras las que se esconden mis emociones reprimidas. Me hago un ovillo en la cama; las olas del océano no me mecen lo suficiente para quedarme dormida. Termino mirando el espacio vacío que hay a mi lado y anhelando el calor de un cuerpo que no sea el mío.

Estar lejos de Lo durante tres meses es extremadamente difícil, pero con el paso del tiempo he aprendido a gestionarlo. Lo que más me asusta es su regreso. Esta expectación se ha adueñado de mí; me imagino el momento en el que lo veré en el umbral de la puerta y él me dirá muy amablemente que debemos separarnos para siempre, que ha pasado página, que ha entrado en un momento sano y se ha dado cuenta de que el gran cáncer de su vida soy yo.

Presiono la frente contra la almohada. «No llores», me ordeno, pero noto el calor de las lágrimas en las comisuras de los ojos. Respiro hondo dos veces de forma contenida, tal y como me ha enseñado Rose.

Lo me hizo prometerle que lo esperaría. Quizá debería haberle pedido que me prometiera que volvería conmigo, al menos para darme una oportunidad para luchar por él.

Diez minutos después, el sexo, ese enemigo implacable, empieza a invadir mis pensamientos. Estos sentimientos desaparecerían con un orgasmo, todo lo que me tortura se esfumaría de golpe. Recibo este otro anhelo con los brazos abiertos, pues estoy demasiado agotada emocionalmente para que me importe nada que no sea salir de este estado. Bajo a rastras de la cama, abro mi maleta y rebusco en el fondo hasta que encuentro el neceser negro donde guardo los juguetes. Son todos de la misma marca de lujo y me recuerdan un poco las preferencias de Lo por los licores caros. Fantástico.

Cojo un pequeño minivibrador rosa y vuelvo a la cama. Me bajo las bragas negras de algodón hasta los tobillos y me lo introduzco. Me debato sobre si pensar en Lo o no. Por un lado, es el chico más sexy del planeta; por el otro, me cuesta reprimir las lágrimas cada vez que imagino sus ojos de color ámbar clavados en mí, o su cuerpo vibrando encima del mío. Siempre termino echándolo de menos y deseando que esté aquí conmigo, en carne y hueso, abrazándome.

Me decido por encenderlo con el mando a distancia y dejar la mente en blanco. Me toco el pecho por debajo de la camiseta gris, acaricio un pezón y muevo las caderas de forma rítmica junto al aparato. El calor empieza a extenderse por brazos y piernas; mi cuerpo ansía esa poderosa liberación. Bajo la mano por mi barriga, más allá del ombligo, hasta llegar a ese punto tierno e hinchado que ansía ser tocado. Me froto el clítoris con los dedos, arqueo las caderas y me quedo sin respiración. Sí…

«Por favor, haz que me corra. Por favor, haz que me corra —coreo una y otra vez para mis adentros—. Por favor».

Cambio de ritmo; alterno entre caricias rápidas y lentas y subo la velocidad del vibrador con el mando a distancia.

Me vuelvo y grito con la cabeza enterrada en la almohada. «Por favor —le suplico a mi mente—. Lo...». Me he abandonado demasiado a estas sensaciones, tanto que ya no recuerdo la tristeza que acompaña su nombre.

«Por favor...». Y entonces mis entrañas se estremecen, los dedos de mis pies se curvan y mi mente asciende como un globo a punto de volar a la deriva y estallar. Jadeo agitada y me quedo quieta unos instantes. El subidón empieza a desvanecerse, pero deseo desesperadamente asirme a él, traerlo de vuelta conmigo y revivirlo una vez más.

Ha sido demasiado rápido y fugaz, demasiado insignificante para colmar el agujero que hay en mi corazón.

Así que empiezo de nuevo.

Una hora más tarde estoy bañada en sudor y no tengo ninguna intención de parar. Cada vez que desciendo del clímax, solo pasan un par de minutos hasta que ansío el siguiente y empiezo otra vez. Estoy húmeda, empapada y dolorida, pero nada de eso me hace parar. Quiero caer dormida de agotamiento.

De pronto, alguien llama a la puerta. Con el estómago encogido, cojo el mando a distancia para intentar parar el vibrador, pero se me resbala de los dedos y se cae al suelo. Me inclino para recuperarlo sin molestarme en cubrirme la parte inferior del cuerpo con el edredón, pero cuando alargo la mano lo rozo con los dedos y lo empujo sin querer debajo de la cama. Dios mío.

—¡Lily! —grita Ryke—. Voy a entrar. Más te vale estar decente.

«No estoy decente. No estoy ni medio decente. Me estoy volviendo loca, mira si estoy decente».

—¡Espera! —chillo.

No tengo tiempo de pensar. Me recoloco la camiseta para tapar un pecho que se me ha salido. «Mierda, mierda». La puerta se abre antes de que pueda buscar mis bragas en las profundidades del enorme edredón dorado. Me lo aprieto contra el pecho y cojo aire en el momento justo en el que entra Ryke.

Intento fulminarlo con la mirada, pero estoy tan paranoica que no lo logro. ¿Por qué no habré cerrado la puerta con llave?

El minivibrador sigue zumbando en mi interior y mi vergüenza alcanza cotas nunca antes vistas. Jamás creí que esto fuera posible. Veo su expresión perturbada mientras, inquieto, se echa el pelo hacia atrás, ese pelo castaño un poco más espeso que el de Lo. Frunzo el ceño al verlo. Algo lo ha puesto muy nervioso.

—¿Qué pasa? —le pregunto. ¿Será por Lo? ¿Le habrá pasado algo en el centro? ¿Y si está herido? Me pongo recta; el corazón me late desbocado.

Se cruza de brazos. Va sin camiseta. Luego apoya la espalda en mi cómoda, encorvándose un poco, y me mira con el rostro ensombrecido.

—Una de las chicas se me acaba de meter en la cama.

No se trata de Lo, pero, de todos modos, es bastante perturbador.

—¿Qué quieres decir?

—Que me he despertado con una chica de dieciséis años al lado manoseándome —replica enfadado, y se vuelve a echar el pelo hacia atrás—. No puedo lidiar con esta mierda. Confío en mí, sé que no voy a hacer nada con una cría que va al instituto. En quien no confío es en ellas. Casi me violan, Lily.

No puedo evitar reírme por la nariz.

—No tiene gracia —dice con voz inexpresiva.

—Ya lo sé, lo siento. —Pero... la verdad es que ha sido bastante inesperado.

Se dirige al *chaise longue* de estilo victoriano y empieza a coger cojines, apretujarlos y tirarlos al suelo.

—¿Qué haces? —pregunto con voz aguda. ¡No pensará quedarse aquí! Necesito sacarme este vibrador. ¡Necesito intimidad!

Deja uno de los cojines más blanditos en el reposacabezas del sillón.

—No pienso volver a mi cuarto. —Se tumba boca arriba. Lo único que lleva son unos pantalones de chándal de tela fina que le marcan demasiado la entrepierna. En serio, ¿por qué Lo y su hermano se ponen ese tipo de pantalones para dormir? Son demasiado sexis… Hacen que mi imaginación divague descontrolada hacia sitios prohibidos.

Se mueve un poco y aplasta el cojín para ponerse cómodo. Esto no puede estar pasando. Las vibraciones me desconcentran; no puedo dormir con esto dentro toda la noche. Debo pasar a la acción, aunque sea el momento más incómodo y posiblemente vergonzoso de toda mi vida.

Meto la mano debajo del edredón y consigo enganchar el dedo en la cuerdecita del vibrador. Lo saco y cierro la mano para esconderlo. No puedo dejarlo en la cama, porque hace ruido y me aterroriza que, en mitad del silencio de la noche, Ryke lo oiga y se piense que he intentado masturbarme con él en el cuarto.

Ahora viene lo difícil: palpo la cama con disimulo para intentar encontrar las bragas. Toco la tela por fin y me las subo muslos arriba tratando de no menearme mucho. Cuando me las he terminado de poner, mascullo:

—Tengo que hacer pis.

Cojo el edredón, que pesa una tonelada, y me lo enrollo alrededor del cuerpo como he visto hacer en las películas, solo que cuando me bajo de la cama, arrastro con él tanto la sábana como una manta extra que había debajo. Vaya, que acabo de deshacer la cama de golpe. «Buen trabajo, Lily». Cuánto disimulo. Debo de parecer un muñeco de nieve envuelto en un capullo. Al menos así disimulo mis andares de pato y el vibrador que llevo en la mano izquierda. Ryke no comenta nada sobre mi extraño comportamiento. O el acontecimiento dramático que acaba de sufrir lo ha hecho quedarse dormido del agotamiento o soy más sigilosa de lo que pensaba.

Y entonces... me caigo de morros.

—¿Estás bien?

Ryke me está mirando. Me pongo como un tomate y ruedo como un perrito caliente, metiendo en la manta la mano en la que llevo bien apretado el vibrador. Con el rabillo del ojo, veo que se incorpora y me mira como diciendo: «¿Qué coño haces?».

Le lanzo una mirada asesina y apoyo el codo en el suelo para sostenerme.

—Soy adicta al sexo —le suelto, y me siento bien al decirlo—. Quizá no es buena idea que duermas aquí.

Pone los ojos en blanco con aire teatral y se vuelve a tumbar en el diván.

—Puedo contigo. Es más probable que me violen fuera de esta habitación.

—¿De verdad crees que te van a violar? —No podría ser más ridículo.

—Lo que ha hecho esa chica ha sido básicamente abusar de mí, y a los chicos también pueden violarnos, Lily. ¿No tenías que mear?

No, no tengo que mear, pero necesito desesperadamente llegar a ese santuario llamado cuarto de baño. Ponerme de pie me parece un imposible, así que me arrastro envuelta en el edredón. Cuando por fin llego, cierro la puerta de una patada y me pongo de rodillas para echar el pestillo. Luego me derrumbo sobre el edredón y dejo la mirada fija en el techo. Suelto el vibrador, que empieza a moverse sobre los azulejos de mármol. Debería envolverlo con una toalla, meterlo en un cajón, lavarme las manos y volver a la cama.

Lo sé.

Pero no lo hago.

No me siento capaz.

Con un rápido movimiento, cojo el aparato y me lo vuelvo a meter. Las palpitaciones alimentan mis anhelos, hacen que todos los nervios se me pongan de punta por un instante fugaz. Quiero más. Bajo la mano poco a poco, acariciándome la barriga, hasta llegar a mi clítoris palpitante y empiezo de nuevo con ese círculo vicioso del que no parezco capaz de escapar. Cierro los ojos, la respiración se me acelera. Me aíslo de todo lo sucedido esta noche y me abandono al placer, en lugar de a las preocupaciones, el tiempo o incluso el lugar en el que estoy. Solo existo yo.

Me estremezco de pies a cabeza y me froto con más fuerza, con una urgencia que conozco bien.

Deseo, deseo, deseo, deseo, deseo…

«No».

Necesito, necesito, necesito, necesito, necesito…

«¡¡¡Por favor!!!».

Se me escapa un gemido y se me quedan los ojos en blanco. La liberación repentina y rápida me electrifica por dentro.

Y se desvanece en pocos segundos. Me saco el vibrador y me quedo tirada en el suelo, inmóvil. Lo que he hecho resurge en la parte más cuerda de mi cerebro y se me llenan los ojos de lágrimas.

¿Qué coño acabo de hacer?

La doctora Banning me dijo sin ambages que recuperarse de una adicción al sexo no implica eliminar el sexo por completo, solo las prácticas poco saludables, esas que se filtran en mi vida diaria, interrumpen mis rutinas y me convierten en un animal compulsivo. Algunos adictos saben lidiar con la masturbación, pero yo me acabo de dar cuenta de que no soy una de ellos.

Me duele el pecho; las lágrimas corren por mis mejillas. No comprendo por qué no soy capaz de masturbarme como una persona normal. ¿Por qué tengo que llevarlo todo al extremo? Me aprieto los ojos con las palmas de las manos y lloro desconsolada. La situación se me antoja demasiado complicada. Todo parece escapar de mi control.

No le he puesto los cuernos a Lo. He conseguido abstenerme de tener relaciones sexuales, pero ¿acaso importa? Soy adicta a masturbarme. ¿Cuándo terminará todo esto? Pero ya sé la respuesta y, al pensarlo, las lágrimas caen con toda su fuerza; me escuecen los ojos, sé que debería sonarme la nariz. Esta batalla es para siempre.

Me pongo a cuatro patas, aparto el edredón y me meto en la bañera. Tiemblo al notar el aire fresco en las piernas y los brazos, ya que no llevo más que una camiseta ajustada y unas bragas de algodón. Me apoyo en la superficie de porcelana y me abrazo a mí misma hasta hacerme un ovillo. Intento no derrumbarme, al menos físicamente, pero me siento como si me estuviera rompiendo en pedazos. En mil pedazos, pequeños e insignificantes.

Ni porno, ni sexo, ni masturbación. ¿Qué me queda?

Quizá la gente podría pensar que soy una dramática y una estúpida por sentirme tan vacía sin esas tres cosas, tal vez se echarían a reír o me escupirían con desprecio. Pero no me quedan energías para describir cómo el sexo colma el profundo agujero que hay en mi pecho, como, aunque solo sea por un instante, parece acabar con todo lo malo.

Respirar me duele. Cada vez que cojo aire es como si me

clavaran un puñal en las costillas. Me estremezco contra la bañera fría, me apoyo en las rodillas y cierro los ojos con fuerza. Todo lo que alguna vez me hizo sentir bien se me escapa de las manos, tanto el sexo como Lo. Han desaparecido y me he quedado completamente sola.

La cabeza se me cae hacia un lado; mi mente divaga. El cuerpo me pesa, mis lágrimas enmudecen, pero el dolor que siento se intensifica. Ni siquiera sé qué me haría sentir mejor. El sexo no, Lo tampoco... Nada podrá recomponer los pedazos. Cuando lo pienso, me quedo sin respiración.

—¡Lily! —Ryke golpea la puerta—. Sal de una vez. Llevas ahí mucho rato.

Pero no puedo moverme. No puedo hablar. Se me han congelado los labios, igual que la esperanza. ¿Por qué querría Lo volver conmigo? Acaba de escapar de su particular infierno, ¿quién querría entrar en otro después?

—¡Lily! No estoy de broma. Abre la puta puerta.

Abro la boca para contestar, pero tengo las palabras atoradas en la garganta y estoy demasiado exhausta para sacarlas. Para hablar hacen falta fuerzas y a mí no me quedan, se han desvanecido junto a mi confianza en mí misma. Mis inseguridades me atacan como un parásito sin pensamiento, pero decidido a destruirme hasta que esté débil, marchita, muerta.

Unos momentos después, oigo que la puerta se abre. Supongo que habrá encontrado la llave. Quizá se la haya dado uno de los camareros.

—Santo Dios. —Maldice y se arrodilla junto a la bañera. Parpadeo poco a poco; mi mente sigue en otro lugar. Presiono la mejilla contra el borde de la bañera, pero sigo abrazada a mí misma. Mi último resquicio de seguridad es mi propio cuerpo, y eso, ahora mismo, no es nada tranquilizador.

Ryke marca un número en su teléfono y luego escucho su voz.

—¿Doctora Banning?

¿Qué? Rose debe de haberle dado el número de mi terapeuta.

—Soy un amigo de Lily Calloway... La acabo de encontrar en una bañera. No reacciona y... —Su tono de voz, tan estoico, titubea un poco. Debería sacarme de mi estupor, pero me siento tan perdida... No sé cómo, pero he de volver a casa. He de encontrar una razón para levantarme—. Estoy preocupado por ella. ¿Podría hablarle, por favor? —Hace una pausa—. No quiero tocarla, pero no veo sangre. No creo que se haya hecho daño.

Eso no lo haría. ¿O sí? No...

Noto el frío del móvil cuando me lo pone sobre la oreja.

—¿Lily? —La voz serena de la doctora Banning penetra en mi mente—. ¿Me oyes? ¿Qué pasa?

Todo. Esto. Rezo por reunir fuerzas, pero no las encuentro. Quiero ponerme de pie, pero mis piernas no se mueven. Necesito una razón para continuar...

—Siento haberla despertado —susurro apenas. Las palabras me escuecen en la garganta. Cierro los ojos un par de veces, ya que se me escapan las lágrimas.

—No hay nada que sentir, Lily. Para eso está mi número de emergencias, ¿de acuerdo? ¿Puedes hablar conmigo? ¿Qué sientes?

—Vergüenza. —Me aprieto los párpados con dos dedos. Lo que soy y lo que hago me avergüenza profundamente. ¿Cómo voy a parar? Se me antoja como... como una montaña que he de escalar, sin equipo ni preparación.

—¿Qué más?

—Cansancio. Bochorno. Disgusto.

—Lo que te está pasando es complicado, Lily. Es normal que te sientas así, pero tienes que ser fuerte. Tienes que hablar con alguien antes de perder el control y contarle qué te preocupa. No tengo por qué ser yo, aunque siempre estoy aquí. ¿Cómo ha empezado? ¿Es por Loren?

—Sí. No... No lo sé —murmuro. Hago una pausa y me abro un poco, olvidando que Ryke está agachado al lado de la bañera. Mientras hablo, el peso empieza a levantarse poco a poco (muy poco a poco) de mi pecho. Sigue ahí, pero se atenúa un poco—. He de dejar de masturbarme, ¿verdad? —Me lamo los labios cuarteados y me estremezco al oírme.

—¿Crees que es poco saludable o un desencadenante de otras compulsiones? —pregunta con seriedad.

—Lo hago y... —Se me rompe la voz—. Y siempre quiero más. Nunca es suficiente.

—Dejar de hacer algo no es lo mismo que perder el control. Es lo contrario, Lily. Es recuperar el control.

Dejo que sus palabras me relajen. Aunque son poderosas, su fuerza pasa a través de mí para luego evaporarse. Me imagino a Rose diciendo algo parecido. Escucho las palabras, comprendo la fuerza que hay en ellas, la siento, pero no consigo asirme a ellas, no logro creérmelas. Y no sé por qué.

—Todo irá bien —afirma con énfasis—. Sé que ahora no te parece posible, pero, con el tiempo, todo irá bien. Debes empezar a creerte que puedes llegar a ese punto.

—Ya lo sé.

—Bien. ¿Puedes devolverle el teléfono a tu amigo?

Ryke me quita el teléfono de la oreja y lo acerca a la suya. Observo su expresión mientras escucha a la doctora Banning. Ahora ya me siento capaz de incorporarme. Aunque todavía me duela todo, intento que sus ánimos me ayuden a paliar el dolor. «Sé fuerte, Lily —me diría Lo—. Y, cuando vuelva, yo seré fuerte contigo». Me seco las lágrimas e imagino que está ya conmigo. Rezo para que sea esa su respuesta y no «Ahora mismo tus problemas son demasiado para mí». Por favor, Señor, que vuelva conmigo...

—Sí, claro, lo haré. —Ryke asiente y clava la vista en el suelo de azulejos—. Sí, contestará. Muchas gracias, de verdad. No sabe cuánto se lo agradezco.

Cuelga.

—Lo siento —le digo con un hilo de voz.

Él levanta una mano.

—Voy a llamar a Lo. No puedes echarte a llorar y tener una crisis hablando con él por teléfono. Ahora mismo, él no puede hacer nada para ayudarte y sabes perfectamente lo mal que se sentiría por ello.

Asiento con vehemencia. Se me aligera el corazón solo con pensar en hablar con él.

—Te lo prometo.

Vacila un poco antes de marcar el número.

Apoyo los brazos en el borde de la bañera para estar más cerca del teléfono, para estar más cerca de su voz, y me inclino tanto que casi me caigo.

Tras un par de tonos, Ryke dice:

—Hola, ¿te he despertado? —Pone los ojos en blanco—. Puto listillo... Sí, bueno, estoy con alguien que quiere hablar contigo. —Hace una pausa y mira al techo—. No, está bien. Ahora acaba de hablar con su terapeuta. —Se acaricia la barbilla y asiente antes de tenderme el teléfono.

Lo cojo a toda prisa, pero una vez que me lo acerco al oído, mis pensamientos empiezan a hundirse en un abismo. He olvidado lo que quería decirle, o quizá no tenía nada que decirle. Quizá solo necesitaba oír su voz.

—Hola —susurro.

—Hola —contesta. Con el rabillo del ojo, veo que Ryke está metiendo el edredón en el salón a patadas. Deja el vibrador donde está, sin preguntar nada, pero me sonrojo, mortificada de todos modos. Me hundo en la bañera.

—Es el cumpleaños de Daisy. Estoy en México.

—Ya me lo había dicho Ryke.

Ah.

Este abre la puerta del todo, me señala con la cabeza y me dice:

—No cierres.

Se dirige a su sillón y se tumba con un suspiro, exhausto.

Del teléfono emana una tensión larga y silenciosa. No sé qué más decir. Preferiría no contarle que estoy en una bañera vacía después de un colapso emocional. No quiero darle otra razón para evitarme cuando vuelva a casa. Porque ¿qué persona con dos dedos de frente querría cuidar de alguien como yo?

Estoy a punto de contarle que mañana iremos a lanzarnos en tirolina, como ha pedido Daisy, pero se me adelanta.

—Bueno, ¿qué ha pasado?

Mierda.

—En realidad, nada, y no creo que debamos hablar de ello. Tú estás ahí. —Sea donde sea ahí. Nadie quiere decirme dónde está exactamente. Por lo que yo sé, podría estar hasta en Canadá.

—Si Ryke, que no está de acuerdo con nuestra relación, te ha dado el puto teléfono, es que ha pasado algo malo por narices. Quiero saberlo, Lil. —No me había imaginado que la conversación iría así. Pensaba que evitaríamos el tema, como hemos hecho siempre. Él menciona el alcohol de pasada, yo le digo algo sobre sexo, pero cuando las cosas se complican y nos centramos en nuestras adicciones, abortamos misión.

—No ha sido tan malo… —murmuro—. Ryke me ha dicho

que es mejor que no saque el tema. Creo que deberíamos hablar de otra cosa. Necesitas concentrarte en tu recuperación, no preocuparte por mí. —No sé si proseguir. La opinión de la doctora Banning invade mi mente; casi la oigo decir que Ryke se equivoca, que separarme de Lo no es la solución. Encontrar un modo saludable de estar juntos sí que lo es.

Pero ¿me querrá todavía? No estoy muy segura. Me seco los ojos.

Él suelta una carcajada amarga.

—Si no me lo cuentas, me pasaré todo el puto mes preocupado, Lil. Y Ryke todavía no ha entendido que en algún momento volveré a casa y que, cuando lo haga, volveré a estar contigo. Tendremos que empezar a hablar y a reconstruir una relación mejor que la que teníamos. Si no consigo lidiar con toda esta mierda por teléfono cuando estoy sobrio en un centro de desintoxicación, no debería volver en bastante tiempo.

Lo único que oigo es: «Volveré a estar contigo». Me aparto el teléfono de la boca y rompo a llorar descontrolada; las lágrimas caen en silencio, pero como una avalancha. Esa presión insoportable ha desaparecido de mi pecho y siento que puedo volver a respirar.

—¿Lily? —me llama alterado—. Lily, ¿estás ahí? Joder, Lily…

Me acerco el teléfono otra vez.

—Estoy aquí.

Lo oigo exhalar y respirar de forma agitada.

—No hagas eso. Y no me hagas adivinar qué ha pasado, joder.

Me apoyo en la bañera.

—Me da vergüenza —admito.

—¿Y qué?

—¿De verdad quieres hacer esto? Hablar, quiero decir…

—Si queremos seguir juntos, seguir juntos de verdad, y no volver a ayudarnos a mantener las adicciones del otro, entonces sí, tendremos que hablar. Necesito saber cuándo estás a punto de perder el control y tú necesitas saber cuándo lo estoy yo, para que podamos evitar que el otro cometa una puta estupidez.

—Es decir, lo contrario a lo que hemos hecho hasta ahora. —La doctora Banning me dijo lo mismo.

—Básicamente. Mira, hemos gastado mucha energía ayudándonos a esconder nuestras adicciones de nuestras familias. Si dedicamos esa energía a ayudarnos de verdad, es muy posible que logremos que esto funcione.

Me gusta este plan. El nubarrón que ha tapado mi futuro durante tanto tiempo empieza a disiparse. Atisbo una imagen de nosotros cuando él vuelva, y me abruma el hecho de que haya un nosotros después de una separación de tres meses.

Jugueteo con el borde de la camiseta.

—Nos hemos divorciado —murmuro—. Creía que ya no me querrías.

—¿Por qué pensabas eso? —susurra con una voz rebosante de dolor.

Me lamo los labios secos otra vez.

—Las parejas que se divorcian no suelen volver a casarse. —No estamos casados de verdad, por supuesto, pero sé que entenderá la metáfora. Él también la usaba cuando éramos adolescentes. Hemos pasado casi toda nuestra vida jugando a las casitas. Suena un poco loco, pero supongo que así somos nosotros.

—Pienso volver a casarme contigo, Lil. Joder, me casaría contigo mil veces hasta que funcionara.

—¿De verdad?

—De verdad.

—¿Aunque te haga infeliz?

Hace una larga pausa y luego murmura:

—No me haces infeliz. Me das ganas de vivir. Y quiero vivir contigo. —Me quedo sin palabras. Me sorbo la nariz, me la froto y me seco las últimas lágrimas—. ¿Estamos de acuerdo? Entonces, sobre lo de esta noche... Tienes que contarme qué ha pasado.

Asiento. Tiene razón.

—Los últimos dos meses me he masturbado un montón. Y se suponía que este viaje en barco tenía que ser mejor que el último. No tenía que convertirme en este monstruo compulsivo. —La he cagado, sí, pero confesárselo ha sido más fácil de lo que pensaba, seguramente porque antes de convertirnos en una pareja de verdad fuimos mejores amigos.

—Compulsivo ¿cómo?

—No podía parar. Estaba usando el vibrador y entonces Ryke irrumpió en mi cuarto porque tenía miedo de que lo violara una chica de dieciséis años.

—¿En serio? —pregunta con incredulidad. No sé a qué se refiere, así que me pongo nerviosa otra vez.

—¿Qué parte? —Me rasco el brazo.

—La parte en la que Ryke le tiene miedo a una adolescente. Menudo cobarde. —Se echa a reír.

Me relajo.

—No está bien que digas eso de tu hermano.

—Hermanastro —replica. Vaaale. Está claro que aquí hay un problema y yo no me había enterado.

—Pensaba que os llevabais bien.

—Sí, claro —responde con sarcasmo—. Me encanta ser el bastardo.

Antes de que apareciera Ryke, Lo pensaba que solo era un chico cuyos padres se habían divorciado en malos términos.

Sin embargo, había descubierto que en realidad él era la causa de su separación: el producto de una infidelidad.

Suspira con fuerza.

—Mira, puedo perdonarlo por haberme mentido porque me ha apoyado durante mi recuperación y porque, además de ti, es la única persona que sabe cómo es mi padre. Pero, joder, mira que sabe ser desagradable.

Sonrío, contenta de que estemos de acuerdo en algo.

—Ya lo sé. Me saca de quicio todo el rato, pero no me queda más remedio que aguantarlo. —Porque tiene buenas intenciones y porque es uno de los responsables de que hayamos llegado a este punto. Si Ryke no se hubiera metido en nuestras vidas, me temo que habríamos seguido empeorando mutuamente nuestras adicciones.

—Ahora que lo mencionas… —Lo se interrumpe; está intentando elegir sus palabras con cuidado—. No le tengo mucho cariño cuando pienso que yo estoy aquí encerrado y él está ahí… —Evita decir «contigo», pero es como si lo hubiera dicho—. La situación no es ideal, y ya está.

—Tampoco te gustaría estar aquí —le aseguro—. Las amigas de Daisy no se callan ni debajo del agua. Te sangrarían los oídos.

—Pero estaría contigo —repone, y luego gime, frustrado—. Solo quiero abrazarte. Me mata estar lejos de ti.

—No tanto como a mí —respondo en voz baja.

—¿Qué ha pasado cuando Ryke ha entrado en tu cuarto? No te ha visto desnuda, ¿verdad?

Me sonrojo.

—No, no… —Le explico rápidamente el caos del edredón y los andares de pato—. Debería haber parado. Ese era el punto en el que habría tenido que dejar el onanismo por esta noche.

—Pero no lo has hecho.

Me muerdo una uña hasta las cutículas.

—Después me he puesto muy triste. Me he derrumbado. Y Ryke ha entrado y ha llamado a mi terapeuta. Después de hablar con ella, he conseguido dejar de llorar. Y ya está. Esa ha sido mi noche en toda su gloria.

—Pensaba que habías tirado todos tus juguetes —dice confundido. Me lo imagino con el ceño fruncido y la frente arrugada en un gesto de desaprobación.

Mierda. Es verdad, la primera vez que hablamos le mentí. Le dije que, además de tirar el porno (lo que sí era cierto), me había deshecho de todos mis juguetes.

—Era mentira —confieso—. Pero el porno sí que lo tiré.

—Pues se acabaron las mentiras —responde con brusquedad—. Entre nosotros y entre nuestros amigos. Debemos hacerlo mejor.

—Sí, ya lo sé. Lo haré mejor. Todo eso fue... fue antes de conocer a mi terapeuta.

Lo oigo moverse.

—¿Estás en ese sillón naranja tan feo? —pregunto.

—No, estoy en mi habitación, en la mesa.

—Ah... —Intento imaginarme su cuarto y, cuando estoy a punto de preguntarle al respecto, interviene.

—¿Qué te ha dicho tu terapeuta?

Me estremezco.

—Que nada de onanismo. —Presiono la frente contra las rodillas—. Pero creo que va a ser imposible, al menos hasta que vuelvas. Hace tanto tiempo... No me puedo ni imaginar... —¿No tocarme? No alcanzar el clímax al menos una vez se me antoja... inviable.

—¿Cuántos años tenías cuando empezaste a tocarte?

Aprieto los labios contra las rodillas. Sé muy bien cuándo,

porque la doctora Banning me obligó a desenterrar todos mis recuerdos y mostrárselos.

—Nueve, pero empecé a masturbarme con porno a los once, cuando encontré una revista en casa de tu padre.

—Vale, eso es asqueroso —salta—. Por favor, no vuelvas a decir que te masturbaste con el porno de mi padre nunca más.

—Era tuyo, idiota —contesto con ligereza, creo que menos ofendida de lo que debería estar.

—¿Cómo lo sabes?

—Estaba en tu caja de zapatos llena de porno, en tu estante y dentro de tu armario.

—Ah, bueno, vale.

Sonrío. Echo de menos hablar con él, aunque nuestras conversaciones no sean normales, se miren desde donde se miren. No creo que hayamos sido normales nunca. Quizá por eso funcionamos.

—Bueno, pues no suena mal, ¿no? Es un buen plan —digo—. Intentaré minimizar la masturbación ahora, pero la eliminaré por completo cuando vuelvas a casa.

—Es el plan más idiota que he oído en la vida.

—¿Qué? —Frunzo el ceño. Esto no es normal. Lo suele estar de acuerdo conmigo.

—No importa si yo estoy o no estoy. Si tu terapeuta no cree que masturbarte sea una buena idea, seguramente no lo sea.

—Pero eso significa que... nada de sexo hasta que vuelvas a casa... —Me da tanto miedo que se me acelera el pulso. Sé que Lo ha eliminado el alcohol de su vida por completo, pero la doctora Banning me ha dicho que el celibato perpetuo no debería ser el objetivo de los adictos al sexo. Es algo imposible de mantener porque el sexo forma parte de la naturaleza humana.

—A no ser que lo hagas conmigo —añade.

Ahora sí que estoy confundida.

—No lo entiendo. Tú no estás. Así que, como no me mandes un vibrador moldeado a partir de tu polla... —propongo esperanzada.

—Eh... No. No voy a dejar que nadie haga un molde de mi polla para que tú disfrutes. Podrás gozar de la de carne y hueso a finales de marzo.

—Entonces ¿cómo se supone que voy a tener sexo?

—¿Qué te parecería el sexo telefónico? —¡Oooh! Un momento...

—Pero ¿eso no es lo mismo que masturbarme?

—No si lo haces con mi voz y solo con mi voz. De ese modo, sabrás cuándo parar. Además, idearé un sistema. Creo que, para ti, lo más difícil de superar la adicción al sexo es establecer unos límites, ¿no?

Me parece muy buena idea, y la verdad es que me sorprende que se le haya ocurrido a él solo.

—Ya. ¿Cómo sabes tanto sobre el tema?

—He hablado con algunos orientadores que sabían mucho sobre adicciones. Algunos han trabajado con adictos al sexo. Me han dado algunos consejos.

Sonrío.

—¿Podemos hacerlo ahora?

—No.

—¿Qué? Pero acabas de decir que...

—Tienes que ganártelo.

Ah...

—Eso me parece muy mezquino.

—No he dicho en ningún momento que fuera a ser fácil. No voy a volver a permitir que sigas con tu adicción, y eso significa que no tendremos relaciones cuando tú quieras. Tendrás que encontrar la fortaleza suficiente para aguantarte hasta que sea el momento adecuado.

—Y el momento adecuado lo elegirás tú. ¿Te parece justo?

—Yo no soy el adicto al sexo.

Touché.

—Joder. Pensaba que el Lo sobrio sería más majo.

—Soy majo cuando hay que serlo. Me quieres de todos modos.

—Sí, te quiero. Pero si me haces esperar un mes para el sexo telefónico, puede que te odie.

—Lo tendré en cuenta.

Ryke llama tocando en el umbral de la puerta. Doy un respingo; me había olvidado de que estaba ahí.

—¿Has terminado? Me estás gastando la batería.

Odia que hable con Lo, pero la verdad es que me siento mil veces mejor. La doctora Banning ha debido de deducir que él era la persona que sabría decirme de la forma correcta lo que yo necesitaba escuchar para seguir adelante con esto. Me ha devuelto la esperanza de que puedo acabar con esta adicción. Y ahora sé que no tendré que estar sola cuando lo haga.

—Lo, tu hermano quiere que le devuelva su teléfono —le informo.

—Hermanastro.

Sonrío y salgo de la bañera.

Necesitaba esto.

—Te llamaré pronto. Te quiero —me asegura.

—Yo también te quiero. —Le devuelvo el teléfono a Ryke fulminándolo con la mirada.

Él se lleva una mano al pecho.

—Oye, que lo he llamado por ti —protesta mientras coge el móvil—. No me mires así. Deberías postrarte a mis pies.

—Sí, claro.

Entro en la habitación. Mi edredón está hecho una bola a los pies de la cama. Saco la manta enredada en él, me envuelvo con ella y salto en el colchón. Cierro los ojos, pero no soy capaz de borrarme la sonrisa bobalicona de la cara.

No más onanismo, claro. Seguro que mañana el dolor me resulta insoportable, pero ahora mismo estoy en las nubes.

Capítulo 13

Casi me hago pis encima. Deberían prohibir las tirolinas en todas las culturas civilizadas. Lo que creía que era un miedo controlado a las alturas se ha intensificado hasta alcanzar cotas inimaginables mientras cruzaba la selva como una exhalación. ¡Nunca más!

Luego casi me da un ataque al corazón cuando he visto a mi hermana tirándose por la tirolina boca abajo. Mientras lo hacía, a una altura de treinta metros, sus amigas me chillaban a mí por chillarle. ¿De verdad la loca de esta situación era yo?

Cuando hemos decidido ir a comer al pueblo, he estado a punto de besar el suelo firme y seguro. Daisy ha elegido un café con una terraza decoradas con lucecitas y máscaras mayas colgadas de unos paraguas. Nos sentamos en una gran mesa de pícnic, pero apenas puedo concentrarme en el menú. Tengo los nervios fritos de tanta ansiedad y necesito tanto una liberación que me noto hasta la piel irritada. Es como si alguien me estuviera pellizcando todo el tiempo. Mi mente no hace más que decirme: «Ve al baño. Busca el clímax. Búscalo y te sentirás mejor».

Lo odio.

Y sé que no puedo seguir haciéndolo. Es el momento de

tomar mejores decisiones, o al menos decisiones que no consistan en dejar tiradas a un montón de adolescentes para masturbarme en un baño. Me siento culpable solo de pensarlo. Sí, quiero evitar esa vergüenza. Además, Lo me ha dicho que el sexo telefónico tengo que ganármelo. Rendirme a mis impulsos el día siguiente de haberme comprometido a parar no me hará ganar ningún punto.

Así que me esfuerzo más.

Respiro hondo y me obligo a mirar el menú. Me debato entre los tacos de pescado y la enchilada de pollo. Las chicas han empezado a hablar de los chicos de su clase y pasan de Ryke y de mí, que no tenemos nada que aportar al tema.

El sol hace que se me llene la frente de sudor. Una de las chicas se queja porque necesitaría que sacaran un ventilador para refrescarlas, así que Ryke pide otra jarra de agua para callarlas. Cuando el camarero se va, me da un codazo y me pregunta en voz baja:

—¿Cómo estaba Lo?

—Borde, pero en el buen sentido. ¿Me explico?

—Sí. Tratándose de Lo, entiendo a qué te refieres.

Ojalá estuviese aquí en México con nosotros. Quizá podamos ir de viaje juntos el año que viene o durante las vacaciones de primavera. Si se siente capaz de ir a un sitio donde vaya a estar rodeado de alcohol, claro. Él estará sobrio y yo no viviré el sexo de forma compulsiva. Suena muy bien, aunque ahora me cueste imaginármelo.

—Oye, ¿alguien ha visto a Daisy? —pregunta Cleo.

Levanto la vista del menú y miro a mi alrededor, asustada. Su silla está vacía.

—Pensaba que había ido al baño —dice Harper.

—Pues yo acabo de ir y no estaba. He mirado en todos los baños —responde Cleo.

Miro a Ryke con unos ojos como platos y él intenta tranquilizarme de inmediato.

—Cálmate. Debe de estar por aquí. —Se levanta de la mesa—. Voy a preguntarle a la encargada si la ha visto. —Se quita las gafas de sol y entra en la cafetería con la espalda rígida. Veo cómo se le marcan los músculos bajo la camiseta roja. Al menos, si se la encuentra con un chico, podrá intimidarlo.

Marco el número de Daisy mientras intento apartar la idea que me reconcome, que es que estamos en un país extranjero y, aunque estemos en la parte más turística, podría pasarle cualquier cosa. Mi hermana estudia francés en el colegio; no habla español. Si alguien la secuestra, ni siquiera podrá entender lo que está pasando.

Cuando oigo el quinto tono se me dispara la ansiedad. «¡Contesta!».

La llamada se corta. «Hola, soy Daisy, pero no soy ni la pata ni la Buchanan, soy Daisy Calloway. Si no has llamado por error, deja tu nombre después de la señal y te llamaré cuando baje de la luna. No te quedes esperando, puede que tarde en volver».

Cuelgo en lugar de dejar un mensaje mordaz. Seguro que solo está charlando con alguien en la barra o... Ay, Dios.

—No me contesta los mensajes —gruñe Katy. Otras dos chicas dicen que a ellas tampoco.

—No es propio de ella —comenta Harper con el ceño fruncido—. Siempre contesta muy rápido.

—No la habrán secuestrado, ¿verdad? —susurra Katy asustada.

—¡No lo digas ni en broma! —la reprende Cleo.

Ryke vuelve y tira un montón de billetes en la mesa. Luce una expresión de cabreo y preocupación, lo que me pone el estómago del revés. Ahora mismo no me gusta nada esa combinación.

—Chicas... —les hace un gesto para que se levanten—. Dejad las bebidas. Tenemos que llamar a un taxi.

Me pongo de pie a toda prisa y me dirijo hacia la calle junto a Ryke, para parar varios taxis.

—¿Qué ha pasado? ¿Dónde está?

Los coches giran bruscamente en la larga calle turística. Unos monovolúmenes amarillos paran a un lado para recogernos. El aire es denso y húmedo y las palmeras torcidas que crecen en la mediana se elevan sobre nosotros. Hasta en un supuesto paraíso tropical tiene que pasarnos algo.

Él se frota la nuca.

—La camarera me ha dicho que la ha visto irse con un hombre...

No necesito oír más. Me vuelvo para echar a correr por la acera gritando su nombre a pleno pulmón, pero Ryke me coge del brazo y me detiene.

—Antes de que vayas a llamar a la puta guardia costera... Creo que sé dónde está.

—¿Cómo? —pregunto; el miedo se me desborda del pecho.

Hace un gesto para que el primer grupo de chicas se meta en una furgoneta.

—Entrad —les ordena—. Tú también, Tessa. —La chica que se parece a Katy Perry hace un mohín. Es evidente que tenía la esperanza de ir en el mismo taxi que él, pero, por lo que me ha contado, es precisamente de ella de la que quiere mantenerse lo más alejado posible.

—¡Ryke! —le chillo. Necesito respuestas. Daisy es mi hermana pequeña, la niña que nos seguía a Rose y a mí como una sombra. Fingimos creer en Santa Claus cinco años más de la cuenta solo por ella. No puedo permitir que me la arrebaten narcos mexicanos, secuestradores, violadores o lo que coño sean. No bajo mi supervisión. Haría mucho más que llamar a la guardia costera, llamaría a los marines, al Ejército del Aire, a las fuerzas terrestres, a los putos paracaidistas. Pondría a veinte helicópteros a volar por todo el país para buscarla. Quizá sea excesivo, quizá tengan cosas más importantes que hacer. Pero me la refanfinfla.

—Entra tú primero —me pide señalando el último taxi. Subo después de que les dé la dirección a los otros dos conductores. Harper está a mi izquierda, y después sube Cleo, que se me apretuja contra el muslo. ¿Cómo he terminado en un bocadillo entre las dos?

Ryke elige el asiento del copiloto.

—Siga a esos taxis. ¡Rápido!

La furgoneta arranca a toda velocidad.

Cleo se inclina hacia delante y me clava el codo en un muslo.

—¿Está bien? —le pregunta a Ryke mientras mete la cabeza entre los dos asientos.

«Lo mismo me pregunto yo, Ryke». ¡Necesito información!

—La camarera me ha dicho que el tipo con el que se ha ido es un agente de viajes de la zona y me ha dado una lista de los sitios a los que suele llevar a los turistas.

—Entonces ¿no la han secuestrado? —pregunta Harper.

—Hasta que se entere de quién es —añade Cleo.

Las fulmino con la mirada.

—No estáis ayudando. —Tengo el estómago en un puño. Miro fijamente a Ryke—. ¿Y cómo sabes adónde la ha llevado?

—Tengo un presentimiento.

—¡¿Un presentimiento?! —salto—. Ryke, ¡no sabemos dónde está y tú apenas la conoces!

—La conozco lo suficiente. Es impetuosa, atrevida, demasiado impulsiva y no tiene puto miedo de nada. —Sí, así es mi hermana—. Confía en mí, Lily. —Se vuelve para mirarme y Cleo retrocede y se apoya en el respaldo—. Te prometo que la encontraré. No voy a dejar que le pase nada, ¿de acuerdo? —En sus ojos hay un brillo de confianza y determinación. Solo espero que acierte con el sitio. Preferiría no tener que buscarla por todo México solo para tener que descubrir que al final el guía turístico sí que la había secuestrado.

Asiento una vez. Cleo me coge de la mano y me da un apretón. Compasión: es algo que no acostumbro a recibir de los demás, sobre todo no de las chicas. Le dedico una débil sonrisa y ella me devuelve el gesto. En ese momento, los taxis se detienen, Cleo abre la puerta y salimos. Las demás chicas, con sus chanclas, también salen de los otros taxis y nos reunimos mientras los vehículos se marchan. No tengo ni idea de dónde estamos.

Al final de una escarpada colina, atisbo a un grupo de turistas que están mirando un lado de un acantilado marrón amarillento. Oigo el rugido del océano, el chapoteo de las aguas al romper contra las rocas. Las olas rizadas con espuma blanca fluyen hacia una quebrada que separa el acantilado del lugar desde donde los turistas contemplan tanto la roca como el agua. Sé lo que estoy viendo, pero no me lo quiero creer.

Ryke echa a correr colina abajo, hacia los turistas, y las chicas lo siguen tomándose su tiempo. Yo acelero para alcanzarlo.

—¿Ha ido a bucear?

—No —contesta secamente al llegar al final. Estudia los rostros desconocidos en busca del de Daisy y luego sigo su mirada hacia el acantilado.

Casi me estalla el corazón: hay cinco hombres de piel morena en el borde del acantilado de doce metros de altura y algunos lugareños todavía más arriba, a una altura de unos veinticinco metros. En ese momento, uno de ellos salta de repente, arqueando el cuerpo en su descenso.

Directo a la quebrada.

¡Dios mío!

El agua salpica cuando se sumerge, pero lo único que yo veo son rocas y más rocas, excepto por una pequeña franja de agua. Podría haberse estrellado muy fácilmente. Madre mía.

¡¿Dónde está mi hermana?! Y entonces la veo. No está con los demás turistas en la zona «segura», donde estamos nosotros, no. No sé cómo, pero ha conseguido subir al acantilado. Está descalza, agarrada a las rocas y mira hacia arriba mientras uno de los instructores le indica dónde poner los pies.

Hago bocina con las manos y grito:

—¡¡¡Daisy!!!

Chillo hasta que me arde la garganta. Está loca. Es evidente.

Ryke, que está de piedra a mi lado, suelta una retahíla de insultos.

—He de ir a por ella —le digo, aunque siento que las costillas me van a aplastar los pulmones. No puede saltar. No está entrenada para hacer algo así. Estamos en Acapulco, México. Esos hombres deben de haber saltado desde el acantilado cientos de veces, contando los segundos en los que las olas tardan en romper contra las rocas, y saben exactamente dónde deben aterrizar. ¡Ella no sabe nada!

—No —responde Ryle—. Yo voy a por ella. A ti te dará un ataque de pánico mientras escalas por las rocas. Quédate aquí y vigila a las chicas. Y respira hondo, joder.

Él también tiene pinta de necesitar respirar hondo, pero no

pierde ni un segundo más hablando conmigo: sale pitando por donde hemos venido para ver por dónde subir al acantilado.

Yo me quedo observando el puntito de pelo rubio, la trenza que le cae a la altura de los hombros. Asiente cuando uno de los saltadores locales apunta al agua y luego a la roca. «Al menos se lo está explicando», es lo único que puedo pensar. Si salta, podría matarse o hacerse un traumatismo craneal. Esto no estaba en nuestros planes.

—¡Dios mío! —exclama Cleo mientras se pone a mi lado. Se agarra a la barandilla con fuerza—. ¿Esa es Daisy?

Las chicas ahogan un grito y se arraciman a mi alrededor. Todas sacan sus teléfonos para grabar la inminente muerte de mi hermana pequeña. Los dedos de sus pies sobresalen por el borde de la roca; no tiene mucho a lo que aferrarse.

Va a saltar. No ha subido solo para tener unas mejores vistas del acantilado. Esto es lo que ella entiende por divertirse.

—Está como una cabra —dice Harper negando con la cabeza.

Otro lugareño salta del borde y surca el aire con la precisión de un maestro. Cae de cabeza en el punto exacto mientras el hombre que le está enseñando a Daisy sigue hablando, como si eso hubiera sido una demostración.

Mi hermana asiente. No tiene ni pizca de miedo. Casi puedo ver cómo se le iluminan los ojos del asombro y la emoción.

—¿Va a saltar? —pregunta Harper—. ¡Está todo lleno de rocas!

Cleo sigue agarrada a la barandilla, ansiosa.

—Esto no es el mar, es tan estrecho como un río. ¿No debería saltar hacia allí? —Señala el océano azul que se extiende en la parte norte del acantilado, pero Daisy está en el otro lado, en una parte en la que las aguas penetran en una pequeña grieta que hay entre el mirador y la montaña que acaba de escalar.

—He visto este tipo de saltos —interviene Katy (o más bien Tessa) mientras masca chicle. Se pone al lado de Cleo—. Hay un pequeño radio donde el agua es muy muy profunda y todo lo de alrededor no cubre nada y está llenísimo de rocas. ¡¿Dónde está Ryke?!

—¡Cállate! —le espeta Cloe—. En serio, ¡cierra el pico!

Y entonces atisbo a Ryke subiendo al acantilado; se agarra a las rocas y pone los pies en las hendiduras, ascendiendo con fuerza y precisión. No necesita que uno de los lugareños le diga dónde poner los pies: lo que está haciendo es escalada libre. Escalada libre en solitario. En fin, pues resulta que ha podido hacer lo que tenía pensando antes de apuntarse a este viaje.

De todos modos, estoy aterrada.

Uno de los lugareños dice algo y todos se giran hacia Ryke. El hombre se acerca y le tiende una mano cuando llega hasta ellos, y él se la estrecha como si fuese un invitado bienvenido al club de la cima del acantilado. En realidad, no están en la cima. La altura desde allí sería excesiva. Sin embargo, este saliente ya es demasiado alto para ser seguro.

Daisy mira a Ryke y luego, cuando la boca de él empieza a moverse, mira de nuevo al agua. Él se pone como un tomate y, mientras berrea, se le marcan las venas del cuello. Me pregunto si podría ver los escupitajos que salen de su boca mientras habla; está furioso.

Los lugareños lo dejan decir lo que quiera. Luego se vuelve hacia ellos y les habla con más serenidad y menos ira. Ellos asienten y contestan señalando al agua. Dios, ojalá pudiera oírlos. Cuando mi hermana empieza a hablar, me da la sensación de que tal vez Ryke la haya convencido para bajar, pero de repente empieza a gesticular con las manos, tan enfadada e irritada como él.

Están discutiendo.

Él da un paso hacia ella. Tiene un pie en el borde del saliente, y los dos están agarrados a las rocas. Él le grita en la cara; su nariz casi roza la de ella, que hincha el pecho y le contesta a gritos. Sus voces reverberan en la quebrada, pero no distingo lo que dicen.

Entonces ella se apoya en el saliente y le dice algo al lugareño. Este asiente y Ryke le grita:

—¡¡¡No!!!

Todas oímos el miedo y la ira que emanan de su voz.

Pero es demasiado tarde.

Daisy salta.

Mi hermana ha saltado del acantilado.

De cabeza.

Contengo el aliento a pesar de estar boquiabierta. Ni un segundo después de que salte, Ryke hace lo mismo, yendo tras ella de forma impulsiva.

Esto pinta fatal. Lo y yo nos vamos a quedar sin hermanos en el mismo día.

Espero durante lo que me parecen horas a que salgan a la superficie. Espero, espero y espero. El agua entra y sale furiosa de la quebrada en un ciclo sistemático y la espuma blanca se estrella contra las rocas negras.

¿Dónde está mi hermana?

Ryke es el primero en asomar la cabeza en el centro del agua. Ha caído en el lugar adecuado. Mira frenéticamente hacia todas partes buscando a Daisy y da vueltas en el agua. Desde donde estoy, casi veo el pánico que emana de sus ojos. Tengo el estómago en un puño.

—Dios mío… —murmura Cleo—. ¿Dónde está Daisy?

Las otras chicas siguen grabando con sus teléfonos. Debería haber imaginado que Daisy corría más peligro por hacer algo que pudiera acabar con su vida que por que la secuestraran. Debería haber tenido una conversación sobre «no matarte saltando de un acantilado» antes del viaje.

Y entonces su cabeza aparece a un par de metros de Ryke.

En lo que parece ser una zona profunda y segura.

Exhalo un suspiro de alivio.

A Ryke parece que le vayan a estallar las venas del cuello. Canaliza su agresividad contra el agua y salpica la cara de Daisy. Ella palmotea el agua para salpicarle también y empiezan a chillarse otra vez. Luego, ella niega con la cabeza y se va nadando hacia la orilla rocosa.

Diez minutos después, aparecen en la cima de la colina, donde nos esperan empapados, chorreando agua. Ryke se pasa una mano por el pelo mojado. Daisy lleva la camiseta verde pegada al cuerpo delgado y los tejanos cortos goteando. Empezamos a caminar hacia ellos y, cuanto más nos acercamos, mejor oigo su discusión.

—¡Me ha dicho dónde tenía que caer! —grita—. ¡Hice clases de salto cuando tenía trece años! ¡No me iba a pasar nada, Ryke! —Sí que dio clases, ahora me acuerdo. Nuestra madre la apuntaba a un montón de cosas cuando estaba intentando encontrar su talento, hasta que terminó trabajando como modelo.

—¡Has dejado tiradas a tus amigas en un puto restaurante! ¡Tu hermana pensaba que te habían secuestrado! ¿Cómo se puede ser tan egoísta?

Se sonroja.

—Creí que a nadie le importaría...

—¡Y una mierda! —le espeta él con desdén—. Sabías perfectamente que iríamos a buscarte y dejaríamos nuestros planes de lado para asegurarnos de que estuvieras viva. ¡Querías que fuésemos a buscarte!

Ella niega con la cabeza con vehemencia.

—¡No! Solo quería hacer esto, pero sabía que Lily no me dejaría. Por eso elegí Acapulco, por este acantilado. Es famoso. Siento haberos arruinado el día, pero ha merecido la pena.

—Podrías haberte matado —gruñe con los ojos entornados de ira. Yo ya me habría acobardado, pero Daisy tiene la espalda recta y la barbilla levantada y lo mira resuelta. Ryke tiene razón. No hay nada que le dé miedo.

—Ya lo sé.

Él la mira fijamente durante mucho mucho rato, tanto que cuando llego hasta ellos no sé si interrumpir su acalorada discusión.

—¿Es lo que querías? ¿Matarte? —le pregunta él.

Daisy parpadea un par de veces, pero no porque esté desconcertada. Es como si esperase esta reacción. Se encoge de hombros y dice:

—De todos modos, ¿cómo me has encontrado?

—Por lo de la caída libre. Dijiste que era mejor que el sexo.

Ella sonríe.

—¿Y qué? ¿Ya estás de acuerdo conmigo?

—Por muy divertido que haya sido —responde él bruscamente—, nunca será mejor que follar con alguien a quien amas. No vuelvas a hacerlo —añade. Se da la vuelta y hace un gesto al grupo de chicas para que lo sigan hacia el aparcamiento.

Cojo a Daisy del brazo antes de que vaya junto a Cleo. Al ver que estoy a punto de llorar, se le borra la débil sonrisa de la cara. Nunca había estado tan aterrorizada.

—Lily… Lo siento. No tenía intención de asustarte.

—¿Y si te hubieras matado?

—Pero no me ha pasado nada. —Me coge del brazo y me lo estrecha—. Vamos. Sé feliz, ¡estamos en México!

—Eso no ha estado bien, Daisy. No puedes largarte sin decirle a nadie adónde vas. —No he leído el manual de la hermana mayor, así que decido comunicarle simplemente lo que siento. Tendrá que bastar—. Podríamos haber buscado un acantilado que estuviera vigilado, no uno que es claramente para profesionales nativos.

—Pero yo quería saltar desde este.

Suspiro con fuerza.

—Pero ¿tú te oyes? ¿Querías saltar desde este? Pareces Cleo y Harper, una malcriada que se cree con derecho a todo.

Se estremece.

—Lo siento. Lo siento de verdad. —Niega con la cabeza—. No debería... Si hubiera sabido cómo ibas a reaccionar, no lo habría hecho.

Lo que más miedo me da es que no me lo creo. Ni de lejos.

—Vale. —No hay nada más que decir. Ryke le ha gritado y yo he cumplido con el papel de hermana contrariada y con el corazón roto.

—No estoy en tu lista negra, ¿verdad? Aunque la cierto es que no se me había ocurrido que tuvieras una.

—No la tenía.

Ahoga un grito.

—¿Soy la única que está en la lista?

No puedo evitar sonreír. Emprendemos el camino de vuelta un poco por detrás de sus amigas.

—Supongo.

—¿Qué puedo hacer? —Se le ilumina la mirada—. ¡Ya sé! Un pastel. Los pasteles lo arreglan todo. ¡Toca pastel! —grita a las chicas.

Ellas chillan de alegría, aplauden y la vitorean mientras se vuelven para grabarla como final del vídeo. Estoy segura de que esas grabaciones circularán bastante tiempo por su colegio. Daisy será una superestrella… y por las razones equivocadas.

—¿Sabes lo que me ha dicho? Me ha dicho que me iba a abrir la cabeza, que me desangraría en el mar y me comerían los tiburones. Y luego va y salta detrás de mí. —Se ríe, molesta—. No me hacía falta ningún héroe que apareciera, escalara el acantilado y hablara español con los tipos de aquí…

—Un momento. ¿No hablaban inglés?

Daisy cae en la cuenta de que no había mencionado esa parte. Se estremece y me sonríe a modo de disculpa.

—Ellos me decían cosas y yo les contestaba que sí y que sí, una y otra vez. He entendido más o menos lo que me decían por gestos. Debería sorprenderte más que Ryke hable español con fluidez.

—Pues no me sorprende —replico—. Porque su madre es tan neurótica como la nuestra.

—¿Ah, sí? —Frunce el ceño.

—No la conozco personalmente —aclaro—. Pero no dejaba que se aburriese. —Me callo para no añadir «Igual que haces tú», porque no necesito que se sienta más atraída por él de lo que ya se siente, o esa es la impresión que me da. La diferencia de edad es un no rotundo. Ryke lo ha entendido, pero temo que mi hermana no.

—Ah.

Vacilo.

—Daisy, a ti… —«… no te gustará, ¿verdad?».

Me mira a los ojos y comprende a qué me refiero.

—Como has dicho tú, Lily, tiene siete años más que yo… Bueno, dentro de poco, seis. —Intenta tranquilizarme con una sonrisa y luego se va con Cleo, pero no me quedo muy satisfecha, porque cuando Ryke se quita la camiseta mojada para escurrirla se lo queda mirando. Recorre su cuerpo de arriba abajo con los ojos y veo un futuro no muy halagüeño.

No sé cómo reaccionará Lo ante la posibilidad de que pase algo entre Daisy y Ryke.

Lo único que sé es que no se lo tomará bien.

Marzo

Capítulo 14

De vuelta en Estados Unidos, el frío de marzo me obliga a vestirme con varias capas. Trazo planes para quedarme en casa hasta el último segundo. Normalmente, llego siete minutos tarde a clase los días que decido ir, aunque creo que todo el mundo debería tener diez minutos de gracia. En serio. Hace mucho frío.

La otra única razón por la que me atrevo a enfrentarme al mal tiempo es para asistir a mis sesiones de terapia con la doctora Banning. Creo que la de hoy ha ido bastante bien. Siento que estoy en el camino adecuado para descubrir por qué tengo esta adicción, y ella me aporta una perspectiva y una guía que necesitaba mucho.

Estoy viendo una comedia romántica en Netflix, en mi habitación, para entretenerme y no pensar en sexo de forma obsesiva. He cerrado el cortinaje del dosel para sentirme como si estuviera en la jungla, protegida de los mosquitos por una red. Es divertido. Haría algún chiste sobre safaris, pero acabo de recordar que estoy sola y no hay nadie que pueda apreciarlos.

Tengo el portátil apoyado en la barriga y estoy comiendo regalices rojos. Después de haber decidido abstenerme del onanismo, he recurrido al azúcar, los dulces o cualquier cosa que me pudra los dientes en general. No me ayuda mucho, pero es mejor que sucumbir a mis impulsos.

Me suena el teléfono y casi doy un brinco bajo la manta de Marvel. Cuando cojo el móvil, veo un número desconocido en pantalla. Se me acelera el corazón y, mientras me lo acerco al oído, le quito el sonido a la película.

—Hola, soy Lo.

Eso me basta para sonreír de oreja a oreja.

—¿Qué Lo? Mi novio se llama Loren.

—Ahora que yo no estoy, tus chistes son cada vez menos graciosos.

Finjo ahogar un grito.

—¡Por supuesto que no! Tendrías que haber estado aquí el otro día, cuando conté el mejor chiste sobre jirafas del mundo. Fue para partirse de risa.

—Lo dudo mucho —responde, pero presiento una sonrisa.

Muerdo un regaliz mientras intento disimular mi expresión bobalicona, aunque no pueda verme.

—¿Qué haces? ¿Qué tal por el centro? —Antes de que llamara, estaba pensando que he de preguntarle más por él. La última vez que hablamos la conversación fue sobre mí y no quiero que vuelva a pasar. Que mi recuperación sea cosa de los dos no significa que la suya sea menos importante.

—Va bien. —Lo imagino encogiéndose de hombros—. ¿Tú cómo estás? ¿Has ido hoy a terapia? —Resulta que tengo un novio al que no le gusta nada hablar sobre sus problemas. Me parece que esto va a ser más difícil de lo que pensaba.

—No cambies de tema. Quiero saber cómo estás tú. —Hago una trenza con tres regalices para crear una golosina gigante y deliciosa.

—Mi vida es muy aburrida. —Suspira.

—Qué va. Seguro que estás haciendo cosas superguais, como

hablar con la gente..., jugar al billar... Y... —No tengo ni idea de qué narices hace en el centro de desintoxicación. Creo que ahí está el problema.

—Y nada que me divierta. No estoy ahí. No estoy contigo.

—¿No decías que teníamos que empezar a hablar de verdad? Es cosa de dos, ¿sabes? No podemos hablar sobre mi adicción y no sobre la tuya.

Se hace un silencio al otro lado del teléfono que se alarga de forma tortuosa. Al final dice:

—El otro día estaba hablando con Ryke y... me preguntó quién es Aaron Wells.

Se me cae el regaliz de la mano. Me da la sensación de que Lo está esquivando el tema, y la verdad es que funciona, porque pensar en Aaron Wells me pone el estómago del revés. Además, no pensaba contarle nunca lo que había pasado en el evento de presentación del nuevo refresco de Fizzle, sobre todo mientras estuviera en el centro de rehabilitación. No quería darle ninguna razón para caer en el alcohol.

—Le pregunté por qué lo quería saber y no me dio muchos detalles, solo dijo no sé qué sobre un evento familiar al que fue contigo. Y entonces pensé: «¿Por qué coño querría Lily llevar a ese gilipollas a una fiesta?». Y luego me acordé de tu madre y de que solía organizarte citas antes de que empezáramos a salir juntos. —Hace una pausa—. Pasó algo, ¿verdad? Aaron sabe que estoy en un centro de desintoxicación. Supongo que pensó que era un buen momento para cobrársela, ¿no? Mientras tú estabas indefensa y yo estoy atrapado aquí dentro.

—No estás atrapado —contesto. No quiero que piense en el centro de desintoxicación como una cárcel. Lo está ayudando.

Gime y me lo imagino frotándose los ojos, cansado.

—Quiero estar ahí contigo —se queja—. No quiero que tenga que protegerte Ryke. Ese es mi trabajo, y tengo pensado hacerlo mucho mejor que antes de... —Se interrumpe, pero sé lo que iba a decir: «... que antes de que casi te violaran». Sí, esa noche estaba un poco demasiado consumido por el alcohol como para venir a mi rescate. Por suerte, escapé, pero todavía me duele pensar en ello. Desde entonces, trato de evitar los baños públicos, aunque intento que no me consuma el miedo a que me ataquen. A veces se adueña de mí y me encierro en mí misma cuando estoy en medio de una multitud, aunque siempre he sido un poco introvertida en ese sentido.

Me gustaría poder contestarle que no necesitaba protección, pero sería una burda mentira. Esa noche, Aaron fue muy agresivo, y lo cierto es que sí que necesité apoyo.

—Ryke no me protegió —confieso en voz baja. Abro la boca para explicárselo, pero Lo ya ha sacado sus propias conclusiones.

—¿Qué? —Respira con violencia—. Si te hizo daño, te juro que...

—Lo —lo interrumpo—, solo quería decir que la persona que me ayudó no fue Ryke..., sino tu padre. —Se hace otro silencio—. Vio que Aaron me lo estaba haciendo pasar mal y lo amenazó. Funcionó. Después de eso, me dejó en paz.

Oigo un restallido al otro lado del teléfono.

—¿Lo?

Entonces lo oigo exhalar.

—¿Mi padre?

Quizá no tendría que haber dicho nada. Necesitó muchísimas fuerzas para alejarse de alguien a quien quiere, pero que le ha hecho daño. Además, quedarse atrapado en las zonas grises de Jonathan Hale hace que alejarse de él por completo sea más difícil, aunque puede que eso sea lo mejor para Lo.

—Sí. —Ahora mismo, existe una posibilidad ínfima y esperanzadora de que me hable de su padre con el corazón en la mano, pero la verdad es que creo que ni siquiera sabe lo que siente por ese hombre. Me gustaría hablarlo con él, pero me colgaría si le empezase a preguntar. He de cambiar de tema antes de que corte la llamada—. Bueno, entonces ¿cómo te va con el programa? No puedes seguir evitando contestarme.

Lo imagino cerrando los ojos con fuerza con esa inquietud tan familiar mientras gime otra vez, molesto.

—Me acabas de contar algo que ha hecho que me estalle la cabeza, ¿y ahora quieres que te cuente cómo me va?

—Sí —contesto con énfasis. No me pienso rendir. He de presionarlo.

Exhala un largo suspiro.

—Estoy sobrio. Pero pensaba que me sentiría diferente después de estar sobrio tanto tiempo.

—¿Qué quieres decir?

—Cuando bebía, era muy infeliz y estaba convencido de que estar sobrio sería la otra cara de la moneda. Supongo que pensaba que la sobriedad sería una pasada el noventa por ciento del tiempo. No me malinterpretes, está bien. A veces puedo pensar con más claridad y filtrar toda esa mierda que antes soltaba sin ningún problema. Pero, por otro lado, es un asco. Duele más.

Ahora debe hacer frente al dolor. Yo estoy pasando por algo parecido. He de enfrentarme cara a cara con todas las situaciones quc antes esquivaba con el sexo y con un buen orgasmo. Es complicado y resulta difícil resistirse a los impulsos.

—Pero no pienso volver a lo de antes. Ni por nada ni por nadie...

—¿Tu padre? —pregunto, consciente de que debe de ser ese «nadie» al que se refiere. Jonathan Hale le quitó el fondo fiduciario, la herencia y todo lo que le aseguraba un futuro porque Lo se niega a volver a la universidad y estar a la altura de sus estándares, que son imposibles.

—Sí. Él —masculla—. Es el tema preferido de mi terapeuta.

Quizá pueda conseguir que se abra poco a poco…

—¿Vas a hablar con tu padre cuando vuelvas?

—No lo sé. Él es uno de los principales factores de mi vida que me inducen a beber, pero tampoco necesitaba venir a un centro de desintoxicación para saberlo.

Noto una presión en el pecho.

—¿Y yo…? —¿Y si yo soy otro de esos factores? Ay, Dios.

—No, Lil. —Suelta una corta carcajada—. Tú eres lo contrario. Eres mi estabilidad… Mi hogar.

Inhalo con fuerza; incluso me escuecen un poco los ojos. Yo también he sentido siempre que él era mi hogar. Me aclaro la garganta, no quiero ponerme tan sensiblera por teléfono. No tengo tanto tiempo para disfrutar de su voz; pronto volveré a estar sola.

—¿Qué harás cuando vuelvas? —No va a ir a la universidad y ahora tendrá que trabajar para ganar dinero. Ryke y yo nos hemos ofrecido a echarle una mano, pero ha aplastado la idea con su orgullo.

—No estoy seguro, pero no me voy a preocupar por eso ahora —contesta en voz baja.

Ojalá pudiera abrazarlo. Cualquier cosa. Lo noto un poco perdido, pero ¿qué veinteañero no lo está? En este momento, la única diferencia que hay entre los dos es que yo sigo yendo a la universidad, pero en realidad estamos en el mismo punto. Yo tampoco sé lo que quiero hacer con el resto de mi vida. Ojalá mi futuro diploma eligiera por arte de magia una carrera profesional que fuese perfecta para mí. Si cuatro años de universidad me dieran eso, firmaría sin pensármelo dos veces.

—¿Podemos dejar de hablar de mí ya? —me pregunta—. ¿Cómo lo llevas tú?

—Me siento un poco frustrada —murmuro—. Sexual y mentalmente.

—¿Mentalmente? —repite preocupado—. ¿Te encuentras bien?

—Sí, sí. Es solo que las sesiones de terapia me dejan agotada. Quiero saber por qué soy tan adicta al sexo. La doctora Banning dice que tal vez la respuesta no esté muy clara y me da miedo que cuando la descubra… no me haga ninguna gracia.

Noto que empieza a respirar más pesadamente. Cuando habla, lo hace en susurros:

—¿Crees que es por mí?

Es como si me clavaran un puñal en el corazón. Miro la trenza de regaliz que tengo en las piernas.

—Es por mí, Lo —respondo con la voz rota—. No puedo culpar a nadie más de mis problemas. Solo necesito descubrir cómo empezó.

—Cuando teníamos nueve años…, hicimos cosas. ¿Te acuerdas?

—Esas tonterías las hacen muchos niños —me defiendo al recordar lo que me dijo la doctora Banning. Ella lo llamó «experimentar».

—Estuvo mal —afirma con más seguridad en sí mismo. Me lo imagino pasándose una mano temblorosa por el pelo castaño claro, pero habla con voz firme y decidida—. Yo era mayor que tú.

—¡Nueve meses! —Es ridículo.

—¡No importa, Lil! —salta—. He estado pensando mucho en este sitio, y quiero decirte que lo siento. Siento todo lo que he hecho para hacerte daño…

—No me has hecho daño —lo interrumpo—. No lo has hecho.

—Lily —contesta en voz muy baja—, ¿recuerdas la noche antes de que nos separásemos y viniera aquí? ¿El día antes de Nochebuena?

—La gala benéfica. —La noche en la que acabó con su corta abstinencia bebiéndose botellines de tequila en una habitación de hotel.

—Te hice daño. Me acosté contigo solo para que dejases de pensar en mi adicción al alcohol… Para que dejases de mirarme como si se me estuviese yendo la olla. Estabas llorando como una histérica y lo que yo hice fue follarte… Y después me comporté como un cabrón. ¿Cómo llamarías a eso?

—Pero no… —Termino la frase para mis adentros: «… me violaste». Sé que es eso lo que lo tortura. No me violó—. Yo también quería, Lo. Por favor, no pienses eso. —Dios, estamos fatal. Me quedo en silencio, esperando su respuesta, pero no llega. Solo hay silencio—. ¿Lo?

—Sí. —Carraspea—. Lo siento, Lil. Siento lo que pasó esa noche, lo que pasó cuando teníamos nueve años… Lo siento muchísimo.

—No tienes por qué cargarte con toda la culpa. Yo también estaba ahí cuando éramos pequeños, ¿eh? Te toqué. Quizá fui yo la que te jodió a ti.

Se echa a reír y eso me hace sonreír.

—Te puedo asegurar que estoy jodido, pero no es por ti.

—Lo mismo te digo. —Al menos, eso espero.

De repente, suelta un largo gemido.

—Dios, qué ganas tengo de besarte…

Sonrío.

—Bienvenido a mi mundo. Creo que me he imaginado liándome contigo cinco mil millones de veces desde que te fuiste.

—¿Y cuántas veces te has imaginado mi polla en tu boca?

—Pongo unos ojos como platos y me quedo sin aliento, aunque lo haya dicho como si nada—. ¿Y en tu culo? —Oigo la sonrisa tras sus palabras. Dios mío. Me lamo los labios secos y me retuerzo un poco en la cama. El vértice de mis muslos empieza a palpitar—. ¿Y en tu coño?

—Lo... —gimo. ¿Vamos a tener sexo telefónico ahora? Miro la puerta. ¿Debería cerrarla con pestillo?

—¿Has sido buena? ¿Te has tocado?

—No, he esperado.

—Estoy orgulloso de ti —me asegura, y siento de inmediato una sensación de satisfacción—. Entonces te has ganado algo.

¡Sexo telefónico! ¡Viva! Salgo de la cama, aunque me cuesta un poco porque me enredo con las cortinas, y luego corro a cerrar la puerta sin soltar el teléfono. Me quedo parada en mitad de la habitación y echo un vistazo al armario.

—¿Necesito...? —¿Cómo funciona esto?

—¿Si necesitas qué? —pregunta confundido. «Fantástico, no puede leerme el pensamiento». Qué no daría yo por salir con Charles Xavier, aunque solo en las películas de *X-Men: Primera Generación*, en las que lo interpreta James McAvoy. Los calvos no me ponen.

—No importa —murmuro.

—¿Si necesitas qué, Lily? —insiste con voz grave. No le contesto de inmediato; estoy intentando aunar el coraje para pronunciar las palabras—. ¿Lo tengo que adivinar? Espero que no sea lubricante. Nunca has tenido problemas para mojarte conmigo.

—Cállate. Decirlo me resulta duro.

—Yo sí que estoy duro.

Pongo los ojos en blanco, pero no puedo evitar sonreír.

—Por favor, dime que esto de decir guarradas puedes hacerlo mejor.

—Lo he hecho mejor otras veces —concede—. Lily, sabes que puedes contarme cualquier cosa. No te puede dar tanta vergüenza. Bueno, seguro que sí, pero la buena noticia es que no puedo ver cómo te pones como un tomate.

Ojalá pudiera. Daría cualquier cosa por tenerlo aquí conmigo. Pero a la vez no, porque volver a casa antes de hora supondría un fracaso para él, y yo quiero que tenga éxito. Estoy dividida... En todo.

Quizá por eso sigo plantada en mitad del dormitorio, pensando si es mejor que me aventure a ir al armario o que vuelva a saltar al colchón.

—¿Crees que debería usar... un vibrador o algo así? —tartamudeo. Me arde la cara entera y juraría que tengo gotitas de sudor en el labio superior. Me lo seco a toda prisa, como si alguien pudiera verme transpirar.

—¿Me lo dices en serio? ¿Por eso estás tan nerviosa? —pregunta un poco ofendido—. Creí que querrías usar el teléfono o algo así.

¿Qué? Tardo un momento en entender a qué se refiere. Me estremezco. Qué asco.

—Puaj. —Ahora la ofendida soy yo.

—Eso es lo que pasa por no decir la verdad desde el principio, mi amor —contesta con una carcajada. Luego se pone serio—. ¿Qué opina tu terapeuta sobre los juguetes?

—No hemos hablado de ello.

—Entonces, por ahora, mejor evitarlos, ¿de acuerdo?

No puedo evitar sentirme un poco decepcionada por la decisión. En mi mente, lo oía decirme: «Por supuesto, ve a buscar el que más se parezca a mi polla». Supongo que los tiempos en los que me empujaba hacia mi adicción han llegado a su fin.

Me desenredo de las cortinas y me subo a la cama, ahora con el altavoz puesto.

—¿Dónde estás? —le pregunto. Quiero una imagen mental.

—En mi cuarto. Tengo mi propio baño y ningún compañero; la intimidad está bien. Aunque el edredón pica un poco.

—Qué sexy.

Lo visualizo sonreír, con los ojos de color ámbar encendidos.

—¿Acaso no lo soy siempre?

Dios, cómo lo echo de menos. Me anega una oleada de tristeza, que rompe contra mí de forma tan abrupta y repentina que he de pellizcarme la nariz para contener las lágrimas. Me hundo en la almohada y me quedo mirando el techo del dosel. Solo puedo pensar en lo mucho que deseo verlo. Qué ironía. Es la primera vez desde que se fue que estamos a punto de hacer algo parecido al sexo y me he convertido en un guiñapo sentimentaloide.

—Lily, ¿estás llorando? —pregunta preocupado.

—No. —Me seco los ojos y dejo el teléfono sobre la barriga—. Vamos.

—Bueno, si me lo dices así... —replica molesto.

Hace días que no llego al clímax. Tengo que contenerme, porque si lo dejamos estar me arrepentiré muchísimo dentro de un par de horas, cuando empiece otra vez a sentir ese anhelo.

—No, estoy bien, en serio. —Me pongo recta y el móvil cae sobre el edredón—. Vamos a ello. ¿Quién se quita la ropa primero? —Me estremezco. Podría haber elegido una frase más sexy.

—Creo que a los dos se nos da fatal el sexo telefónico.

Debería hacerme gracia, pero, en cambio, sus palabras son como una apisonadora. Es como si alguien le ofreciera una bolsita de cocaína a un drogadicto y decidiera quitársela en el último momento. Me imagino esta noche, sola en la cama, luchando de nuevo contra el síndrome de abstinencia. Y será culpa mía, porque me he puesto triste, y llorona, y patética. Soy idiota.

—No, se nos da bien —lo contradigo—. Por favor, por favor, por favor... Intentémoslo otra vez. —Pero el miedo hace que me tiemble la voz y las lágrimas acaban saliendo.

—Oye, oye, Lily —dice él, asustado—. No pasa nada. —Oigo unos ruidos y me pregunto si se estará quitando alguna prenda de ropa. Los pantalones, tal vez.

—Sí. Sí que pasa.

—Chis —susurra—. Tú estás bien, yo estoy bien... Voy a hacer que te corras, te lo prometo. Relájate y respira, mi amor.

En cuanto dice esas palabras, me llega una notificación al ordenador. Me sorbo la nariz y murmuro:

—Espera un momento.

Abro Skype y veo la alerta: «Aceptar llamada de Hellion616».

Se me va a salir el corazón por la boca. Es Lo, por supuesto. Desde los quince años tiene como nombre de usuario a su personaje preferido de Marvel. Lo voy a ver, ¿verdad? ¿Es esto real? Me muerdo el labio y clico en el botón.

Y la pantalla se llena de Lo. Me está mirando a los ojos y está tal y como lo recordaba. Han pasado casi tres meses y él sigue con el mismo pelo castaño claro, corto por los lados y un poco más largo por arriba. Tiene los mismos pómulos marcados que le confieren un aspecto tan amenazador como sexy, esa cara que me deja sin aliento. Está sentado con las piernas cruzadas en su cama individual, sobre un edredón azul oscuro. Lleva una camiseta gris carbón y unos pantalones de chándal negros. Sus ojos ámbar se clavan en los míos. Lo estoy viendo. No solo imagino su cuerpo, sus ojos, su cara, ¡lo veo! No puedo evitarlo: rompo en sollozos y empiezan a brotar lágrimas incontrolables de felicidad.

—Nooo —dice él, alargando la vocal y con una tímida sonrisa—. No llores, si no empezaré a llorar yo también.

—Lo siento. —Me seco los ojos con el dorso de la mano, exhalo con fuerza y recoloco el ordenador sobre la cama, para que no me vea solo media cara.

Lo miro a los ojos de nuevo, esta vez más relajada, pero tengo el corazón henchido. Una parte de mí temía que a su regreso estuviera demasiado cambiado, demasiado distinto, pero todos mis temores han desaparecido de golpe. Sigue siendo Lo. Sigue siendo mío.

—Hola —dice sin aliento.

—Hola.

Lo más duro de todo ha sido estar separada de él. Ahora comprendo que no tiene nada que ver con el sexo. Es mi mejor amigo, mi mundo entero, y perder eso duele mucho más que perder un cuerpo contra el que frotarme por la noche. Ahora que lo veo, recuerdo que no se ha marchado para siempre, aunque a veces me dé la sensación de que sí.

—Tienes buen aspecto. —Me recorre el cuerpo con la mirada—. ¿Estás engordando? —pregunta esperanzado. Quizá se pensaba que estaría hecha un esqueleto, tan flaca y macilenta que tendrían que recogerme antes de desaparecer. Uf, me da miedo pensarlo.

Quizá no fuese yo la única que tenía unos temores enormes e inconmensurables.

—Pues sí —respondo con una sonrisa. Me inclino hacia atrás, cojo el paquete de regalices y lo muevo delante de la pantalla—. He empezado una dieta nueva. Se llama «Come chucherías y evita el sexo».

—Suena espantosa, y me parece una forma horrible de gestionar tu adicción.

Me encojo de hombros y me levanto un poco el jersey.

—Pero ahora puedo hacer esto. —Pellizco el poquito de grasa que tengo alrededor del ombligo y se lo enseño.

—Eso está muy bien, pero tienes que sanar de la forma adecuada. Empáchate a regalices y a donetes ahora porque cuando llegue a casa pienso prohibir esa dieta.

—¿Cómo sabes que tengo donetes?

Ladea la cabeza y veo esa sonrisa juguetona que le ilumina la cara. Y verla ilumina la mía.

—Por favor... Si has llenado la despensa de azúcar, estoy seguro de que tendrás los que tienen los mejores nombres. Pedos de monja, huesos de santo, chupa-chups...

—No he comprado chupa-chups, ¿por quién me tomas? —contesto como si hubiera ganado, aunque la verdad es que tiene algo de razón. Tengo huesos de santo y donetes esperándome en la despensa. Tengo cierta afición por los nombres graciosos. ¿Por qué si no acabé contratando a Connor Cobalt como profesor particular cuando iba a la Universidad de Pensilvania?

—¿Alguna otra novedad? —pregunta con amabilidad, pero, si lo miro bien, atisbo el miedo que se revuelve tras su mirada. Él también está preocupado por si cambio. Yo siento lo mismo, pero sé que, con el tiempo, seré diferente; todo el mundo madura. Pero si hay algo que sé a ciencia cierta es que jamás querré cambiar sin Loren Hale. Debemos intentar evolucionar juntos.

—Me he encontrado una peca nueva en el hombro. —Intento enseñársela, pero me choco contra la pantalla—. Ay, lo siento. —Me siento como si le hubiese dado una bofetada en la cara o algo así. Inclino el ordenador hacia atrás y descubro que está sonriendo.

—Eres adorable.

Me sonrojo y él pone los ojos en blanco al verlo, pero no deja de sonreír. Qué bien.

—Yo también tengo algo nuevo.

Enarco las cejas. ¿De verdad? Se coge el borde de la camiseta y me mira con aire travieso para prolongar el momento. «Por favor, que no sea un tatuaje». Lo los odia, y lo último que quiero es que me declare su amor eterno con algo que no le gusta. Y no necesariamente me apetece ver mi nombre tatuado en su pecho mientras lo hacemos. Me cortaría el rollo.

Reparo en que me estoy acercando cada vez más a la pantalla. Retrocedo un poco para no parecer un bicho raro.

—¡Va! —lo apremio y gimo, pero él sigue esperando con una sonrisilla. ¡Va a acabar conmigo!

Por fin se quita la camiseta y, mientras se arregla el pelo con los dedos, observa mi reacción. Me he quedado boquiabierta. Entorno los ojos para fijarme mejor con la esperanza de que no sea una especie de filtro de Skype.

—¿Son de verdad? —pregunto, acariciando inconscientemente los músculos sobre la pantalla, como si pudiera tocarlos. Joder, quiero tocarlos. He de retroceder otra vez. Creo que Lo acaba de disfrutar de una vista privilegiada de los pelos de mi nariz.

Me mira con extrañeza y se echa a reír.

—No, si te parece me los he pintado para ti. —Él no puede dejar de sonreír y yo no puedo dejar de admirarlo sin camiseta. Tiene los abdominales muy marcados, como una tableta de chocolate. Antes ya era musculoso, pero ¡no tanto! Las curvas de sus músculos son perfectas e incluso tiene esa hendidura tan sexy por la cintura, como si me indicara el camino hacia su polla.

Esto es muchísimo mejor que un tatuaje.

—He estado entrenando. Tenemos mucho tiempo libre y yo se lo dedico casi todo al gimnasio. —Se lame el labio inferior y me recorre el cuerpo con la mirada—. Te toca.

—Sabía que solo era un truco para que me desnudara —respondo con una sonrisa—. No esperes demasiado. Las tetas no me han crecido.

—Me encantan tus tetas tal y como son.

Su voz ronca me deja sin respiración. Parpadeo un par de veces y me concentro en desvestirme. Le he robado a Rose este suéter de cachemira porque no me queda ropa limpia y encargarme de la colada es lo último en la lista de las cosas que me gusta hacer. Me pongo de rodillas e inclino la pantalla para que vea mejor la mitad superior de mi cuerpo. Me da un vuelco el corazón al ver el subibaja de su pecho, que espera expectante. He estado desnuda delante de Lo muchas veces, pero nunca a través de una pantalla de ordenador. Es un poco diferente, por la distancia, porque no nos podemos tocar... Pero quizá sea diferente en el buen sentido, casi más excitante.

Me quito el suéter poco a poco, dejando al descubierto los pechos, que están apretados bajo un sujetador negro. Mi respiración se agita cuando veo cómo me mira; primero recorre mi cuerpo con la mirada hacia abajo y luego vuelve arriba, como si sus labios estuviesen descendiendo por mis pechos y mi barriga, como hacía siempre.

Quiero que me estreche entre sus brazos y ponga todo su peso sobre mí. Quiero sentir su erección, que sus músculos me inmovilicen contra el colchón. Quiero estar enterrada bajo su amor y su calor.

—¿Dónde estás? —susurro, mientras los planes de ir a buscarlo y enredarme entre sus brazos invaden mi mente.

—Estoy aquí, contigo. —No me ofrece nada más, pero esas palabras bastan para quedarme sin respiración, para entreabrir la boca sin querer. Sin apartar la vista de él, imagino que es su mano y no la mía la que me desabrocha el sujetador y deja que los tirantes se deslicen por mis hombros hasta que la prenda cae sobre el teclado.

Me mira como si quisiese aplastarme contra su pecho y abrazarme con fuerza, como si estuviese a segundos de atrapar mi labio inferior con su boca, a segundos de mordérmelo y luego meterme la lengua. A segundos de mecerse sobre mí y susurrar mi nombre hasta que se arquee mi espalda, hasta que grite contra su hombro.

Los pezones se me ponen duros; su mirada enciende partes de mi cuerpo que llevaban meses sin sentir ese calor. Cuando su mirada vuelve a la mía, veo que en sus ojos las ansias que tiene de mí. Ente nosotros, el sexo telefónico jamás habría funcionado. Yo echaría de menos sus miradas, la forma en que devora mi cuerpo con sus ojos ámbar. Me hace sentir hermosa de una manera inequívoca y absoluta.

Y él es el único que puede atribuirse ese logro.

Empieza a quitarse los pantalones de chándal poco a poco y yo me desabrocho los botones. Nos miramos a menudo para no perdernos los movimientos medidos, lentos y sensuales del otro. No puede ver nada de lo que pasa por debajo de mi cintura y yo tampoco: la imagen que muestra la pantalla llega solo hasta los abdominales inferiores. Pensar en el atractivo de lo que hay debajo me acelera el pulso, hace que note calor en todo el cuerpo.

Me quito con torpeza los tejanos y los tiro al suelo. Ahora que estoy de rodillas, Lo puede ver mis bragas verdes de algodón, así que me siento para que solo me vea de cintura para arriba. Mientras él se desviste, atisbo el bulto que hay en sus calzoncillos negros y el punto entre mis muslos empieza a palpitar, anhelante, deseoso de que algo duro lo llene y lo embista durante largo largo rato.

El silencio incrementa la tensión; lo único que se oyen son

nuestras respiraciones pesadas y superficiales. Espero inmóvil a que se quite la última prenda de ropa sin despegar la vista de la pantalla, por si consigo verle la polla. Sin embargo, no hace acto de presencia: Lo ha conseguido quitarse los calzoncillos sin enseñármela. Qué pena.

Muestra los calzoncillos ante la cámara colgando de un dedo antes de tirarlos con un gesto victorioso. Luego me mira desafiante.

Es mi turno.

Con una mano me apoyo en el colchón y con la otra me bajo las bragas hasta los tobillos. Me inclino hacia delante para sacármelas por los pies. Creo que le he regalado a Lo un primerísimo plano de mis tetas. Se está beneficiando de este acuerdo mucho más que yo, eso seguro.

Tengo las bragas en la mano, pero están demasiado mojadas y no me atrevo a enseñárselas como si fuesen un triunfo. Cuando estoy a punto de tirarlas al suelo, me dice:

—¿No me las vas a enseñar?

Estupendo. Les doy la vuelta para que vea la parte del culo y las pongo ante la cámara una fracción de segundo.

—Déjame ver la parte de delante... —me apremia con voz dulce. Qué exigente.

Abro mucho los ojos y niego con la cabeza. No, de ningún modo. Él esboza una media sonrisa.

—Vamos, Lil —susurra—. No puedo tocarte. ¿Cómo si no voy a saber lo mojada que estás?

Exhalo un suspiro largo y profundo. Trago saliva y, de pronto, siento la necesidad de acariciarme ese punto tan dulce, de alimentar al monstruo que vive en mi interior.

Respiro hondo con dificultad y me concentro en Lo.

—Antes quiero verte la polla. —Mi voz suena más suplicante y desesperada de lo que pretendía. Ni siquiera sé por qué quiero verla. No es que pueda penetrarme a través de la pantalla el ordenador. En realidad, sería torturarme todavía más.

—Todavía no, mi amor —responde con dulzura.

—Entonces no te enseño las bragas —replico con testarudez. Cruzo los brazos por encima del pecho. Desde que tengo memoria, siempre consigo lo que quiero durante el sexo. O al menos lo intento. Y Lo, desde que estamos juntos, siempre ha estado más que dispuesto a ceder ante mis deseos. Hasta ahora, no me había dado cuenta de lo difícil que sería sucumbir a sus órdenes. He de renunciar al control, confiar en él, encomendarle todas mis necesidades sexuales.

Eso no es fácil para mí.

—Esto no funciona así —dice Lo—. Quien está al mando soy yo. Si te digo que te corras, te corres. Si te digo que pares, paras.

Necesito límites para controlar mis compulsiones. «Lo hemos hablado», me recuerdo. Bajo los brazos y dejo mis pechos de nuevo expuestos ante él. Es un comienzo. Lo será quien marque las pautas para que yo no cruce los límites. Solo he de aprender a aceptarlas.

Lo me lo ha dado todo. Es hora de que yo haga lo mismo por él.

Obedezco su primera orden: le doy la vuelta a las bragas y las pongo delante de la cámara mientras rezo en silencio para que su pantalla no sea de alta definición..., aunque es evidente que están empapadas.

—¿Satisfecho? —pregunto al cabo de unos segundos.

—Inconmensurablemente. —Su sonrisa me ablanda el corazón y noto mariposas en el estómago. Ahora me siento menos decidida. Estas provocaciones no pueden durar mucho más.

Tiro las bragas al suelo y él se mueve un poco sobre la cama, pero sigo sin poder ver por debajo de su cintura.

—Levanta las manos —me ordena.

Frunzo el ceño y pongo las palmas de las manos ante el ordenador. Él me mira un largo momento y, de pronto, comprendo lo que está a punto de hacer. Abro la boca para quejarme, pero me interrumpe.

—Quiero que nos corramos juntos —anuncia con el semblante serio—. No bajes las manos. Podrás tocarte cuando yo te lo diga.

Me rindo al oír que quiere que nos corramos juntos. Asiento sin cesar y él sonríe de nuevo. Poco a poco, baja una mano y mira un segundo hacia ella. No ha movido la cámara, así que sigo sin verlo. Quizá se trate de eso. A veces es más excitante no ver.

Levanta la vista a mis ojos, penetrándome con la mirada. No la aparta, ni siquiera cuando su respiración se agita, cuando el subibaja de su pecho se acelera. Su cuerpo se mece un poco hacia delante y se le escapa un gemido de los labios entreabiertos. Mi mirada danza al compás de su brazo, que se mueve rápidamente sobre su pecho brillante, cubierto por una capa de sudor, caliente y sensual.

—Las manos arriba —ordena con voz ronca. Las vuelvo a levantar. Ni siquiera me había dado cuenta de que las había bajado.

Me retuerzo al notar que mi humedad empieza a deslizarse por la cara interna de mi muslo. Cojo un cojín y lo aprieto entre mis piernas; ese punto vibrante ansía más presión, más peso, más fricción... Suplica una caricia.

—Las manos —insiste.

Las levanto por tercera vez; estoy a punto de tirarme del pelo. Tiemblo y se me escapa un pequeño gemido.

No puedo esperar más.

—Lo... —suplico.

—Aguanta, mi amor —me anima con amabilidad, pero sus ojos me dicen otra cosa. Me ordenan que aguante con menos dulzura. Me está poniendo a prueba, lo sé, y quiero superarla, quiero demostrarle que soy capaz de luchar contra mis compulsiones.

Le aguanto la mirada e intento que no se desvíe a ningún otro lugar. Apenas me ayuda, porque me mira como si quisiera clavarse en mí. Dios, qué no daría yo porque lo hiciera...

Tras un largo momento, dice:

—Baja las manos.

No necesito más.

Deslizo las manos por mi cuerpo y toco mi humedad por primera vez. Ahogo un grito y gimo a la vez; casi me derrumbo sobre el colchón. «Te necesito —quiero gritar—. Por favor...».

—Mírame, Lil.

Me apoyo débilmente sobre un codo e intento centrarme en él y no echar la cabeza hacia atrás, no cerrar los ojos. Estoy tan... tan cerca de abandonarme por completo. Alterno entre acariciarme y deslizar los dedos en mi interior; la presión aumenta, tengo los nervios a flor de piel en toda la superficie de mi cuerpo. Y aunque él quiere que lo mire a los ojos, empieza a desviar la mirada hacia mis pechos, y mi barriga, y mi muñeca, donde termina la pantalla.

Al mismo tiempo que arqueo las caderas, él se inclina un poco hacia delante. Nuestra respiración se sincroniza con nuestros movimientos embriagadores y, de repente, me siento como si estuviese aquí de verdad. Como si estuviese dentro de mí.

Alarga una mano y baja un poco la pantalla. Por un fugaz segundo me permite ver lo que está haciendo: tiene cogida la base de su polla y sube y baja la mano por toda su extensión.

Devuelve la cámara a su cara y es como si me hubieran prendido fuego. Necesito correrme. Necesito liberarme ahora mismo.

Acelera sus movimientos y yo aumento mis gemidos. Lo oigo gemir con la respiración ronca y entrecortada; todo mi cuerpo se tensa, se contrae, mientras enrosco los dedos de los pies. El mundo entero me da vueltas. Me agarro de las sábanas con la mano que tengo libre y disfruto del viaje.

Unos momentos después me dejo caer sobre la cama. El codo ha cedido al agotamiento, a mi respiración agitada y entrecortada. Tengo la barriga, los pechos, los muslos y el culo empapados en sudor. Dios... Ha sido increíble.

Quiero sentirlo otra vez.

De forma impulsiva, mi mano se desliza por mi cuerpo y acaricia mi tierno montículo. Se me escapa un gemido y empiezo a frotar.

—Lily. —La voz de Lo resuena en mi mente. Cierro los ojos y me meto los dedos.

«Sí...».

—Lily. ¡Para!

Abro los ojos de golpe, pero dejo la mano entre los muslos. Despacio, me incorporo para mirar la pantalla. En la pantallita que hay a la izquierda me veo despatarrada en la cama, pero Lo solo puede ver desde mi ombligo hacia arriba; mis piernas quedan por detrás del ordenador. Supongo que lo que estaba haciendo era evidente.

Evito su mirada.

—Dame un segundo —le pido en un susurro suave y culpable. Me tumbo y desaparezco de la pantalla, que apunta al cabezal de la cama y no al colchón. Muevo los dedos de nuevo. Necesito sentirlo otra vez.

—Mierda. ¡Lily! ¡He dicho que pares! —Lo oigo, de verdad, pero es tan difícil hacerle caso... Y una parte egoísta y horrible de mí quiere cerrar el portátil de una patada para acallar sus exigencias. La presión se intensifica, me siento al borde de otro precipicio, a punto de saltar. Ay, Dios…

—Lily, siéntate para que pueda verte —me ordena.

Pero no puedo. Me froto más y más rápido, más duro, más tiempo. Necesito más. Siempre he necesitado más. Grito y mis hombros huesudos se clavan contra el colchón; todo mi cuerpo se retuerce. Quiero que sus manos me recojan, que me estrechen contra su pecho, que sus músculos se amolden a mí. Cierro los ojos con fuerza y me lo imagino todo: que él está duro y apretado contra mí, dentro de mí, esperando a que me corra, susurrándome al oído que todo irá bien siempre que llegue al clímax cuando estoy colmada de él.

¡Sí! Chillo, se me arquea la espalda, noto un hormigueo en todo el cuerpo, abandonado a un fuego tan ardiente que apenas puedo respirar. Llego otra vez. Y entonces… empieza el descenso. Cierro la boca abierta, el pulso se desacelera, abandona el ritmo errático e irregular y se reencuentra con otro que odio.

—¡Maldita sea, Lily! —salta—. ¡Siéntate ahora mismo, joder!

Abro mucho los ojos, horrorizada ante lo que acabo de hacer. Las lágrimas de culpa me arden en las comisuras de los ojos. Esta vez todo es diferente. Aparto la mano y obligo a mi cuerpo indolente a incorporarse. Encorvo los hombros y me cubro el pecho con una manta.

—No quería… —Me muerdo una uña y me seco una lágrima que no ha caído todavía. La vergüenza cae sobre mí como una ola de mil toneladas. Ni siquiera soy capaz de levantar la vista hacia la pantalla para encontrarme con la mirada de decepción de Lo.

Ahora lo comprendo. Entiendo por qué quería que le hiciera caso desde el principio: era para evitar que pasara lo que acaba de pasar. Y lo peor es que, por debajo de esa capa infectada de culpa y vergüenza, hay una pequeña parte de mí que desea hacerlo otra vez. Quizá después de que acabe nuestra llamada por Skype… ¡No!

—¿Te ha gustado? —pregunta con voz tensa.

¿Qué parte? Y ¿por qué siempre tengo que estropearlo todo? Me miro las manos, me siento patética.

—No me mires así —susurro.

—Todavía no te has atrevido a mirarme —murmura.

Respiro hondo con dificultad y por fin aúno el coraje para levantar la vista. No hay ni una sombra de juicio en sus rasgos; es más, en sus ojos ámbar veo una empatía que no me merezco. Y también veo la preocupación, como si le hubiera roto el corazón, como si acabara de darse cuenta de lo extremo y horrible de mis compulsiones.

—Lo siento —le digo con la voz rota. Me seco las lágrimas antes de que broten—. No tienes por qué… —«… estar conmigo». Soy un monstruo.

—Te quiero —me asegura—. Lo conseguiremos juntos. —Traducción: «No pienso irme a ninguna parte».

—Quiero hacerlo otra vez —admito con un hilo de voz.

—Lo sé. —Se frota la nariz con gesto pensativo.

—Entonces… ¿podemos hacerlo otra vez esta noche? —Debe de estar enfadado porque lo he hecho sin él.

—Por hoy, ya basta —sentencia. Cada palabra parece ser como una montaña que debe escalar.

—Pero solo me he corrido dos veces. —El pánico me colma el pecho. Me cuesta respirar.

—Y yo solo iba a dejar que te corrieras una. He intentado agotarte, pero es muy difícil. Tendría que haberte hecho esperar más, así me habrías hecho caso. Mejoraremos, pero nos llevará tiempo y mucha práctica.

Así que ya está. No se me permite masturbarme de ninguna forma y Lo ya ha terminado por hoy. No quiero cometer ninguna estupidez cuando colguemos. «Ni lo pienses, Lily». Respiro hondo, pero no consigo calmarme.

—Habla —me pide con urgencia. Tiene los antebrazos apoyados en las rodillas—. ¿En qué piensas, Lil?

—Estoy asustada —murmuro—. Me aterra pensar en lo que puedo llegar a hacer. —Noto las lágrimas calientes, abrasadoras, que descienden por mis mejillas.

—Sé que es difícil. No me puedo ni imaginar cómo me sentiría si alguien me diera una cerveza y me obligara a parar después. Lo entiendo, Lil. Te juro que lo entiendo, joder. Pero tienes que encontrar las fuerzas para esperar. Sé que las tienes. Solo necesitas buscarlas.

Me quedo en silencio un minuto, reflexionando sobre sus palabras. Noto un peso en el pecho, pero estalla con mi siguiente declaración.

—Ojalá estuvieras aquí. —Me tiembla la barbilla; casi no me sale la voz. Aprieto la frente contra las rodillas para esconder mi expresión de desolación.

—Estoy ahí, mi amor —murmura—. Estoy ahí, contigo. —Oigo el dolor que hay en su voz. Intenta relajarse lo máximo posible, pero siento que le estoy atenazando el corazón tanto como él atenaza el mío—. Estás en mis brazos y te beso en los labios, en la mejilla, en la nariz... —Cierro los ojos y me dejo llevar con su voz, que poco a poco empieza a aliviar mi tormento—. Me apoyas la cabeza en el pecho y escuchas cómo poco a poco se ralentizan los latidos de mi corazón. Te cojo las muñecas para que poco a poco bajes del clímax siguiendo mis indicaciones. Te derrumbas sobre mí. —Lo miro a los ojos. Están llenos de esperanza, de anhelo y de algo más, algo que creo que solo pueden compartir dos personas que ya estén rotas—. Y entonces dejas de resistirte. Contemplo cómo tu cuerpo se relaja sobre el mío y entonces te doy un beso en la frente, te digo que estoy muy orgulloso de ti y que hacer que te corras una sola vez dura una vida entera. —Cae una última lágrima, pero soy incapaz de moverme para enjugarla. Estoy fascinada con Loren Hale, mi todo—. Te amo. Y ningún otro hombre podrá pronunciar esas palabras y sentirlas tanto como yo.

Me duele tanto el corazón... Son palabras preciosas y dolorosas al mismo tiempo. Supongo que como nosotros. He de ser fuerte por él, por mí, por nosotros. Tengo un nudo en la garganta, pero logro responder.

—Voy a pasar el resto de la noche con Rose. —Asiento mientras voy organizando el plan en mi mente.

—Es buena idea. Ve a ducharte, vístete, despídete de mí y luego llamaré a Rose para asegurarme de que estás con ella.

Asiento de nuevo. Esto me gusta, me gusta mucho. Tenerlo de mi lado me ayuda a tolerar lo insoportable. Solo espero que, en el futuro, nuestros problemas sean más fáciles.

La esperanza... Qué cosa más tonta.

A veces lo que deseas no se hace realidad.

Capítulo 15

Unos días después, Rose termina por fin de decorar nuestra casa y decide que necesitamos dar una fiesta para celebrarlo. Además, quiere que coincida con el Día del Juramento de Lily, o el Día J, que le gusta más. Tanto la idea como el término se le han ocurrido a ella.

Se supone que escribir mis votos en un papel y leerlos en voz alta reforzará mis objetivos a largo plazo. Y yo estaba de acuerdo con ello hasta que invitó a Connor y a Ryke. Le recordé que se suponía que, como feminista, debía estar de mi lado. La chica soy yo. Pero me contestó: «No deberías avergonzarte de tu adicción» y «Así tendrás otro incentivo para no romper tus votos». Porque, al parecer, me sentiré más culpable si traiciono un juramento que he hecho ante tres personas que uno que haya hecho solo ante ella... Vale, no le falta razón.

—No entiendo por qué tenemos que hacer esto fuera —protesto mientras me envuelvo en uno de los abrigos de piel de Rose, que son mucho más calentitos que nada que yo tenga en mi armario. Entre eso y mi gorra de Wampa de *La guerra de las galaxias*, que tiene un par de orejones lanudos, parezco una especie de monstruo peludo.

—Porque no quiero prender fuego a la casa —contesta.

El suelo está cubierto de una fina capa de nieve, pero algunas briznas de hierba se las arreglan para asomar. El fuego crepita en una papelera de metal que tenemos delante. Mientras observo cómo las llamas lamen el aire frío, me pregunto de qué manera se las habrá arreglado mi hermana para encenderlo.

Aunque tampoco debe de ser física cuántica. Hasta los vagabundos saben hacerlo.

La puerta trasera de cristal se abre y Rose dice:

—Ya era hora. ¿Por qué has tardado tanto? —Por sorprendente que parezca, Rose y Connor han seguido juntos después del evento de Fizzle, aunque estoy segura de que su próxima ruptura de veinticuatro horas llegará en cualquier momento.

Él se acerca a nosotros; la nieve cruje bajo sus mocasines.

—Por lo general, conducir requiere tiempo —contesta—. Es simple física, en realidad. El tiempo es igual a la distancia dividida por la velocidad.

—Ya me sé la fórmula del tiempo, Connor.

—Ya sé que te la sabes —contesta con una sonrisa—. Pero me gusta cómo se te arruga la frente cuando crees que te insulto.

—Cuando me insultas, querrás decir.

—Ese es tu punto de vista. —Me mira a mí—. Hola, Lily. Hoy es un día importante.

Me encojo de hombros de forma despreocupada, pero Rose me mira con dureza.

—Sí que es un día importante, Lily —insiste—. Hoy te comprometes a mejorar.

—Sí. —Asiento—. Solo es que estoy nerviosa.

Connor frunce el ceño.

—¿Por qué? Esta es la parte fácil, ¿no? Llevas casi tres meses separada de Lo y no le has sido infiel. —Hace una pausa y añade—: Según Rose.

—No le he sido infiel. Simplemente, todavía no me siento del todo cómoda hablando de estas cosas. —He mantenido mi adicción en secreto tanto tiempo que hablar de ella requiere mucho más coraje del que personas como Connor o Rose podrían entender.

—Te sentirás mejor cuando te hayas quitado de encima esto del juramento —me asegura mi hermana. Se vuelve para mirar la casa y luego mira el reloj nerviosa. Aprieta los labios y añade—: Espero que Ryke no tarde mucho. La fiesta de inauguración de la casa empieza en quince minutos.

Están invitadas Daisy, Poppy, mis padres y toda la *troupe*, y no pueden ser testigos de este acto de declaración simbólica. El resto de mi familia no sabe nada de mi adicción, y así seguirá hasta que decida que estoy preparada para contárselo. No sé si ese día llegará pronto.

—¿No tendríais que haber esperado a que volviera Lo para celebrar la fiesta? —pregunta Connor—. Él también vivirá aquí, ¿no?

Lo se mudará a nuestra recóndita casita. Hablé con la doctora Banning y estuvo de acuerdo en que si queríamos continuar con nuestra relación debíamos vivir juntos. La única condición que supone un cambio respecto a nuestra rutina anterior es que tenemos que vivir juntos de verdad. Se acabó lo de las habitaciones separadas y las vidas secretas. En este momento, tal vez seamos codependientes, pero la adicción que sentimos el uno por el otro podría ser mucho más fuerte que las otras. Podemos ayudarnos a superarlas en lugar de contribuir a mantenerlas. Si la doctora Banning cree que Lo es clave para mi recuperación y no un obstáculo, la creo. Al fin y al cabo, es más inteligente que yo.

Rose también vivirá en esta casa y se encargará de que Lo y yo nos relacionemos con el resto de la familia en lugar de volver a nuestro aislamiento. El plan parece factible, pero sé que no será fácil. Nada lo es.

Le pregunté si invitaría a Connor a vivir con nosotras. Hay un dormitorio para él si ella quiere mantener su intimidad. Sin embargo, me había olvidado de que Connor va a la Universidad de Pensilvania, que está demasiado lejos para que viva aquí de forma permanente. Sin embargo, la explicación que me dio Rose no tenía nada que ver con la distancia. Me dijo que su relación todavía no había progresado hasta ese punto y que no se sentiría cómoda pidiéndoselo. Y yo leí entre líneas.

Todavía no se han acostado.

Rose es la mujer más segura de sí misma que conozco, lo sé, pero cuando se trata de hablar sobre su vida sexual se pone tan roja como yo. Es capaz de leer libros de texto y hacer diagramas cínicos sobre el sistema reproductor sin sonrojarse. Es más, hasta se hizo pasar por mí y fingió ser adicta al sexo ante docenas de terapeutas. Sin embargo, le cuesta horrores hablar sobre sí misma. Intenta que su vida privada sea lo más privada posible, pero yo creo que hay algo más. Creo que le asusta reconocer lo que siente. Quiere que la gente piense que es la reina del hielo, pero, en realidad, tiene tantos miedos como los demás.

A veces pienso que somos más parecidas que diferentes. Quizá por eso somos hermanas.

Rose se vuelve para responder la pregunta de Connor.

—Lo odiaría esta fiesta. Le estoy haciendo un favor.

No le falta razón.

—¿Crees que se cabreará cuando se entere de que tú vas a vivir con nosotros? —le pregunto con una sonrisa. Mi hermana nunca ha sido su persona preferida. La verdad es que espero ser capaz de sobrevivir cerca de ellos dos... Puede que se maten el uno al otro o que yo acabe muerta por estar en medio.

—Se tendrá que aguantar —replica.

Connor me mira.

—A Lo y a ti os hace tanta falta vivir juntos como a un niño gordo vivir en el país de los dulces. —Hace una pausa al darse cuenta de que la frase se podría entender de dos maneras opuestas, según el punto de vista, así que añade—: Se moriría.

Visualizo la imagen del cadáver de un niño gordo con las mejillas rebosantes de caramelos. Me quedo boquiabierta y pronto mi expresión se va deformando por el horror. Qué asco. Es una metáfora perturbadora.

—¡Puaj! —exclamo.

Rose pone los ojos en blanco, pero sonríe. Por eso están juntos.

La puerta de atrás se abre y mi hermana mira contrariada a Ryke mientras se acerca.

—Te dije que a las cinco en punto.

—Había tráfico, joder —replica mientras mete las manos en su anorak negro de North Face. Se pone a mi lado y se fija de inmediato en mi gorra.

—¿Qué coño llevas en la cabeza?

—Es Wampa. —Me mira desconcertado—. Es de *La guerra de las galaxias*.

—Estás ridícula —contesta y se vuelve hacia Connor—. ¿Tú sabías lo que era?

—No me importa, así que no se lo he preguntado —responde secamente.

Ryke lo fulmina con la mirada y presiento que va a pasar algo malo. Estos dos siguen sin soportarse. No sé muy bien qué hará falta para que se lleven mejor.

—Eres un idiota —le espeta Ryke, directo, pero no con esos modos amables que tiene Connor Cobalt. Es bastante borde.

—¿Para qué has venido? —pregunta Connor.

Ryke aprieta los dientes.

—Soy amigo de Lily.

—Bueno, yo soy el novio de Rose y amigo de Lily. No sé si se te dan bien las matemáticas, pero... —Le dedica una de sus sonrisas de niño de colegio pijo. Ay, Connor...

Rose le da un cachete en el brazo.

—Ya basta. Estamos aquí por Lily, así que calmaos los dos. No nos queda mucho tiempo.

Me pasa una bolsa de plástico y echo un vistazo al interior, aunque ya sé que contiene el poco porno que me queda. Cuando lo tiré todo, me olvidé de las cajas de zapatos que guardaba en el fondo de mi armario.

—Entonces ¿he de tirar todo esto al fuego? —Me vuelvo hacia Rose y espero sus instrucciones. Ella asiente y yo doy un paso al frente.

—Cuidado con el fuego. No te vayas a quemar el pelo —me advierte Ryke—. Hoy no te has peinado, ¿no?

Sí tiene razón. Me aparto un poco y saco un par de revistas de la bolsa. Las enrollo para que Connor y Ryke no vean de qué son... No necesito pasar aún más vergüenza.

—Adiós, porno —digo en voz baja, y las tiro una a una lo más rápido que puedo. El fuego crepita y chisporrotea, así que retrocedo un poco más. Tengo miedo de prenderme fuego.

Termino de tirar las revistas a toda prisa y luego tiro la bolsa vacía.

—Y ahora los votos —anuncia Rose—. Léelos en voz alta.

Sí. Me meto la mano en el bolsillo y saco un papel. Tengo los dedos rosas del frío, pero al final consigo desdoblarlo.

No es una lista muy larga, pero me resulta doloroso leerla de todos modos delante de Rose, Connor y Ryke. Se colocan alrededor de la papelera para que pueda verlos, y eso hace que me resulte todavía más duro.

—Uno —leo con un hilo de voz—. No miraré más porno.

—Pensaba que esto era una proclama —protesta Ryke balanceándose sobre sus propios pies. Se inclina hacia delante y añade—: ¡No te oigo!

—Dilo con ganas —dice Rose, y asiente para darme ánimos.

—¡Grita! —añade Connor.

El fuego crepita con fuerza y eso activa algo en mi interior, o tal vez sea la confianza y el ímpetu que ellos me están transmitiendo. Respiro hondo y grito:

—¡No miraré más porno!

Ryke aplaude, Connor silba ayudándose de dos dedos y Rose me sonríe. Noto más presión en el pecho, pero, a la vez, mi carga se aligera con cada palabra. Quizá, en estos momentos, su confianza sea contagiosa.

—Dos. ¡No me masturbaré! —Siguen vitoreándome, pero me concentro en el papel que tengo entre los dedos—. Tres. ¡No tendré una actitud compulsiva con el sexo! —grito, aunque sé que este será el voto más difícil de cumplir. El más difícil de controlar—. Y cuatro... —Hago una pausa y miro las últimas palabras. Son las más importantes para mí—. ¡No le pondré los cuernos a Loren Hale!

La sangre bombea por mi cuerpo, impulsada por el fuego, por los vítores y el apoyo de mis amigos y por mis palabras, tanto que acabo tirando el papel a las llamas de forma triunfal.

—¡¿Qué haces?! —chilla Rose.

Salto hacia atrás y me miro los brazos para asegurarme de no haberme prendido fuego. Estoy bien. Me palpo la gorra: Wampa también está bien.

—¡¿Qué?! —pregunto desconcertada.

Levanto la vista y veo que mi hermana está a punto de desmayarse del discurso.

—¡Los has quemado! —exclama como si hubiese perdido la cabeza.

—Pensaba que tenía que quemarlos.

—¿Para qué vas a quemar tus votos? ¡Se supone que tienen que ayudarte!

—Entonces ¿para qué era el fuego? —Lo señalo con un gesto acusador.

—Para el porno, Lily. —Rose se tapa la cara con las manos, gime y levanta la vista—. Vale. Tenemos que repetirlo.

—No —contestamos los demás al unísono.

Mi hermana se vuelve hacia Connor.

—¡Esto es importante! —protesta poniendo los brazos en jarras. Está muy decidida, pero no tengo ninguna intención de repetirlo. Creo que con un Día J es suficiente para toda la eternidad.

—Los ha leído en voz alta, Rose. ¿No se trataba de eso? —pregunta Connor.

—Da mala suerte.

—No me irás a decir que eres supersticiosa. —Connor ladea la cabeza y la mira de arriba abajo, como si de repente se hubiera transformado en una bruja—. ¿Me vas a decir que también practicas hechizos y brujería?

—No estamos en el siglo diecisiete, Richard. Si así fuera, supongo que ya me habrías quemado en la hoguera.

—No habría podido. Ya estaría muerto.

—¿Por qué? ¿Por listillo?

Da un paso hacia Rose y me sorprendo al ver que ella se queda donde está y no retrocede ni un centímetro. La mirada de él baila sobre las mejillas de porcelana de mi hermana, sobre su nariz, rosa por el frío, y sobre sus llamativos ojos de gato.

—Habría dicho que la Tierra gira alrededor del Sol y me

habrían llamado hereje. A ti, por supuesto, te habrían acusado de herejía o de brujería a los dieciocho.

—Habría sobrevivido —declara ella.

—Sin duda. Te habrías cortado ese pelo tan bonito para lograrlo. —Le acaricia los brillantes mechones castaños, que le llegan hasta el pecho.

—¿Crees que si me cortara el pelo parecería un chico? —replica ella a la defensiva. Supongo que en aquellos tiempos hacía falta ser un hombre para protegerse. Se aparta de él y lo mira con los ojos fríos como el hielo.

Pero él no se acobarda. Acepta el desafío con una sonrisa fervorosa.

—Creo que harías un esfuerzo para hacerte pasar por un chico y que yo mantendría mis labios de listillo sellados para no morir. —La vuelve a mirar—. Luego fingiría estar con un hombre solo para poder hacer esto. —Desliza una mano por su cuello y con la otra le acaricia la mejilla. Luego presiona sus labios contra los de ella y, mientras se besan, la atrae hacia sí.

Ella deja los brazos quietos a los lados de su cuerpo, pero los relaja mientras él pega su pecho al de ella, eliminando toda distancia. En mi interior, ondeo banderas de Connor Cobalt y Rose Calloway y los animo.

Cuando se separan, sus alientos cálidos dejan nubes en el aire frío. La mirada de mi hermana está sorprendentemente dulce, pero sus palabras siguen siendo feroces.

—Y entonces estaríamos muertos los dos —le recuerda—. Nos colgarían por sodomía.

—Entonces moriría contigo. De mil amores. —Le sonríe y ella le devuelve el gesto, tan embelesada como él.

En ese instante suena el timbre y la magia se interrumpe. Y a Rose se le agria el humor.

—¡Aún tengo que apagar el fuego! —exclama alterada.

Connor le estrecha los brazos y ella lo mira.

—Ya voy yo a entretener a tu madre. Tómate tu tiempo, cariño. —Le da un beso en la mejilla y entra en la casa.

Ahora me doy cuenta de lo bien que Connor conoce a mi hermana. La mayoría de chicos hubieran optado por liberar a la chica del trabajo duro, pero Rose prefiere posponer el momento de conversar con nuestra madre. Mientras ella se va a buscar algo para apagar el fuego, Ryke se me acerca con andares rígidos y las manos metidas en los bolsillos de la chaqueta. Me lamo los labios secos, tan vacilante como él.

—¿Qué? —Me pregunto si querrá regañarme por algo que he hecho con Lo. Tal vez por haber vuelto a hablar con él. Nunca ha estado de mi lado, en realidad. Se ha puesto de parte de Lo con mucha más frecuencia.

—Lo siento —dice. Parece tan sincero que casi me caigo, impactada.

—¿Qué?

Pone los ojos en blanco y se le ensombrece el rostro.

—No me hagas repetirlo.

Frunzo el ceño y me bajo las orejas de la gorra de Wampa para esconder mi rubor y protegerme de una ráfaga de viento. No sé qué decir; me he quedado perpleja.

Se pasa una mano por el pelo.

—Pensaba que le pondrías los cuernos y le romperías el corazón —admite—. No te creía capaz de serle fiel. Y me equivocaba. —Hace una pausa y me mira a los ojos. En ellos veo a Lo—. Siento haber sido un capullo y no haber entendido que... que él te necesita tanto como tú a él. —Asiente para sí, como si se diera cuenta de lo ciertas que son esas palabras mientras las pronuncia.

Bueno, puede que no esté de mi lado exactamente, pero apoya nuestra relación, lo que es aún mejor. No puedo evitar sonreír.

Y él me devuelve la sonrisa.

—No estás tan mal, Calloway. —Me da una palmadita en el hombro y da media vuelta para refugiarse del frío en casa.

Rose echa nieve en la papelera con una pala y el fuego sisea mientras el aire se llena de humo. Tira la pala a un lado y se sacude las manos para limpiárselas. Al ver que la observo, se acerca y me apretuja más el abrigo. Luego me lo abrocha.

—Gracias —le digo—. Gracias por estos tres meses.

Me mira a los ojos.

—Tú has hecho todo el trabajo.

—No es verdad. —Suelto una pequeña carcajada. Fue ella quien encontró a mi terapeuta, quien decoró la casa. Se ha pasado tanto tiempo ayudándome que no puedo ni calcularlo—. Me alegro de estar aquí.

—Yo también —contesta mirándome con ternura. Eso empieza a dársele bien. Me abraza por los hombros. Mientras entramos, pienso en que puede que el futuro no sea tan fácil. Sé que habrá más problemas con los que lidiar.

Pero no me puedo ni imaginar volver a lo de antes.

Ahora es momento de empezar a edificar mis relaciones.

Creo que estoy preparada.

Capítulo 16

Lo vuelve a casa mañana.

No creo que mi cerebro sea capaz de procesar nada más en todo el día, pero estoy sentada en el despacho de la doctora Banning, intentando revisar algunos temas serios antes de su regreso. Mi pobre cerebro está a punto de salir despedido de mi cabeza.

Pero no quiero rendirme, no cuando estoy tan cerca de averiguar algo clave sobre mi adicción. Siento que estoy a punto de obtener las respuestas. Solo necesito que alguna cosa haga clic.

La doctora Banning se pasa una mano por la media melena negra mientras mira su bloc de notas concentrada. Me he mordido las uñas hasta el fondo, así que me acaricio las puntas de los dedos para aliviar el dolor. Pero solo me hago más daño.

—Lily. —Por fin levanta la vista. La miro a los ojos. Me dedica una sonrisa para consolarme y me relajo un poco—. Me dijiste que celebrasteis una fiesta para inaugurar vuestra casa. ¿Cómo fue?

—Bien —contesto mientras me acaricio los muslos. Me estremezco ante mi propia respuesta. «Bien». Qué palabra tan estúpida. Me resulta vacía, sin peso. Es de esa clase de palabras que se utilizan para esconder la verdad.

—Tus padres ya saben que Lo vuelve del centro de desintoxicación. ¿Qué piensan de que se vaya a vivir contigo después de todo esto?

Reflexiono un poco sobre la pregunta. Oigo la respuesta de mi madre en lugar de la mía: «Os las arregláreis». Tres palabras que no hicieron más que confundirme.

—Siempre han estado de acuerdo con nuestra relación. El centro de desintoxicación no ha cambiado eso. No creo que nada lo cambie.

—¿Y si les hablaras de tu adicción?

Se me encoge el estómago solo de pensarlo. Imagino a mi madre, con esa frialdad con la que juzga, y la vergüenza de mi padre por tener una hija sucia y asquerosa. No podría...

—No lo entenderían.

—¿Cómo lo sabes?

Intento buscar una respuesta mejor que «porque sí», pero no la encuentro.

La doctora Banning se inclina un poco hacia delante y me pregunta:

—Háblame de la fiesta. ¿Cómo fue en realidad? Estuviste en tu nuevo hogar con tus amigos y tu familia, pero sin Lo. Debió de ser difícil.

—¿No debería preguntarme por el sexo? —Esta pregunta es mi táctica habitual para esquivar las suyas.

—Luego hablaremos del sexo. Ahora quiero hablar sobre la fiesta.

Es evidente que ha descubierto mi estrategia, así que cedo:

—Me sentí incómoda —murmuro—. Pero siempre me siento incómoda, así que... —Me rasco el brazo, pero, como no me quedan uñas, es más frotar que rascar.

—¿Por qué te sientes incómoda con tu familia?

Guardo tantos secretos que a veces pienso que me van a

aplastar. Esconder mi adicción a mi familia siempre ha supuesto que se abra una brecha intangible entre nosotros, pero hay algo que me impide confesárselo a la doctora Banning. Tengo un nudo en la garganta. Parpadeo un par de veces, muy confundida.

Porque creo que lo sé. Creo que sé por qué siempre me he sentido así, incluso antes de mi adicción. Antes de que tuviera secretos que esconder.

Intento recordar las mañanas en las que me despertaba en casa y bajaba a la cocina en pijama para desayunar con mi familia. Huelo el beicon y los huevos y veo a Lucinda junto a los fogones. Me pregunta si con los huevos revueltos quiero tomate o champiñones. Pero ese no es el recuerdo adecuado. Nuestra cocinera se llamaba Margaret. Lucinda cocinaba para Jonathan Hale.

—No es eso… —murmuro sin aliento.

—¿A qué te refieres, Lily?

«Déjame pensar». Las noches. Las noches eran en mi casa, pero eso era antes de que me fuera a la de Lo a dormir. Sí. Tengo… siete años. Veo la pantalla del televisor, con los dibujos animados, y oigo de fondo a Poppy tocando el piano. Rose está en el suelo, leyendo el primer libro de Harry Potter. Oigo el repiqueteo de los tacones de mi madre, que al llegar mira a Rose y luego a mí. Va a la librería, vuelve y le quita la novela para sustituir ese mundo mágico por *Matar a un ruiseñor.*

Nuestra madre se puso la novela de fantasía debajo del brazo y salió del salón sin mirar atrás.

—No puedo… —Niego con la cabeza; noto el escozor de las lágrimas. No me gusta esta respuesta. «Olvídalo».

—Lily… —me llama la doctora Banning, pero yo sigo negando con la cabeza.

Los años de mi vida pasan por mi mente. Veo a cada una de

mis hermanas asfixiándose, moldeadas en silencio por una madre que quiere lo mejor para ellas. Y me veo a mí, libre de eso. Pero ¿por qué me duele? No debería dolerme, joder.

—Es una estupidez. Es una estupidez —protesto, y me tapo los ojos con la mano.

—Lily —me llama con suavidad—, tienes que dejarlo entrar.

—¿El qué?

—El dolor.

Me tiembla el labio inferior, pero no dejo de negar con la cabeza.

—Es una estupidez.

—¿Por qué piensas eso, Lily? —pregunta con vehemencia—. Tu dolor no vale menos que el de los demás.

—Usted no lo entiende. ¡No debería sentirme así! —Me señalo el pecho—. Tengo dinero. Vivo una vida de privilegios. Me niego a sentir compasión por mí misma.

—No puedes negarte el dolor solo porque creas que no mereces sentirlo.

No sé si la creo. Tal vez debería.

—Mis hermanas se llevaron la peor parte —dijo a la defensiva, con las mejillas mojadas por las lágrimas—. Yo me libré.
—Yo no tuve una madre controladora. No tuve que ir a clases de piano ni a recitales de ballet.

—Nunca te das una tregua. Nunca te has dado la oportunidad de sentir. ¿Lo entiendes?

El vacío. Supongo que es ahí donde debería alojarse ese dolor.

—Aquí solo estamos tú y yo, Lily —insiste la doctora Banning—. No me importa tu apellido. No me importa lo que sufrieron tus hermanas. La única que me importa eres tú, Lily.

Tardo unos instantes en aunar las fuerzas para empezar a

dar voz a los pensamientos que me perturban. Un par de lágrimas caen sobre mis manos y entonces logro decir:

—Cuando era muy pequeña, mi madre me apuntaba a clases de arte, de canto, de piano…, como hacía con mis hermanas. —Me muerdo el labio e intento recordar—. En ninguna duré más de un día. Simplemente, nunca tuve un talento, como Poppy o Rose. —Hago una pausa y me estremezco al oírme. «¿Y qué, Lily Calloway? Pues no tienes talento. No hace falta llorar por ello».

—Continúa —me apremia la doctora Banning.

Niego con la cabeza, pero el recuerdo sigue fluyendo.

—Creo que cuando en el colegio, en tercero, me mandaron a repaso de matemáticas, fue la última vez que mi madre me prestó atención. No era sociable y simpática, como Poppy, ni tampoco inteligente, como Rose. —Me seco los ojos—. Y nunca llegué a ser tan alta y tan guapa como Daisy. Creo… creo que era algo que le hubiera gustado devolver, como un bolso cualquiera. Pero no podía. Así que actuó como si no existiera… —Me dejaba pasar la noche en casa de Lo. Me dejaba hacer lo que me diera la gana. Y, al final, esa libertad resultó ser tan asfixiante como su control—. Nunca sentí que me quisiera —murmuro con un hilo de voz—. Nunca sentí que me mereciera su amor.

Niego con la cabeza. No quiero que esta sea la respuesta. Debería ser por algo más. Debería ser un acontecimiento horrible, una cuestión de vida o muerte, no estos sentimientos estúpidos.

—¿Cuándo vas a dejar de castigarte por lo que sientes?

—No lo sé —contesto con la voz rota.

—Eres humana, Lily. Sientes dolor como los demás. No pasa nada.

Asiento y cambio un poco de actitud. Quiero llegar a ese

punto. Quiero permitirme sentir dolor por mi infancia, sin a la vez sentir esa culpa irreparable. Pero no sé cómo separar esas emociones. ¿Cómo soporto el dolor por la soledad sin odiarme al mismo tiempo? Porque mis hermanas habrían dado cualquier cosa por la libertad que yo tuve. Porque el mundo daría cualquier cosa por la vida que me tocó a mí. Me siento egoísta y estúpida, patética, fea y usada. Siento que no valgo nada.

El sexo me hizo ser alguien.

Una vez se convirtió en dos. Dos, en tres. Y luego ya no pude parar.

La doctora Banning me da una caja de pañuelos y saco unos cuantos, me sueno e intento recuperar la compostura. Cuando veo que el silencio se alarga demasiado, admito:

—No quiero que la respuesta sea esa. Nadie lo entenderá. —Solo soy una chica que decidió llenar con sexo el vacío de su corazón. La soledad y el abandono me llevaron hasta aquí. Una elección marcó el comienzo, y luego no hubo forma de parar.

—Yo lo entiendo. Rose lo entenderá. Y, con el tiempo, tu familia también. Solo tienes que darles la oportunidad, Lily, y has de aprender a no sentirte avergonzada por los motivos que te llevaron a ello. No es culpa tuya.

Su voz me reconforta, relaja mis tortuosos pensamientos, los aplaca. Escribe algo en su libreta y mi cerebro me grita por no haber salido antes de mi mente. Pero, por desgracia, todavía hay más cosas de las que hablar, sobre todo por lo que sucederá mañana.

—¿Y qué pasa con Lo? —pregunto tras carraspear. Me seco las últimas lágrimas—. ¿Qué debería hacer ahora que vuelve?

Abre el cajón de su armarito y la veo sacar un sobre blanco.

—Antes de darte esto, quiero felicitarte por tus noventa días de celibato.

Creo que no la he oído bien.

—No he sido célibe.

Sonríe con amabilidad.

—¿Has tenido relaciones con otro compañero?

—Lo y yo… hemos tenido sexo por Skype —contesto, sonrojándome un poco.

—Pero no te ha penetrado —me recuerda.

Me sonrojo todavía más al oír la palabra «penetrar» y me pregunto en silencio cómo ha sido capaz de pronunciarla sin pestañear.

—Entonces ¿he sido célibe? —pregunto con cierta incredulidad.

—En el marco de tu tratamiento personal y de lo que necesitas hacer, sí, has completado tu período de celibato. Debes estar orgullosa de ti misma.

En realidad, solo tengo una cosa en mente.

—Entonces ¿puedo acostarme con Lo? —Tengo ganas de levantarme de un brinco y hacer un bailecito o algo así. También me siento un poco bipolar. Hace un segundo estaba llorando y ahora estoy más emocionada que nunca.

—Sí y no —contesta ella, aplastando mi alegría. Esta montaña rusa emocional va a acabar conmigo.

Me pasa el sobre blanco.

—He preparado una lista de tus límites según lo que hemos discutido en nuestras sesiones. Actos sexuales en los que nunca deberías participar y actos que deberías limitar. Tómatelo como una guía o unas normas para el sexo. —Siempre había pensado que las palabras «sexo» y «normas» jamás deberían ir juntas. Supongo que las cosas van a cambiar de verdad.

Cojo el sobre a toda prisa y meto el dedo debajo de la solapa para abrirlo.

—Antes de que lo abras, he de recomendarte que no lo leas.

Frunzo el ceño. Eso no tiene sentido.

—¿Y cómo sabré lo que no debo hacer?

—¿Alguna vez has oído el dicho «la gente quiere lo que no puede tener»? —pregunta. No me gusta la pinta que tiene esto—. En mi experiencia, cada vez que un paciente decide leer el contenido del sobre, le resulta mucho más difícil respetar esas normas. Se asustan y, en general, no comparten esa información con su pareja sexual. Tú puedes elegir, Lily. Puedes mirar el contenido ahora o puedes dárselo a Lo y dejar que se encargue él.

Parece una decisión muy importante, una decisión que podría cambiarlo todo. Si lo leyera ahora, posiblemente me asustaría muchísimo. Me imagino las palabras «sexo una vez al mes» escritas con letra clara. Creo que me daría un ataque de pánico. Cuando vuelva Lo, abstenerme de tener relaciones sexuales será mil veces más difícil, y sé lo mucho que le agotará tener que decirme que no. Y esa es justo la razón por la que debería dárselo a él, para no comportarme como una punki y tirar el sobre a la basura.

Debería dejar que él decidiera mi destino.

Me pone nerviosísima pensar en lanzarme a esa incertidumbre insoportable, pero tal vez la doctora Banning tenía razón.

Tal vez dejar algo no sea lo mismo que perder el control.

—No tienes por qué decidirlo ahora —añade—. Cuando tú y Lo os sintáis preparados, podéis venir a verme los dos juntos.

Fantástico. Lo y yo nunca hemos hablado sobre nuestras adicciones con el corazón en la mano. No sé cómo irá una sesión de terapia con él. Otro obstáculo al que enfrentarnos.

Me guardo el sobre en el bolsillo trasero y, antes de irme, le doy las gracias y un apretón de manos. Cuando salgo, se me encoge el estómago. Sé muy bien que una decisión puede cambiar el curso del futuro.

Empezamos una relación falsa, una fachada. La terminamos e iniciamos una de verdad. Nos amamos… y luego nos separamos. El dolor, la felicidad, la alegría y el sufrimiento pueblan todos los caminos que hemos recorrido, brotan de cada recuerdo desenterrado.

Una decisión puede cambiar mi vida para siempre.

Hace tres años y medio...

Cojo el asa de mi mochila del Capitán América, que puede convertirse en un cojín si lo necesito. Cada vez que paso la noche en casa de Lo, meto mis productos de baño y mi ropa en el bolsillito interior. Dentro de un par de días cumpliré diecisiete años, así que supongo que debería jubilar esta mochila y elegir una opción más madura. Como Batman. Pero Lo me mataría si me diera por DC.

Me muevo incómoda ante su puerta principal. No estoy acostumbrada a entrar a su casa por aquí, suelo hacerlo por la ventana. Es mucho más guay. Tener que esperar en el escalón de esta mansión enorme solo me recuerda que esta noche es un poco diferente de las demás. Pongo los nudillos en la puerta, pero en el último momento decido usar el aldabón en forma de león. Lo golpeo un par de veces y jugueteo con el asa de la mochila. Y espero.

Tras más de un minuto, la puerta se abre y las luces se reflejan en el escalón. Y entonces me quedo boquiabierta y arrugo el gesto. Tengo a Lo delante de mí, pero...

—¿Qué llevas puesto? —preguntamos los dos a la vez.

«¿Que qué llevo puesto yo?». Lleva unos pantalones negros de traje y una camisa blanca. Aparenta casi veintidós años. Tiene el pelo castaño claro un poco alborotado, pero siempre lo lleva así. Va afeitado y destacan aún más tanto los pómulos marcados como los labios gruesos. Me mira de arriba abajo.

—¿Qué coño llevas? —dice de forma desenfadada. Se encoge de hombros, como si yo me hubiera convertido en una extraterrestre intergaláctica. Pero estoy exactamente igual, él es el que está diferente.

—No sabía que esta noche hubiera código de vestimenta —protesto. Se cruza de brazos y ladea la cabeza—. ¡No me mires así!

Entro, aunque el muy maleducado no me haya invitado a entrar. A la derecha, nos espera el salón, con su techo abovedado y la lámpara de araña que refleja su luz en los muebles de cuero y las carísimas alfombras de piel. Intento no pensar en qué animales piso cuando estoy en su casa.

Cierra la puerta y yo tiro mi mochila en el sofá. Me vuelvo hacia él y veo que me sigue mirando con la misma incredulidad.

—¿Qué?

—¡Llevas zapatillas de dinosaurio y calzoncillos largos! —exclama como si me hubiera vuelto loca.

Echo un vistazo a mi atuendo para la noche. Mis calzoncillos largos anchos me hacen bolsa en la entrepierna y mis zapatillas verdes en forma de dinosaurio hacen que los pies parezcan enormes. También llevo una de las camisetas de manga larga de Lo, la que tiene el logo del equipo de baloncesto de Filadelfia, que se dejó en casa el otro día. Me encojo de hombros.

—Siempre llevo lo mismo cuando paso la noche aquí.

—Eso era antes.

Oigo las palabras que no ha dicho: «Eso era antes, cuando no salíamos juntos y no teníamos una relación falsa». Hace dos semanas, expulsaron a Lo del colegio unos días y su padre se subió por las paredes y amenazó con mandarlo a una academia militar. Hasta le enseñó el formulario de inscripción. Me pasé todo el día paseándome de un lado a otro de la habitación, ansiosa, mientras intentábamos buscar una solución para apaciguar a su padre.

Y la solución fue esta: hacerle creer que Lo ha cambiado porque ha empezado a salir con una chica para la que jamás creyó que su hijo estaría a la altura. Yo. Una Calloway. Aunque en realidad estoy tan hecha mierda como él.

Cuando anunciamos nuestra nueva relación, su padre no nos creyó. Y por eso esta noche estoy en el salón de Lo y no en su habitación, donde solemos leer cómics y yo veo cómo bebe hasta caer dormido. Se supone que esta noche debemos demostrar lo enamorados que estamos.

Y luego todo volverá a ir bien. Lo se quedará aquí, será un «hombre nuevo» y los dos seguiremos como siempre. Excepto por lo de la relación falsa.

—Lo siento —murmuro ansiosa; de repente me siento avergonzada. Él se ha puesto guapo por mí y aquí estoy yo con unos calzoncillos largos y su camiseta demasiado grande. De las zapatillas no me arrepiento: molan un montón.

—Tienes razón. —Me recorre el cuerpo entero con sus ojos de color ámbar—. No importa. —Se desabrocha los primeros tres botones de la camisa y me quedo sin aliento—. Estás guapa. —Esboza una media sonrisa y se ríe otra vez de mis calzoncillos—. ¿Son míos?

Sigo paralizada por lo de «estás guapa». No sé si esa frase es parte de nuestra farsa o no. No hay ningún testigo para la actuación de este encuentro romántico, pero se supone que tenemos que practicar antes de que llegue su padre.

—Sí —logro decir—. Te los robé cuando fuimos de camping en octubre. —Hace casi un año. Entonces no se dio cuenta, así que me sorprende que repare en ello ahora. O quizá es que nunca me lo había dicho.

—Esa camiseta también es mía —observa mientras se desabrocha el último botón. Recorro sus músculos con la mirada y caigo en la cuenta de que me dará permiso para tocarlos por primera vez desde que nos acostamos. Y de eso hace mucho mucho tiempo. Casi tres años.

—Tienes buen ojo —susurro mientras él se acerca a mí. En general, durante el sexo siempre tengo el control. Sé cómo termina y cómo empieza, pero, con Lo y este nuevo acuerdo, no tengo ni idea de cómo serán las cosas.

Doy varios pasos atrás y bajo un par de escalones hasta el salón. Él me sigue como si fuese un cazador y yo el cervatillo que quiere atrapar. Se me acelera la respiración; no estoy acostumbrada a que me mire así. Como si yo fuese suya y él, mío.

Tiene que estar fingiendo. «Por supuesto —me digo—. No te olvides del acuerdo. Es todo mentira». Pero eso no significa que no lo pueda disfrutar.

Retrocedo hasta que la parte trasera de mis rodillas choca contra el sofá de cuero color caoba.

—Vas vestida de mí —dice con voz ronca y sensual.

Trago saliva. Quiero rodearle el cuello con los brazos, agarrarlo del pelo y acercarlo a mí. Esto está mal... Pero a la vez no. Y la forma como me mira...

Desliza los dedos por la cintura de los calzoncillos y me atrae hacia su pecho. Casi descansa la frente contra la mía y su aliento cálido penetra entre mis labios entreabiertos.

—Lo...

Me dobla la cinturilla, dejando al descubierto los huesos de mis caderas, y noto que su cuerpo se pone rígido. Le cojo la mano a toda prisa; se me van a salir los ojos de las órbitas.

—No llevo... —Me interrumpo. Creo que nunca había estado tan nerviosa delante de un chico.

Pero con esas palabras solo consigo acelerarle la respiración.

—¿Te has olvidado las bragas o te acabas de dar cuenta de que no me robaste unos bóxeres?

Le miro los labios. Tengo ganas de besarlos hasta que se le pongan rojos e hinchados, hasta que me sienta en su piel durante días.

—No usas bóxeres —contesto sin aliento.

—¿Ah, no? —Sus labios me rozan la oreja—. Entonces ¿qué llevo puesto, mi amor?

Ay, Dios. Me palpita todo el cuerpo, me vibra, deseo desesperadamente que recorra con las manos cada centímetro de mi piel. Debería aceptar su invitación, pero dudo; me preocupa cruzar el límite, aunque sé que estoy aquí por eso. Estamos entrando en terreno desconocido y todo por declarar nuestro «falso» amor. Pero, no sé por qué, esto me parece muy muy real.

Me observa dudar y decide ayudarme cogiéndome de las manos. Coloca una en la cintura de sus pantalones negros y la otra en su cremallera, conduciendo mis acciones. Se los desabrocho mientras mi corazón late desbocado. Nunca había estado tan nerviosa, tan excitada y tan asustada a la vez. Estoy subida en una montaña rusa que va a toda velocidad y que va a descarrilar en cualquier momento.

Empiezo a bajarle los pantalones y mis ojos se niegan a apartarse del bulto de sus calzoncillos negros. Si tiene la polla así de grande ahora, no puedo ni imaginarme cómo será cuando esté empalmado. Lo que sí sé es que quiero saberlo.

Abro la boca para preguntarle hasta dónde vamos a llegar, pero soy incapaz de formar las palabras. Tengo miedo de que pare si las digo, y una parte de mí lo quiere de nuevo dentro.

La otra, que es más razonable, me grita para que mantenga la situación lo más casta posible, para que no sea como con todos los demás. Para no romperle el corazón cuando, irremediablemente, vaya a buscar a otro hombre en el futuro.

Pero entonces todos esos pensamientos se desvanecen. Me coge la cara con ambas manos y me besa con tanta decisión que se me llenan los pulmones de aire, me fallan las piernas, y he de aferrarme a su cintura como si me aferrara a la vida misma. Sucumbo a su cuerpo, a esa pasión que vierte con cada beso. Me abre los labios, me explora la boca con la lengua y su pecho vibra contra el mío.

Gimo y ese sonido le da más fuerzas, más pasión. Se pone mis piernas alrededor de la cintura y me apretuja contra los cojines del sofá. Clava la pelvis en la mía y todo mi cuerpo se enciende, preso de algo nuevo y a la vez familiar. Casi no puedo respirar.

Le devuelvo los besos con la misma urgencia, como si lo que está ocurriendo fuese a esfumarse en cuestión de minutos, como si fuera a desaparecer ante nuestros ojos y mañana me hubiesen robado todas estas sensaciones. Me quita la camiseta y me deja desnuda salvo por un top azul y la piel fría que él calienta con las manos. Sus dedos encuentran mis pechos y me pierdo con las caricias que dedica a mi pezón. Necesito su boca... Y entonces sus labios encuentran ese mismo punto y su lengua empieza a trazar círculos alrededor de la zona más tierna de mi pecho.

—Lo... —Ahogo un grito—. Lo... —Gimo y me retuerzo bajo él. Esto no puede ser real. He de estar soñando.

Noto su erección presionando contra la humedad de entre mis piernas; la tela es lo único que nos separa. Ansío que se mueva, le ruego en silencio que me llene, aunque sé que está mal, que no es correcto. «Estamos fingiendo». Entonces ¿por qué me siento tan bien? ¿Por qué me parece tan de verdad?

En ese momento oigo el ruido de la puerta. Nos quedamos los dos de piedra. Lo levanta la cabeza y me recoloca el top para taparme los pechos. Se oye el ruido de los zapatos caros contra el suelo de mármol y el tintineo de las llaves.

Jonathan Hale está de pie en el vestíbulo, desde donde se ve el salón al completo, sobre todo el sofá, que queda en un ángulo perfecto. Deja el maletín en el suelo, empieza a quitarse la corbata y luego se vuelve hacia donde estamos y se queda tan de piedra como nosotros. Es justo lo que estábamos esperando, pero no lo hace menos incómodo.

Me pongo como un tomate y me escondo la cara tras las manos, mirando al padre de Lo por las rendijas entre los dedos.

—Papá —dice Lo incorporándose un poco. Aún tengo las piernas enrolladas en su cintura y él tiene los pantalones en los tobillos. Tal vez no haya sido una buena idea...—. No sabía que volverías tan temprano.

—No es temprano —responde mientras estudia nuestra postura. Quiero que se me trague la tierra—. Entonces ¿ahora estáis juntos?

—Pues sí —salta Lo—. Te lo conté hace cinco días.

—No me hables con ese puto tono de voz, Loren —replica con la misma hostilidad—. Ya te oí. Pero no pensé que fuerais en serio. Cuando tenías siete putos años, decías que era tu mujer.

Me sonrojo al recordar nuestra boda de mentira. Rose se pasó toda la «ceremonia» llamándome tonta. Supongo que hay cosas que no cambian nunca.

—Ya no tengo siete años.

—Eso ya lo veo. —Jonathan me mira unos segundos más de lo que me gustaría y me empequeñezco todavía más. Lo se mueve para ocultar de la vista de su padre mi cuerpo semidesnudo—. ¿Estás de acuerdo con lo que hizo mi hijo, Lily? ¿Crees que estuvo bien que jodiera una propiedad de otra persona?

Niego con la cabeza con vehemencia.

—No, señor. De hecho... —Carraspeo intentando ganar un poco de confianza—. Ya le he dicho a Lo que, si quiere que estemos juntos, las cosas tienen que cambiar. —La mentira me deja un mal sabor de boca, pero mejor será que me acostumbre. Va a ser la primera de muchas.

Jonathan se queda pensativo y luego le dice a su hijo:

—Espero que una mujer te haga sentar la puta cabeza. —Entonces ¿dejará que se quede? Lo observamos caminar con cautela hacia el mueble bar, ignorando nuestra nada inocente postura. Se sirve un vaso de bourbon y añade—: He pagado los daños que causaste en casa de los Smith, pero me voy a quedar con una parte de tu asignación.

Lo decide fulminar con la mirada el reposabrazos del sofá y no a su padre, lo que me parece una decisión acertada.

—Gracias —dice.

Jonathan mueve el contenido de su vaso.

—También he hablado con esa zorra que dirige el colegio. Quitará tu expulsión del expediente. Te quedarás en Dalton, a no ser que la vuelvas a joder. —Apenas puedo celebrar la noticia, porque añade—: Deja de mancillar mi nombre de una vez.

Lo aprieta los dientes y arruga la nariz, intentando controlar sus emociones. Su padre ni siquiera pretende mencionar por qué Lo se vengó de Trent Smith. Si se dignara a escuchar las razones, tal vez lo comprendería.

—Vale —responde Lo con los dientes apretados. Ha decidido dejar el tema—. Ya te puedes ir.

Tras una larga pausa, Jonathan pregunta:

—¿Tenéis preservativos?

¡Dios mío! Casi me encojo hasta hacerme una bola, pero Lo deja una mano en la cara externa de mi muslo. Cierra los ojos y los vuelve a abrir. Tiene una mirada furibunda.

—Sí —contesta con la misma voz tensa, como si cada palabra fuese letal.

—Bien. Preferiría no tener que explicarle a su padre que mi hijo fue incapaz de dejarse la polla en los pantalones. —Si él supiera... Se dirige a la entrada que lo alejará de nosotros—. Ah, y Loren...

Lo mira hacia atrás para aguantar la dura mirada de su padre. No lo he visto suavizar esa mirada en toda mi vida.

—Estás enfermo. Haz el favor de controlarte.

Contempla cómo el rostro de su hijo se deforma de ira y dolor. Busco una chispa de arrepentimiento en su mirada, pero no la veo. Da un trago de licor y desaparece en el pasillo oscuro.

Lo se incorpora un momento y se pone las manos en la cabeza. Respira con dificultad, como si su padre lo estuviese persiguiendo con una pistola.

—No pasa nada —susurro—. Lo, no estás enfermo.

—Vertí sangre de cerdo en la puerta.

Me estremezco.

—Se suponía que era poético, y lo que hizo él no era mucho mejor. —Me sonrojo ante el doloroso recuerdo. Abrí un paquete a mi nombre que había llegado a mi casa. Lo estaba conmigo en la cama. Pensábamos que sería un cómic que habíamos pedido y luego olvidado, pero entonces abrí la caja y chillé al ver el contenido.

Un conejo blanco muerto.

Lo encontró dentro una nota manchada de sangre y la leyó mientras yo apartaba la caja, cuyo olor era tan terrible como la imagen. «Fóllate esto también». Iba firmada por Trent. «Qué idiota», pensé, aunque tenía los ojos llenos de lágrimas. Al parecer, su novia había roto con él porque hacía meses nos habíamos acostado en un partido de hockey. Formaba parte del equipo visitante y había conducido un par de horas para ganar a la Academia Dalton.

Y Trent me culpaba a mí de la ruptura, como si él no hubiera tenido nada que ver. Como si yo fuera una sirena que lo había seducido.

Al día siguiente de recibir ese paquete lleno de odio, pasé la noche en casa. Rose quería que estuviera allí porque el club de lectura de mi madre solía terminar tarde y no quería quedarse sola. Lo se emborrachó y luego me enteré de que lo habían metido en el calabozo por vandalismo y por beber siendo menor.

Y lo único que yo pude pensar fue que al menos cogió un taxi. Que al menos tuvo el sentido común de no conducir borracho.

—Igual sí que fue un poco enfermizo —susurra.

—A mí me gustó tu nota.

Enarca una ceja.

—¿«Bebe, cerdo»?

Sonrío.

—Sí.

Me mira los labios.

—Mira que eres rara.

—Tú también.

—Perfecto. —Se acerca a mí—. Podemos ser raros juntos.

Pone las manos a los lados de mis hombros, apretando los cojines, y noto los latidos de su corazón contra mi pecho. Baja la cabeza y su boca sobrevuela la mía. Se queda así unos instantes y noto los nervios a flor de piel al ver cómo nos amoldamos el uno al otro, cómo encaja conmigo a la perfección.

Alzo la barbilla y cierro los ojos, fantaseando con el lugar al que podríamos llegar. Podría llevarme a ese punto ahora mismo y no soltarme jamás. Podría mecerse hasta que arqueara las caderas, hasta que mis muslos se apretaran contra su cintura. Podría estar tan llena de Loren Hale que me doliera cuando él decidiera que ya es suficiente.

Me acaricia una mejilla con su mano y me coge la cara con firmeza.

—Abre los ojos —susurra.

Obedezco y veo que me mira con atención, concentrándose en mis movimientos ínfimos pero decididos. Lleno de lujuria, de poder, de alma. Y entonces empiezo a despertar de mi ensueño. Verá que no tengo alma. Verá lo dependiente y asquerosa que puedo llegar a ser y se deshará de mí como amiga y como amante. Si cruzo esa línea, si él colma esa necesidad que vive en mi interior…, ¿qué será de nosotros?

¿Qué será de mí?

El terror me deja paralizada. Mi respiración se agita.

—Tu padre ya se ha ido —le recuerdo. Ya no hay razón para fingir. No si estamos solos.

Frunce el ceño, se lame el labio inferior y niega con la cabeza.

—Podría volver.

«No volverá», debería contestar. Pero entonces mete una mano entre nuestras pelvis y toca los calzoncillos largos en un punto que hace que tiemble bajo su tacto y que ahogue un grito.

—Estás mojada —susurra.

—Lo… —Cierro los ojos y empiezo a perderme de nuevo.

—Mírame —me ordena.

La tensión nos envuelve en un manto incómodo y sucumbo a este único deseo, abriendo los ojos por segunda vez.

Me ha cogido de nuevo la cara con las dos manos y me mira

con intensidad, propósito y una profunda pasión. Mis labios entreabiertos casi rozan los suyos.

—Me necesitas —susurra, y su aliento me llena los pulmones.

«Sí».

Pero esa palabra queda enterrada bajo el miedo. Lo miro y me ahogo en sus ojos ámbar.

Él hace lo mismo, y sus ojos se sumergen en mi mirada embriagada.

Lo que más duele es lo que no nos decimos. Ninguno de nosotros quiere hablar y desencadenar lo que causará que esta fricción se acumule y nos atormente. Así que nos miramos, y esperamos, y escuchamos la respiración pesada del otro.

Algunas de las decisiones que tomamos nos definen. Y, en este momento, tomo una que cambiará para siempre el curso de nuestras vidas.

O que quizá solo prolongue la llegada de lo inevitable.

En cualquier caso, sé, en lo más profundo de mi corazón, que es lo correcto.

Capítulo extra

Adictos por ahora

Capítulo 1

LILY CALLOWAY

De todos los días del mes, me encuentro en un atasco hoy, que es el día más importante para mí. Intento no molestar demasiado a Nola preguntándole por la hora de llegada aproximada a la casa en la que vivo con Rose. En lugar de eso, me retuerzo ansiosa en el asiento de cuero y le mando un mensaje a mi hermana.

¿Ha llegado ya?

Por favor, dime que no, dime que no me he perdido el momento de su regreso. Se suponía que tenía que esperarlo en el porche blanco de nuestra recóndita casa de Princeton, Nueva Jersey, con sus hectáreas de tierra fértil, su piscina azul cristalino y las contraventanas negras. Lo único que le falta es una valla de madera. Se suponía que tenía que enseñarle el salón acogedor y la cocina de granito, y luego llevarlo a la planta superior para enseñarle el dormitorio. Él no se quedará en ninguna de las habitaciones de invitados. No: se instalará conmigo por primera vez.

Quizá nos resulte incómodo compartir una cama y un baño día y noche, cohabitar más allá de en la cocina. Nuestra relación será cien por cien real y no habrá copas de bourbon ni whisky. Podré decirle: «No hagas eso», y él podrá cogerme de las muñecas para que no llegue al clímax de forma compulsiva hasta caer dormida.

Tendremos que ayudarnos el uno al otro.

Eso es lo que hemos planeado los últimos tres meses. Y si no estoy ahí para darle la bienvenida..., ya habré metido la pata de algún modo. Después de estar físicamente separados tres meses enteros, creí que al menos podría hacer esto bien. Que estaría para celebrar su regreso del centro de desintoxicación. Además de desear desesperadamente tocarlo, que me estreche entre sus brazos, siento el peso de la culpa. «Por favor, que llegue tarde igual que yo», pienso una y otra vez.

Me llega un mensaje. Lo abro con un nudo en el estómago.

Rose

Está deshaciendo las maletas.

Se me ensombrece el rostro. Tengo un nudo en la garganta. Imagino su expresión al abrir la puerta del coche, esperando a que lo envolviera entre mis brazos y empezara a sollozar contra su hombro de la emoción, y ver que yo no estaba.

¿Se ha enfadado?

Me muerdo las uñas. El dedo meñique me ha empezado a sangrar. Por culpa de esta costumbre, llevo noventa días con los dedos hechos un asco.

Rose

Creo que no. ¿Cuánto vas a tardar?

Debe de odiar estar a solas con Lo. No se llevan bien desde que decidí pasar más tiempo con él que con ella, pero, aun así, ha permitido que venga a vivir con nosotras.

Después de contestarle a mi hermana, busco a Lo entre mis contactos. Dudo, pero al final le escribo:

Lo siento mucho. Llegaré dentro de poco.

Cinco minutos pasan lentamente y sigo sin recibir una respuesta. Me estoy retorciendo tanto en el asiento que Nola me ha preguntado si necesitaba parar en algún sitio para que fuese al baño. Le digo que no. Estoy tan nerviosa que, de todos modos, no me funcionaría bien la vejiga.

Entonces me vibra el teléfono y casi se me sale el corazón por la boca.

Lo

¿Cómo ha ido el médico?

Supongo que Rose le ha dicho cuál era la razón de mi ausencia. Concerté esta visita con la ginecóloga hace cuatro meses porque tiene la agenda llenísima, y la habría cancelado si me hubiera parecido posible conseguir otra dentro de poco tiempo, pero lo dudaba mucho. Y tampoco ha ayudado que mi ginecóloga tenga la consulta en Filadelfia, cerca de la Universidad de Pensilvania, y no cerca de Princeton, donde vivo ahora. Volver en coche se ha comido todo mi tiempo.

He tenido que esperar una hora, más o menos.
Iba con retraso.

Tras unos instantes me llega un nuevo mensaje.

Lo

Pero ¿va todo bien?

Ah, me estaba preguntando por eso. Estaba tan obsesionada con haberme perdido su regreso que no se me había ocurrido que estuviera preocupado por mí.

Contesto:

Sí, está perfecta.

Me estremezco mientras me pregunto si habrá sido una respuesta rara. Le he dicho que mi vagina está perfecta, lo que no es muy normal.

Lo

Nos vemos enseguida.

Por mensaje, siempre ha sido parco en palabras, pero ahora mismo lo maldigo por ello. Cada vez estoy más paranoica y la presión que siento en el pecho no remite. Me cojo de la manija, a punto de sacar la cabeza por la ventanilla para vomitar. Sí, soy consciente de que es un poco dramático, pero dada nuestra situación (él es un exalcohólico y yo una adicta al sexo que todavía lidia con su adicción), somos cualquier cosa menos corrientes.

Han pasado noventa días en los que he sido fiel a Lo. He ido a terapia. Sin embargo, el sexo aún tiene la capacidad de hacerme sentir mejor, de ocultar otras emociones y llenar un profundo vacío en mi interior. Estoy intentando buscar el modo de tener una vida sexual sana, en lugar de esas compulsiones en plan «tengo que follar cada día». Todavía me siento incómoda cuando hablo del tema, pero al menos he avanzado, igual que Lo en el centro de desintoxicación.

La mente me da vueltas y más vueltas hasta que Nola llega a la puerta de casa. Entonces, todos mis pensamientos pasan a otra dimensión: abstraída, le doy las gracias y salgo del coche. La casa de tres plantas está enmarcada por hortensias violetas, hay mecedoras en el porche y una bandera de Estados Unidos colgada de una barra de metal al lado de un sauce llorón.

Intento respirar la quietud y enterrar mi ansiedad, pero acabo por atragantarme con el polen primaveral y empiezo a toser contra mi antebrazo. ¿Por qué la estación más bonita tiene que ser también la más fastidiosa?

No debería quedarme plantada y vacilante en el patio delantero. Debería entrar corriendo y tocar por fin al hombre que puebla todas mis fantasías. Sin embargo, me pregunto si ahora, de cerca, me parecerá distinto. Me preocupa que nos sintamos incómodos después de haber estado separados tanto tiempo. ¿Encajaremos igual que antes? ¿Me sentiré igual cuando esté entre sus brazos? ¿O se habrá abierto entre nosotros una distancia insalvable?

Aúno el coraje suficiente para continuar. La puerta se abre en cuanto llego al porche. Me quedo paralizada en el último escalón y contemplo la puerta de dentro, que se abre hacia el interior de la casa. Y entonces sale él, con unos tejanos oscuros, una camiseta negra y el colgante en forma de flecha que le regalé cuando cumplió veintiún años.

Abro la boca para decir algo, pero no puedo evitar que mis ojos recorran cada centímetro de él: su corte de pelo, más largo por arriba y corto por los lados; sus pómulos marcados, que le confieren un aspecto letal y guapísimo; la forma como levanta una mano y se frota los labios, como si estuviese deseando acariciar los míos... Él recorre mi cuerpo con la misma impaciencia, y luego ladea la cabeza y nuestras miradas se encuentran por fin.

—Hola —saluda y esboza una sonrisa que me deja sin respiración. Su pecho sube y baja pesadamente, casi en sincronía con el mío, que respira de forma errática.

—Hola —susurro. Todavía nos separa una larga distancia. Me recuerda al día que se fue al centro. Dar un paso y disminuir el espacio que nos separa se me antoja tan difícil como trepar por una pared. Necesitaría que él me ayudara a llegar a la cima.

Avanza hacia mí y la tensión se parte en dos. Un sinfín de sensaciones estallan en mi estómago. Lo quiero tanto… Lo he añorado tanto… He sentido, durante tres meses, el dolor de estar lejos de mi mejor amigo a la vez que intentaba luchar contra mis compulsiones. Lo necesitaba, necesitaba que me dijera que todo iba a ir bien.

Lo necesitaba a mi lado, pero jamás habría podido sacarlo del centro de desintoxicación para sentirme mejor yo, no si eso perjudicaba su recuperación. Quiero que Lo esté sano por encima de todo. Y quiero que sea feliz.

—He vuelto —murmura.

Intento contener las lágrimas, pero se deslizan desde las comisuras de mis ojos. Debería ser yo la que saliera por la puerta para recibirlo y él debería estar esperando en las escaleras del porche. ¿Por qué nos sale todo al revés?

—Lo siento —me disculpo mientras me seco los ojos despacio—. Debería haber llegado hace una hora…

Él niega con la cabeza y frunce el ceño, como diciéndome: «No te preocupes por eso».

Lo miro de nuevo y asiento con un poco más de seguridad.

—Tienes buen aspecto. —No se ve que está sobrio exactamente. No ha perdido esa mirada, esa que parece besarme el alma y atraparme a la vez. Pero no se le ve débil, macilento ni marchito. Es más, está más musculoso que antes, la forma de sus bíceps es perfecta. Y gracias a cierta sesión de Skype que tuvimos hace un tiempo, sé que tiene el resto del cuerpo igual que los brazos.

Espero a que me diga que yo también tengo buen aspecto, pero entonces me observa de nuevo y veo que se le hunde le pecho y el rostro se le deforma de dolor.

Parpadeo.

—¿Qué pasa? —Me miro. Llevo unos tejanos y una camiseta ancha de cuello de pico, nada fuera de lo normal. Me pregunto si me habré manchado los pantalones de café o algo así, pero no veo lo mismo que está viendo él.

Sin embargo, en lugar de decirme lo que le preocupa, se inclina hacia delante con el ceño tan fruncido que me asusta. ¿Qué he hecho mal? Retrocedo, una reacción que jamás habría previsto para el día de hoy. Casi me caigo por las escaleras, pero entonces me rodea la cintura con el brazo y me atrae hacia su pecho, salvándome de darme un porrazo en el césped. Atrapada por su calor, me aferro a sus brazos; me da miedo soltarme. Me mira con intensidad y luego baja la vista a mis brazos... A mis manos. Me aparta la que tengo sobre su brazo y me acaricia los dedos con los suyos, dejándome sin respiración. Alza mi mano y luego mi codo, para que me vea el brazo.

Se me cae el alma a los pies. Ahora entiendo su confusión y su dolor.

—¿Qué coño es esto, Lil?

Ayer me arañé el brazo en mi última sesión de terapia y tengo una marca roja que supongo que cicatrizará mañana. Conseguí hacerme daño, aunque llevara las uñas mordidas y asquerosas. Lo las inspecciona y arruga la nariz para reprimir sus emociones.

—Estoy bien. Es que... ayer estaba muy nerviosa. La terapia me resultó más difícil de lo habitual. Volvías a casa y... —No quiero hablar de esto ahora. Quiero que me abrace, quiero que nuestro reencuentro sea épico, digno de *El diario de Noah*. Y por culpa de mi estúpida ansiedad y mis malos hábitos he estropeado el momento perfecto que había imaginado. Quito la mano y le acaricio la cara para intentar que deje de pensar en mis problemas—. Estoy bien.

No parecen palabras muy sinceras. Lo cierto es que no estoy del todo bien. Los últimos tres meses han sido una prueba en la que podría haber fracasado fácilmente. En algunas ocasiones, he pensado que rendirse era mejor que luchar. Pero lo he logrado. Estoy aquí.

Y Lo también.

Es lo único que importa.

De pronto, desliza los brazos por mi espalda y amolda mi cuerpo al suyo. Me roza la oreja con los labios y me estremezco.

—Por favor, no me mientas —susurra.

Me quedo boquiabierta.

—Yo no... —Pero no consigo terminar la frase porque las lágrimas empiezan a acumularse en mis ojos y a deslizarse, ardientes, por mis mejillas. Me aferro a sus hombros y lo abrazo con más fuerza, temerosa de que se aparte de mí y me deje en el porche, rota—. Lo siento —le digo con la voz rota—. No te vayas...

Se aparta un poco y yo me abrazo a él aún con más fuerza, asustada, desesperada. Él es mi salvavidas, no tengo palabras para describirlo. Dependo más de él de lo que ninguna chica debería depender de un chico, pero siempre ha sido el pilar de mi vida. Sin él, me derrumbaré.

—Eh. —Me coge la cara con ambas manos y sus ojos llorosos me devuelven a la realidad, al hecho de que siente mi dolor tanto como yo el suyo. Ese es el problema. Sufrimos tanto el uno por el otro que nos resulta casi imposible decirnos que no. Es duro arrebatarnos el vicio que apagará la agonía del día—. Estoy aquí. —Una lágrima muda cae por su mejilla—. Venceremos esto juntos.

Sí.

—¿Puedes besarme? —Me pregunto si estará permitido. Mi terapeuta me dio un sobre blanco que contenía mis límites sexuales, lo que me está permitido y lo que no. Me recomendó que no lo leyera y que se lo diera a Lo. Como mi objetivo es tener una vida íntima, y no el celibato, he de cederle a él el control en la cama. Él establecerá unas guías y unas normas y me dirá cuándo parar.

Ayer le entregué el sobre a Rose y le pedí que se lo diera a Lo, por si yo me acobardaba. Teniendo en cuenta lo mucho que se ha preocupado por mi proceso de recuperación, estoy segura de que es lo primero que ha hecho en cuanto Lo ha cruzado el umbral.

No tengo ni idea de cuántas veces puedo besarle, ni de cuántas veces puedo llegar al clímax, ni de si tengo permiso para tener relaciones sexuales fuera del dormitorio. El sexo y los preliminares son para mí algo tan compulsivo que deben marcarme límites, aunque respetarlos será lo más difícil del proceso.

Me seca las lágrimas con el pulgar y espero su respuesta con la mirada fija en esos labios que deseo besar hasta que se hinchen, hasta que le duelan. Agacha la cabeza, inclinándose hacia mí, y siento cómo me clava los dedos en las caderas, me pierdo en la dureza de su cuerpo. Necesito que recorra la poca distancia que nos separa. Necesito que me llene.

Pego mi boca a la suya, esperando que me levante por la cintura, que me meta la lengua en la boca y me estampe contra la pared.

Pero no cede a mis deseos.

Retrocede e interrumpe el beso en cuestión de segundos. Se me cae el alma a los pies. Lo casi nunca me negaba nada en el sexo. Participaba de mis deseos hasta que yo estaba mojada y anhelante. Me doy cuenta de lo mucho que van a cambiar las cosas.

—Con mis condiciones —susurra con voz ronca y sensual.

Pero a mí ya me palpita todo el cuerpo solo por tenerlo cerca.

—Por favor —le suplico—. Hace tanto que no te toco... —Quiero recorrerle el cuerpo entero con las manos, quiero que me penetre hasta que me haga gritar. Lo imagino una y otra vez, me torturo con esos pensamientos carnales. Sin embargo, también quiero ser fuerte y no lanzarme a sus brazos como si no fuera más que un cuerpo al que he echado de menos. Él significa mucho más que eso para mí. ¿Le habré hecho daño al insistir en besarlo? ¿Lo verá como una mala señal? —Lo siento —me disculpo—. No es que te quiera para el sexo... Es decir, sí, quiero sexo, pero te quiero porque te he echado de menos... Y porque te amo, y te necesito... —Niego con la cabeza. Sueno estúpida y desesperada.

—Lil..., relájate, ¿vale? —Me pone un mechón de pelo detrás de la oreja—. ¿Crees que no sé lo duro que es esto para ti? Sabía que tendríamos que enfrentarnos a esto. —Me mira los labios—. Sabía que querrías besarme y que te lo hiciera rápido y duro... Pero eso no va a pasar hoy.

Asiento enseguida. Odio esas palabras, pero intento aceptarlas. Las lágrimas empiezan a brotar de forma incontrolable porque tengo miedo de no ser capaz de resistirme a mis compulsiones. Pensaba que estar lejos de Lo sería lo más difícil, pero, de repente, aprender a construir una relación sana e íntima con él se me antoja imposible. Es un hombre del que quiero aprovecharme cada minuto de cada día. Si no estoy follando con él, fantaseo con hacerlo. ¿Cómo voy a parar?

Su respiración se agita, como si mis lágrimas le hicieran daño. Tengo el estómago en un puño. Estoy destrozada por la culpa, la vergüenza y la desesperación.

Me clava los dedos con más fuerza en el costado, como si quisiera recordarme que está aquí, tocándome.

—Lo que sí que va a pasar —anuncia en voz baja— es que voy a cruzar ese umbral contigo en brazos. Que voy a alargar cada momento hasta que estés exhausta, y que me voy a mover tan despacio que te parecerá que hace tres meses fue ayer. Y mañana te parecerá hoy, y no habrá nadie en este puto universo capaz de pronunciar tu nombre sin pronunciar también el mío.

Y entonces me besa con tanta urgencia y tanta pasión que se me colapsan los pulmones. Me mete la lengua en la boca con suavidad y saboreo cada uno de sus movimientos. Me agarra el pelo de la nuca y tira de él, estimulando todas mis terminaciones nerviosas.

Me agarra del culo y me levanta sin esfuerzo. Le rodeo la cintura con las piernas y me aprieto con fuerza contra él. Me lleva al interior de la casa, tal y como me ha prometido, y yo engancho los brazos debajo de los suyos y apoyo la mejilla en su pecho firme para escuchar los latidos erráticos de su corazón. Estamos muy cerca, pero aún quiero estarlo más. Se me corta la respiración solo de pensarlo.

Me da un beso en la cabeza y me lleva a mi cuarto, que está en el segundo piso. Bueno..., nuestro cuarto. La cortina del dosel está apartada y el edredón blanco y negro y las sábanas rojas quedan al descubierto. Lo me deja sobre la cama y yo alargo una mano para agarrarlo de la camiseta y tirar de él hacia mí, pero da un paso atrás y niega con la cabeza.

«Despacio», recuerdo. Está bien.

Me apoyo en los codos; tengo las piernas colgando por el borde de la cama. Él se queda de pie ante mí.

—Soy tuyo. Siempre seré tuyo, Lily. Pero ha llegado la hora de que lo digas tú.

Me siento y lo recorro entero con la mirada. Nunca, en toda nuestra vida, me ha dicho que yo sea suya. Nunca se ha adueñado de mí como yo de él. Siempre me lo ha dado todo. Y comprendo que ahora me toca a mí arreglarlo y dárselo todo a él.

—Soy tuya —susurro.

Casi sonríe.

—Te creeré cuando lo vea.

Lo miro con los ojos entornados.

—Entonces ¿por qué me has pedido que lo diga?

Se inclina hacia delante; sus labios están muy cerca de los míos. Coloca las palmas de las manos a ambos lados de mi cuerpo, obligándome a retroceder. No sé si besarlo. Creo que me está poniendo a prueba.

—Porque adoro esas palabras.

Entreabro la boca. «Bésame», suplico en silencio.

—Soy tuya —repito en voz baja.

Me mira a los ojos, vigilándome, estirando los segundos. El punto que hay entre mis piernas lo ansía. Quiero sentir el peso de su cuerpo, quiero que se meza contra mí, que pronuncie mi nombre una y otra vez.

«Bésame».

—Soy tuya —insisto con la voz rota y los ojos muy abiertos, expectante.

Y entonces me atrapa el labio inferior, lo muerde, juguetón, y luego clava su pelvis en la mía. Levanto las caderas para unirme a él y me lo permite. Luego se quita la camiseta y la tira al suelo, pero, antes de que pueda acariciarle el pecho firme y musculoso, enreda los dedos con los míos. Al mismo tiempo, coloca una rodilla en el colchón y me desplaza hacia arriba, para que descanse la cabeza sobre la almohada.

Se sube encima de mí sin soltarme las manos. Luego estira mis brazos por encima de mi cabeza, de forma que nuestros nudillos chocan contra el cabezal. Su cuerpo ya no está amoldado al mío, sino que se cierne sobre mí. Me retuerzo en esa distancia que detesto; el corazón me late desbocado, ansía estar más cerca de él.

—Lo... —No lo soporto más. Arqueo la espalda para encontrarme de nuevo con su cuerpo, pero él ladea la cabeza a modo de advertencia.

Me quedo quieta. Dejo que tome el control; he de ir despacio. Acerca sus labios a los míos, pero no me besa. Mantiene esa distancia mientras me desabrocha los tejanos con una mano y con la otra se lleva la palma de mi mano a la bragueta.

¡Sí!

Tardo solo unos segundos en desabrocharle el botón y bajarle la cremallera, un gesto familiar. Meneo las caderas para deshacerme de mis pantalones mientras él me quita la camiseta, dejándome desnuda, salvo por mi conjunto negro de encaje. Al fin y al cabo, sabía que hoy volvía a casa.

Embriagado, se pierde en las curvas de mi cuerpo mientras se quita la última prenda de ropa.

—Mírame —me pide con voz ronca.

Tengo los ojos fijos sobre el bulto de sus calzoncillos.

—Ya te estoy mirando —murmuro. Técnicamente, es una parte de su anatomía.

—A los ojos, mi amor, no a la polla —dice, y se oye la sonrisa en su voz.

Levanto la vista y él se quita los calzoncillos. Casi pierdo la cabeza al ver cómo me mira. Trago saliva; no puedo evitar echar un vistazo. Dios mío, lo necesito ya. Está duro y tan ansioso como yo, pero tiene la capacidad de contenerse.

Yo no.

Podría aprovecharse fácilmente de mis ganas. La mayoría de los chicos lo haría. Sin embargo, para ayudarme, debe controlar tanto mi paciencia como mis compulsiones, y así seguirá siendo, porque mi adicción no es solo cosa de uno, como la suya. Necesito su cuerpo para satisfacer estos deseos tan insanos.

Así que, en algún momento, tendrá que decir que se acabó. Pero espero que quede mucho para eso.

Se inclina de nuevo hacia delante y, con los labios, empieza a trazar un camino desde mi cuello hasta mi ombligo, lamiéndome, mordisqueándome... Y provocándome. Me aferro a su espalda y contengo un gemido en lo más profundo de la garganta.

Me da un beso en el hueso de la cadera y me quita las bragas con cuidado. El frío me azota en los puntos más sensibles. Espero que me caliente con los labios, pero se quita de encima, me desabrocha el sujetador y me baja los tirantes muy muy despacio. Sus suaves caricias juegan con mis nervios y con mi cordura. Recorre un pecho y otro con la lengua y luego me la vuelve a meter en la boca, y es entonces cuando me rodea con los brazos y me alza mientras me abraza con fuerza, cuando mis pechos se mezclan con sus músculos y mis brazos y mis piernas casi se enredan en él. Le rodeo la cintura con las piernas, ansiosa por descender sobre su miembro, pero él me sostiene con fuerza y no me lo permite.

—Siéntate sobre tus talones —me ordena.

—Pero...

Me da un beso suave, y otro, enjugándome las lágrimas, aunque yo intento lograr uno más violento.

—Siéntate sobre tus talones, Lil, o lo haré yo por ti.

Eso me gusta más. Al ver que me brillan los ojos, me coge de la pierna derecha y me dobla la rodilla de forma que el talón me queda justo debajo del culo. Mientras hace lo mismo con la izquierda, me acaricia el muslo con una mano y sube hasta el culo. Ay, madre...

Ahora estoy sentada sobre mis talones intentando no correrme antes de que me penetre. ¿Y si la terapeuta ha escrito que solo puedo llegar al clímax una vez? Además de sonarme a tortura, tenía la esperanza de acostarme hoy con Lo. No pienso estropearlo volviéndome loca con los preliminares.

Sigo sentada recta; su cuerpo no se ha separado del mío. Su corazón late contra mi pecho. Me acaricia la cara y dice:

—Respira. No te olvides de respirar.

Y entonces, con una tranquilidad medida, me apoya en el edredón y empieza a penetrarme despacio. En esta postura, llega tan profundo que chillo y me cojo de su hombro para sostenerme.

Apoya la frente cerca de la mía y me alza la barbilla para besarme con violencia, tal y como me gusta, mientras empieza a moverse a una velocidad agónicamente lenta. Sus movimientos imitan el ritmo de nuestra respiración. Le rozo los labios con la boca entreabierta mientras él se clava más y más en mí. Gimoteo, ya con los dedos de los pies enroscados, con la cabeza flotando en algún lugar lejos de mi cuerpo.

Me aprieta un pecho con la mano, pero sus ojos siguen fijos en los míos, de los que brotan lágrimas calientes. La intensidad y la emoción me elevan hasta una cima tan y tan alta que cada vez que yo inhalo, él exhala, como si tuviera que mantenerme con vida para este momento. Me derrito con sus movimientos pausados, con la sensación que experimento cuando desaparece dentro de mí y con su ritmo, que le ha prendido fuego a todo mi cuerpo.

—No pares... —grito—. Lo... —Me echo a temblar y él me abraza con fuerza de nuevo.

Acelera un poco y siento que alcanzo la cima. Siento que llegamos juntos.

Y en ese momento me embiste y se queda quieto en mi interior. Convulsiono, grito, le clavo las uñas en la espalda. Todo mi cuerpo palpita, el corazón martillea contra mi pecho... Soy suya.

Colapso en la cama tan exhausta que soy incapaz de mover un brazo o una pierna. Él cuida de mí; me estira las piernas para que me recupere del esfuerzo de la postura. Luego apoya las manos en las rodillas y se inclina hacia delante para besarme otra vez. Está salado por el sudor y levanto una mano para agarrarle el pelo de la nuca; el cansancio provocado por la sesión de sexo llena de emociones se esfuma, sustituido por las ganas. Sin embargo, él intercepta mi mano y me detiene.

Frunzo el ceño.

—¿No? —¿Solo una vez?

Niega con la cabeza y me da un beso en la sien.

—Te amo —me susurra al oído.

—Yo también te amo. —Pero quiero rodearlo con las piernas y apretar, para que no tenga más opción que excitarme y hacerme suya de nuevo. Me estudia con atención; debe de detectar que estoy impaciente por el segundo asalto.

—Ahora no.

Me muerdo el labio.

—¿Me vas a contar lo que había en el sobre? —¿Qué me habrá restringido la terapeuta? La incertidumbre está acabando conmigo.

—No. Si sabes lo que está prohibido, lo desearás todavía más.

Lo miro con los ojos entornados.

—Eres demasiado listo.

Sonríe.

—Cuando se trata de ti, sí. —Me besa en la comisura de la boca, algo que me encanta y detesto a la vez—. Y para que lo sepas..., nada me gustaría más que llenarte de nuevo. Lo haría un millón de veces al día si pudiera.

—Lo sé... —murmuro. Me aparta el pelo sudado de la cara e inhalo con fuerza—. Me alegro tanto de que hayas vuelto...

He recuperado a Lo. Ahora mismo, es lo único que me importa. Da igual que no haya segunda ni tercera ronda, me conformo con tenerlo conmigo, enamorado y en el camino hacia su recuperación. No debería necesitar más.

Y no puedo esperar a llegar a ese punto. Espero que sea posible.

Se relaja junto a mí y apoyo la cabeza en su pecho para escuchar los latidos de su corazón. Mientras tanto, él me acaricia el pelo. Me gusta.

Cuando estoy a punto de quedarme dormida, me sobresalta el sonido de un teléfono.

—¿Es el tuyo?

Alarga una mano hacia la mesita de noche.

—Sí.

Lo coge y yo me asomo sobre su hombro para leer el mensaje.

NÚMERO DESCONOCIDO

Conozco el secreto de tu novia.

Me incorporo de golpe, paralizada por el miedo. ¿He leído bien? Le cojo el móvil, pero me lo arrebata.

—Cálmate, Lily —me pide mientras contesta al mensaje, intentando que yo no vea la pantalla.

—¿Quién es? —He ido con mucho cuidado. Lo, Rose, Connor y Ryke son las únicas personas a las que les he contado que soy adicta al sexo, y se han enterado hace poco. ¿Le habrán contado mi secreto a alguien?

Me muerdo una uña, pero Lo me aparta la mano mientras escribe. Me mira a los ojos y los entorna en un gesto de desaprobación.

Cuando el móvil vuelve a sonar, casi me subo encima de él para que no logre ocultármelo. Leo los mensajes rápidamente.

Lo

¿Quién coño eres?

NÚMERO DESCONOCIDO

Alguien a quien odias.

Vale, eso no sirve de nada. Lo tiene muchísimos enemigos, tanto del colegio como de la universidad, ya que se vengaba de todos aquellos que intentaban abusar de él hasta someterlo.

Lo trata de quitárseme de encima, pero lo tengo agarrado con un brazo alrededor de su cuello. Estoy a punto de estrangularlo, así que me deja en paz. Todavía estamos desnudos, pero estoy demasiado histérica para excitarme.

Lo

Que te den.

—¿Eso contestas? —pregunto con unos ojos como platos—. ¡Así solo conseguirás alentarlo!

—Si no te gusta, no deberías estar leyendo mis mensajes privados ni estar subida encima de mí como un koala.

Cierto.

NÚMERO DESCONOCIDO

¿Y renunciar a todo el dinero que me pagará la prensa sensacionalista cuando les cuente que Lily Calloway es adicta al sexo? Ni de coña.

Parpadeo, releo el mensaje y me quedo boquiabierta. ¡No!

—No pasa nada, Lily —dice mientras bloquea el teléfono—. Eso no va a ocurrir. Mírame. —Me coge la cara con las manos y me obliga a mirarlo a los ojos—. Eso no va a ocurrir, ¿de acuerdo? No lo pienso permitir. Contrataré a alguien para que dé con este cabrón y le pagará más de lo que le pagarían los medios.

Se está olvidando de una cosa.

—¡No tienes dinero! —exclamo. Su padre le quitó el fondo fiduciario porque decidió dejar la universidad, y Lo no se habla con él desde que se marchó al centro de desintoxicación. Está solo, es pobre y todo mi dinero pertenece a mi familia, que tampoco sabe nada de mi adicción. Y preferiría no tener que contárselo nunca.

Se le ensombrece el rostro al recordarlo.

—Pues ya se me ocurrirá algo.

La vergüenza que sentirá mi familia si descubren mi problema… El dolor, la decepción… No soporto ni imaginármelo. ¿Una mujer adicta al sexo? Una zorra. ¿Un hombre adicto al sexo? Un héroe. ¿Cuánto perjudicará esta noticia a la empresa de mis padres? Sí, claro, no hay mucha gente que conozca mi nombre o sepa quién soy fuera de mi círculo social, pero ¿llegaría esta noticia a los titulares de los periódicos sensacionalistas? ¿Por qué no? «Lily Calloway, hija del fundador de Fizzle, adicta al sexo y puta».

Es lo bastante jugoso para llenar columnas de cotilleos.

—Estoy asustada, Lo —confieso, a punto de romper a llorar.

Él me abraza con fuerza.

—Todo irá bien. No me pienso ir a ninguna parte.

Me aferro a sus palabras y me las repito una y otra vez, con la esperanza de que sean de veras suficiente.

Agradecimientos

El responsable de la existencia de este libro es el apoyo abrumador que recibió *Adicta a ti*. Lo que iba a ser una novela corta se convirtió en algo mucho mayor gracias al entusiasmo que habéis mostrado por nuestro trabajo, así que, en primer lugar, queremos daros las gracias a vosotros, amigos y lectores, por haberos apuntado a este viaje emocionante y conmovedor junto a Lily y Lo.

También queremos dar las gracias a todos los blogueros que nos ayudaron a publicitar *Adicta a ti*. Probablemente, sin vosotros la respuesta a este libro no habría sido ni la mitad de lo que ha sido. A Krista y a mí nos gustaría nombraros uno a uno, pero sois tantos... Como blogueras de libros, sabíamos que la comunidad nos apoyaba, pero la cantidad de apoyo que hemos recibido supera por mucho lo que nos esperábamos. Gracias, muchísimas gracias.

Muchas gracias también a nuestra familia por leer esta serie, sobre todo a nuestra madre, nuestras tías y nuestras primas. Sin vuestras constantes alabanzas, tal vez no habríamos tenido las agallas de compartir este trabajo tan delicado con el resto del mundo.

Y a todos los que sufrís una adicción o conocéis a alguien que tenga este problema y nos habéis dado las gracias, deciros que somos nosotras las que queremos agradeceros que nos leáis. Hace poco, alguien dijo que la gente habla de «tragedia» cuando alguien muere debido a una adicción, pero se burla de aquellos que la sufren. Esperamos que este libro sea un mensaje para ellos. Sabemos que no es para todo el mundo, pero agradecemos que lo hayáis leído hasta aquí.